纪念契诃夫逝世110周年丛书

主编　童道明

剧本五种

（俄罗斯）契诃夫　著

童道明　童　宁　译

线装书局

图书在版编目（CIP）数据

剧本五种 /（俄罗斯）契诃夫著；童道明，童宁译
. -- 北京：线装书局，2014.8
（纪念契诃夫逝世 110 周年 / 童道明主编）
ISBN 978-7-5120-1526-5

Ⅰ. ①剧… Ⅱ. ①契… ②童… ③童… Ⅲ. ①剧本－作品集－俄罗斯－近代 Ⅳ. ① I512.34

中国版本图书馆 CIP 数据核字（2014）第 205281 号

剧本五种

作　　者：（俄罗斯）契诃夫
译　　者：童道明　童　宁
责任编辑：李津红
装帧设计：王文龙　白　晨
排　　版：祥昀时代文化传媒
出版发行：线装书局
地　址：北京市西城区鼓楼西大街41号（100009）
电　话：010-64045283　64041012
网　址：www.xzhbc.com
经　　销：新华书店
印　　制：北京楠萍印刷有限公司
开　　本：787mm × 1092mm　1/16
印　　张：22.4375
字　　数：218千字
版　　次：2014年9月第1版第1次印刷
印　　数：0001—5000
定　　价：58.00元

出版说明

安东·契诃夫，一位享誉全球的俄罗斯著名剧作家、短篇小说圣手，“无与伦比的艺术家”（托尔斯泰语），在他去世百年后的今天，他的作品依然受到全世界的关注，依然被不同国度、不同年龄与肤色的人们所喜爱、欣赏与解读，依然不断地被再版、再排、再演。

契诃夫是忧郁的。他的忧郁缘于他有一双超越时空、洞悉一切的慧眼。站在19世纪末有些陈旧的门槛上，他不仅看到了浮华世象之下的庸俗、狭隘、自私与丑恶，更天才地预见到了20世纪、21世纪乃至更远的将来，那明媚曙光中挥之不去的游移暗影——心与心的隔膜。同时，契诃夫又是乐观的。他的乐观源于他对同类深切的爱，源于他对人类未来的坚定信念与美好憧憬：新生活终将到来！他为此呼吁，我们每一个人都要学会忍耐，要有勇气承受痛苦与磨难，更要加倍努力地工作。

契诃夫对他笔下的人物怀有深切的理解、同情、包容与爱，他以自己的全部创作关注着普通人的喜怒哀乐，肯定他们的辛苦劳作，为他们辨护——站在抒情诗的高度上，正如俄罗斯诗人霍达谢维奇所说：“起初他把他们表现为庸人，后来把他们表现为平常的人，对他们表示怜悯，再后来开始在他们身上寻找优点，最终对他们怀抱起巨大的爱。”这一点，在崇尚财富与成功的当代，对绝大多数芸芸众生而言，显得尤为难得，尤为亲切，尤为温暖……

今年是契诃夫逝世一百一十周年，为此我们精心策划推出了这套包括人物传记、作品集、剧本集、论文集、札记与书简的丛书。其中，

乐观的忧郁者

“人的一切都应该是美丽的：无论是面孔，还是衣裳，还是心灵，还是思想。”——这是契诃夫对人类所寄予的美好愿景，也是契诃夫的作品中处处闪现的亮点。

契诃夫是19世纪俄国的一位杰出的小说家和剧作家，而近半个多世纪以来，他的世界性影响却日渐深远。过去，作为小说家，他曾被誉为“俄罗斯的莫泊桑”，今天，诺贝尔奖得主门罗则被称为“加拿大的契诃夫”；过去，作为剧作家的他被誉为“俄罗斯心理现实主义戏剧的奠基人”，今天，他则被公认为20世纪现代戏剧的开拓者。

这是因为，他虽然生活在19世纪，但他的思想却属于新的时代，他的人道主义能超越时空，他的经典作品能与时代一道前进。即便是今天的人们，也能从他的作品中看到自己的惆怅与希冀，也能体察到生活在一百年前的这位乐观的忧郁者与我们的心是贴得很近很近的。

目　录

伊凡诺夫

人　物

伊凡诺夫·尼古拉·阿历克谢耶维奇	农委会常务理事。
安娜·彼特洛芙娜	其妻，嫁前闺名萨拉·阿勃拉姆桑。
沙贝尔斯基·马特维·谢留诺维奇	伯爵，伊凡诺夫的舅舅。
列别杰夫·巴维尔·基里雷奇	乡自治会主席。
齐娜依达·沙维什娜	其妻。
莎霞	他们的女儿，20 岁。
列沃夫·叶甫根尼·康斯坦丁诺维奇	青年乡村医生。
巴巴基娜·玛尔法·叶戈洛芙娜	年轻寡妇，女地主，一个富商的女儿。
科西赫·德米特里·尼基齐奇	税务官。
包尔金·米哈伊尔·米哈依洛维奇	伊凡诺夫的远房亲戚，也是他的庄园的管家。
阿芙道西雅·纳扎洛芙娜	一个无固定职业的老妇。
叶戈洛什卡	列别杰夫家的食客。
彼得	伊凡诺夫的仆人。
加夫利拉	列别杰夫家的仆人。
来客甲	
来客乙	
来客丙	
来客丁	

另有男女宾客若干，仆人若干。

[**剧情发生在俄罗斯中部的一个县城。**

第一幕

[伊凡诺夫家庄园里的一处花园，左方是带有凉台的屋子的正面。一扇窗子打开着。凉台前有一个宽敞的半圆形场地，它的正面与右边有林荫路通向花园。右方有若干适用于花园的桌椅。一张桌子上点燃着一盏灯。黄昏时分。在开幕之时，听到从屋子里传来的一架钢琴和一把大提琴的合奏声。

第一场

[伊凡诺夫和包尔金。

[伊凡诺夫坐在桌子旁读书。包尔金脚蹬大皮靴，拿着一杆猎枪出现在花园深处，神情忧郁，看见伊凡诺夫，便蹑足走近他，举枪瞄准他的脸。

伊凡诺夫　（看见包尔金，吓了一跳，站起身来）米沙，别发神经……您吓着我了……我够烦的了，您还来跟我开这种愚蠢的玩

伊凡诺夫　笑……（坐下）你这是吓人取乐……

包尔金　（笑出声来）嗄，嗄，……罪过，罪过。（坐在他身旁）好了，下不为例……（脱下帽子）热死了。您相信吗，就这么三个小时，我赶了将近四十里地……累死人了……您摸摸我的心跳……

伊凡诺夫　（读着书）等一会……

包尔金　别的，您现在就摸。（拿他的手放到自己胸口）听到了吗？嗵一嗵一嗵一嗵。这证明我心脏有病。随时都可能猝死。我死了，您会惋惜吗？

伊凡诺夫　我在读书……等一会。

包尔金　不，我是认真的，我如果突然死了您会惋惜吗？尼古拉·阿历克谢耶维奇，我突然死了，您会惋惜吗？

伊凡诺夫　别缠着我！

包尔金　亲爱的，您倒是说呀，您会惋惜吗？

伊凡诺夫　我现在感到惋惜的是您的酒气熏天。米沙，这让人讨厌。

包尔金　（笑）难道我有酒气？奇怪……但也没有什么好奇怪的。在普列斯克镇我碰到一位检察官，我跟他喝了几杯酒。要实话实说，喝酒有害健康。您说，是有害健康吗？说呀？

伊凡诺夫　这太不像话了……米沙，您要知道，这简直是侮辱……

包尔金　嗄，嗄……罪过，罪过！……上帝保佑您，您就坐着好了……（站起，走开）怪人一个，跟他说句话都不行。（走回来）噢！差点给忘了……给我八十二个卢布！……

伊凡诺夫　哪来的八十二卢布？

包尔金　明天付工人的工钱。

伊凡诺夫　我没有！

包尔金　说得倒轻巧！（摹仿伊凡诺夫的口吻）“我没有”……但是需要付工人工钱吧？需要吧？

伊凡诺夫　我不知道。我现在身无分文。等到下月初我领了薪水再说。

包尔金　与这号人没法沟通！……工人明天就来领工钱，而等不到下个月初！

伊凡诺夫　那我有什么办法。啵，把我斩了得了……您为什么总是在我读书、写字的时候来刁难我……

包尔金　我是问您：是否应该给工人付工钱？钱？哎，与您说不通！……（挥了挥手）按说，地主也是土地的主人……好好一份产业……家有千亩良田，兜里却没有一个铜子儿……酒窖倒有，但开酒杯的椎子却找不到……我明天就把那三驾马车给卖了！是的！喂马的燕麦我已经给卖了，明天再把黑麦卖了。（在舞台上踱步）您以为我会客气？是吗？不，我不是傻瓜……

第二场

[伊凡诺夫、包尔金、沙贝尔斯基（在幕后）和安娜·彼特洛芙娜。

[窗外传来沙贝尔斯基的声音："与您玩球没意思……装聋作哑，球风太差"。

安娜　（出现在打开的窗户前）谁在这边唠叨？是您，米沙？您踱方步干什么？

包尔金　被您的宝贝丈夫气的。

安娜　米沙，您让人给棒球场送点干草去。

包尔金　（挥手）您别烦我……

安娜　什么态度……您不该用这种腔调说话。如果您想讨得女人欢心，那么永远不要在她们面前抖威风……（向丈夫）尼古拉，咱们到干草堆上去翻跟斗！

伊凡诺夫　安娜，你别站在通风的窗口。你走开吧……（喊）舅舅，把窗子关上！（窗子关上了）

包尔金　别忘了，过两天得给列别杰夫付利息。

伊凡诺夫　我知道。今天我就去拜访列别杰夫，请他延缓几天……（看表）

包尔金　您什么时候去？

伊凡诺夫　现在就去。

包尔金　（活跃起来）别的，别的！……今天可是舒拉的生日……你看，你看……我几乎把这给忘了……瞧我这记性，老糊涂了吧？（跳跃着）开步走，开步走……（哼唱着）开步走……去洗个澡，去喝点酒……一切从头开始，尼古拉·阿历克谢耶维奇，我的亲爱的天使，您现在成天唉声叹气，愁眉不展，但要知道我们完全可以做一番大事业的！为了您，我可以牺牲一切……如果您愿意，我可以去和巴巴基娜那个富婆结婚。她的一半陪嫁……不是一半而是全部陪嫁都奉送给您，全部！……

伊凡诺夫　别瞎扯了……

包尔金　不，我是认真的！我去和巴巴基娜结婚，您同意吗？她的陪嫁咱俩平分……唉，我跟您说这些有什么用？您难道听得明白？（摹仿他的口吻）“别瞎扯了”。您是个好人，也聪明，不过您少一根筋，没有魄力。否则您就能大展宏图了……您精神变态，懦弱，您要是个正常的人，一年之后就能有一百万卢布的进账。打个比方，要是我现在手头有两千三百卢布，过两个星期，我就能增值到两万卢布。不相

包尔金　信？您以为这是空想？不，这不是空想……您现在给我两千三百卢布，过一个星期，我就给您两万卢布。在河对岸，奥甫斯雅诺夫要出售一块土地，刚好与我们的田地隔河相望，他要价两千三百卢布。如果我们把那块土地买下，这条河的两岸就统统归我们所有，而如果河的两岸统统归我们所有，我们就有权拦截河水，是这个理儿吧？我们就可以修建磨坊。而一当我们宣布要拦截河水，下游的人就会慌张起来，那我们马上提出条件：你们如果不让我们拦截河水，你们就得给我们付款赔偿。明白吗？扎列夫工厂给五千卢布，柯罗尔科夫给三千卢布，修道院给五千卢布……

伊凡诺夫　米沙，这全是空想……您如果不想跟我吵架，就免开尊口。

包尔金　（坐下）当然是这样！……我早就料到！……自己什么也不做，还要捆住我的手脚……

第三场

[除上一场人物外，还有沙贝尔斯基和列沃夫。

沙贝尔斯基　（与列沃夫一起从屋里走出）律师与医生之间只有一个区别，律师只是谋财，医生呢，不仅谋人钱财，还害人性命……当然，我这话不针对在座的诸位。（坐下）他们全是骗子手和剥削者。也许，在某个君子国里可以碰上几个通则之外的例外。可是……我一生中也看过一两千个病

沙贝尔斯基　人，却从来没有遇到哪怕一个行为端正的医生。

包尔金　（向伊凡诺夫）是的，您把我的手脚捆住，自己又啥都不干，所以坐吃山空……

沙贝尔斯基　我再说一遍，我刚刚说的那些话不是针对在座的诸位……可能，也有例外，可是……（打哈欠）

伊凡诺夫　（合上书）医生，您要说些什么？

列沃夫　（看着窗子）我早上已经说过了：她应该立即去克里米亚。（在舞台上来回踱步）。

沙贝尔斯基　（扑哧一笑）去克里米亚！……米沙，咱俩何不也给人开药方？这很容易……要是某个太太、小姐因寂寞而咳嗽发热，就可以立即拿出一张纸来，照方开药：先是找个年轻的医生，然后去克里米亚一游，那边有鞑靼人……

伊凡诺夫　（向伯爵）别说这些粗话！（向列沃夫）到克里米亚去，需要钱。即使我弄得到钱，她也坚决不会去的……

列沃夫　是的，她不会去的。（顿歇）

伊凡诺夫　医生，您听我说，难道安娜·彼特洛芙娜已经病得很重，非得去克里米亚不可？

列沃夫　（看看窗户）是的，那是肺病……

包尔金　唷！……不好……我看她脸色不对早就想到了，她拖不了太久了。

列沃夫　小声点……屋里听得见……（顿歇）

包尔金　（叹息）人生……人生就像一朵花，鲜艳艳地开在田野上，突然间来了头山羊，把它啃了——花也就没有了…

沙贝尔斯基　一派胡说，胡说……（打哈欠）胡说和欺骗。（顿歇）

包尔金　而我，诸位先生，正在教尼古拉·阿历克谢耶维奇生财之道，给他贡献了一条锦囊妙计。但像通常一样，我的火药掉进了水沟里。你打动不了他……看看他现在这种样子：

包尔金　郁郁寡欢，愁眉不展……

沙贝尔斯基　（站起，伸懒腰）你这个聪明人，给所有的人出谋划策，教他们如何生活，那你也教教我好吗？……开导开导我，给我指明一条出路……

包尔金　（站起）我游泳去了……先生们，再见……（向伯爵）您有二十条出路……我要是您，只要一个星期，就有两万卢布进账。（走）

沙贝尔斯基　（跟着他）用什么办法呢？哎，教教我。

包尔金　没有什么可教的。非常简单……（走回来）尼古拉·阿历克谢耶维奇，给我一个卢布！

[伊凡诺夫默默地给他钱。

谢谢！（向伯爵）您手上还有很多王牌。

沙贝尔斯基　（跟着他）哎，什么王牌？

包尔金　我要是您，只要一个星期，至少能有三万卢布进账。（两人下）

伊凡诺夫　（一个停顿之后）无聊的人，无聊的话，还非得回应这些愚蠢的问题——医生，所有这一切都把我折磨得快要发病。我开始烦躁、动怒、斤斤计较，我变得连自己都认不得我自己了。我整天整夜地头痛、失眠、耳鸣……我真的无路可走……真的……

列沃夫　尼古拉·阿历克谢耶维奇，我需要很严肃地跟您谈谈。

伊凡诺夫　您说吧。

列沃夫　我说安娜·彼特洛芙娜的事。（坐下）她不肯到克里米亚去，但您陪着她，她是肯定去的。

伊凡诺夫　（想了想）两人一起去，需要一笔钱。再说我也请不了这样的长假。我今年已经休假过一次了……

列沃夫　就算这是真的。我再往下说。治疗肺病的最重要的药是绝

列沃夫　对的安宁，但您的妻子得不到片刻安宁。您对待她的那种态度，时刻都在刺激着她。请原谅，我很激动，我有话直说。您的行为是在杀害她。（稍顿）尼古拉·阿历克谢耶维奇，请让我不要把您想得太坏！……

伊凡诺夫　说得对，对……大概，我大错特错了，但我的思想已经了，我的魂也麻痹了，我已经无法理解我自己。理解不了别人，也理解不了自己……（看看窗子）咱们走开一点，屋里听得到我们的谈话。（两人站起）亲爱的朋友，我可以把这个故事从头讲起，但这个故事太长了，也很复杂，讲到天亮也讲不完。（两人走动起来）安娜是个优秀的、不平凡的女人……为了我，她改变了信仰，背弃了父母，放弃了财产，如果我再让她做出一百次牺牲，她也会毫不犹豫地去做出牺牲的。可是我一点不出色，也从没有做过牺牲。再说，这说来话长……亲爱的医生，问题的根本是在（犹豫不决）……简单地说吧，我怀着火热的爱情与她结了婚，我当时起誓要永远爱她，但是……五年一过，她还是爱着我，而我却……（摆了摆手）您对我说，她快要死了，而我既感觉不到爱恋，也感觉不到怜悯，我感觉到的仅仅是空虚和疲倦。如果从旁看我，这一定是很可怕的，我自己也不知道该怎么来安顿我的灵魂……（他们走向林荫路）

第四场

[沙贝尔斯基，然后有安娜·彼特洛芙娜。

沙贝尔斯基　（上台，笑）说实话，这家伙不是个骗子，而是个思想家！得给他立个纪念碑。他可以把种种现代文明集于一身，他既是律师，又是医生，又是出纳员。（坐在台阶最下一级）要知道他从没有上过大学，如果他有点文化底子，懂点科学知识，他会成为一个多么了不起的坏蛋！他说："您过一个星期能进账两万卢布。他说，您手上有张王牌，那就是您那个伯爵头衔。（笑）每一个姑娘都会带着嫁妆嫁给您的……"

[安娜·彼特洛芙娜打开窗子，向下俯视。

他说："您愿意吗？我可以做媒把玛尔福莎嫁给您。"这位玛尔福莎是什么人？噢，就是巴拉巴尔金娜……巴拉巴尔金娜……这女人像是个洗衣服的婆娘。

安娜　伯爵，是您在这里？

沙贝尔斯基　怎么啦？

[安娜·彼特洛芙娜笑。

（操着犹太人的声调）您笑什么？

安娜　我想起了您的一句话。记得吗？是在吃午饭的时候说的。被宽恕了的贼，马……怎么说的？

沙贝尔斯基　受洗的犹太人，被宽恕的贼，疗伤的马——一个价儿。

安娜　（笑）就是最普通的俏皮话，经您一说，就有了恶意。您是个恶人（严肃地）伯爵，不开玩笑，您很恶。和您在一起很乏味，很腻味。您总是发牢骚，说怪话。在您眼里，人人都是恶棍和坏蛋。伯爵，您老实跟我说，您可曾说过别人一句好话？

沙贝尔斯基　这算什么，审问？

安娜　我和您生活在一个屋檐底下已经五年了，我没有一次听到您平心静气地、不带嘲讽地说过别人的好。人家怎么亏待

安娜	您了？您难道以为您比所有人都要优秀？
沙贝尔斯基	我完全不这么以为。我像所有的人一样，是个大坏蛋，是个猪仔，是一双破旧的臭皮鞋。我总是在骂自己。我是什么人？我是什么东西？我富裕过，自由过，幸福过，而现在呢……一个寄人篱下的食客，一个没有尊严的小丑。我愤怒的时候，人们嘲笑我的愤怒；而一当我也笑了起来，人们便愁苦地点点头，说：这老头疯了……而更多的时候，他们对我不问不闻，眼睛里根本就没有我这个人……
安娜	（平静地）又在号叫了……
沙贝尔斯基	谁在号叫？
安娜	猫头鹰。每个晚上都要号叫。
沙贝尔斯基	让它号叫吧。再坏也坏不过现在。（伸腰）哎嘿，亲爱的萨拉，我要是能赢得一、两千卢布，我就能向您展现一下我的身手！……但愿您能见到我的那一天。我会跑出这个泥坑，丢掉这些施舍，再也不回到这里，直到世界末日……
安娜	要是您能赢钱，您会做些什么呢？
沙贝尔斯基	（想了想）首先我去一趟莫斯科，去那里听听吉普赛人唱歌。然后……然后去巴黎。在那边租套房子住下，到俄国教堂做礼拜……
安娜	还有呢？
沙贝尔斯基	一整天一整天地坐到妻子坟头回想往事。我要坐在她坟头，一直坐到我一命呜呼。我妻子葬在巴黎的……（顿歇）
安娜	好沉闷呀。咱们去弹个双重奏如何？
沙贝尔斯基	好的，您准备乐谱。

第五场

[沙贝尔斯基、伊凡诺夫和列沃夫。

伊凡诺夫　（与列沃夫一起出现在林荫路上）您，我的朋友，去年才大学毕业，还年轻，有干劲，而我已经 35 岁了。我有权向您作出忠告。您千万别娶犹太女人做老婆，也别娶神经过敏的、穿奇装异服的女人，而是给自己选一个貌不惊人、安分守己的女人当太太，例行公事地过一辈子。背景越是灰暗，越是单调越好。朋友，别单枪匹马地与上千个人过招，别与风车搏斗，别拿自己的额头往墙上撞……但愿上帝保护着您，不要卷进一切貌似神圣的事物、非同一般的学说和慷慨激昂的言论中去……还是把自己关在自己的小屋里，听天由命地做点凡人小事……这样更温暖，更厚道，更健康。而我经历的生活是多么令人厌倦！啊嘿，是多么令人厌倦！……有多少错误，多少不义，多少荒唐！（看见公爵，生气地）舅舅，你老在我眼前晃来晃去，不让人私下里说一会儿话！

沙贝尔斯基　（哭腔）见鬼了，我找不到一个栖身之处！（跳起来，走进屋子里去）

伊凡诺夫　（朝他的背影喊）哎，对不起，对不起！（向列沃夫）我为什么又伤了他的心？不，我完全失控了。应该对自己有所检讨，应该……

列沃夫　（激动地）尼古拉·阿历克谢耶维奇，您说的，我都听到了……请原谅，我要坦率地说，在您的声调里，更不用说

列沃夫　是您的语言里，有多少无情无义的个人主义，有多少冷酷的残忍……您的最最亲近的人都快要死了，而您呢……您可以不爱她，您可以四处游走，给人忠告，展现自己的心情……我无法用语言来表达……但是，但是……您令我十分厌恶！

伊凡诺夫　也许，也许……您旁观者清……非常可能，您看懂了我……大概，我有很大的罪过……（倾听）马车已经备好。我去换衣服……（走到门口，停下）您，医生，您不喜欢我，而且不掩饰这一点。您很真诚……（走进屋里）

列沃夫　（独自一人）讨厌的性格……又丢掉了一个机会，没有把该说的话都说给他听……我无法心平气和地与他交谈！我刚一开口，说出一句话，这里（摸摸胸口）就开始堵得慌，开始骚动起来，我的舌头好像黏到了我的喉咙上。我憎恶这个伪君子，这个大骗子，全身心地憎恶……瞧，他出门了……她的不幸的妻子的全部幸福就希望他能留在她身边，她的心里只有他，她哀求他哪怕陪着她过一夜也好……而他呢……他办不到……你们瞧，他在家里待不住，觉得憋气。如果他勉强在家里待一晚，他会苦恼地寻短见的。可怜的人……他要一个新天地，好在那里干出一些新的丑事来……噢，我知道你为什么每天晚上跑到列别杰夫家去！我知道！

第六场

[列沃夫、伊凡诺夫（戴礼帽，穿大衣）、沙贝尔斯基和

安娜·彼特洛芙娜。

沙贝尔斯基　（与伊凡诺夫、安娜·彼特洛芙娜一起走出屋子）尼古拉，总而言之，这不人道！…你自己每个夜晚都外出，而让我们留在家里。因为无事可做，我们八点钟就上床睡觉了。这是胡闹，而不是生活！为什么你可以外出，我们就不可以？为什么？

安娜　伯爵，您别缠着他！让他走好了，让他……

伊凡诺夫　（向妻子）嗽，你还病着，你要上哪儿去呢？你是个病人，太阳落山之后你不能再待在室外……你可以问问医生。安娜，你不是个孩子，你应该有点儿理智……（向伯爵）你又想跑到那边去干什么呢？

沙贝尔斯基　哪怕是下到地狱里去，哪怕是钻进鳄鱼的嘴巴里去。我烦闷透了！我无聊得变傻了！大家都在讨厌我。你把我留在家里，为的是不让安娜一个人在家太孤单，而我只能让她更受刺激！

安娜　伯爵，别缠着他，让他走好了，只要他在那边觉得高兴。

伊凡诺夫　安娜，你说这话是什么意思？你也知道，我不是为了寻欢作乐去的！我需要去谈谈债务上的事。

安娜　我不明白，你为什么要做这番解释？你走吧！谁拦你了？

伊凡诺夫　天哪，咱们别互相伤害吧！难道真有这个必要？！

沙贝尔斯基　（哭腔）尼古拉，好孩子，我求求你带着我去吧，让我到那里去看看那些骗子手和傻瓜蛋，兴许我会开心一些。要知道，从复活节到现在我还哪儿都没有去过！

伊凡诺夫　（生气地）好，咱们走！你们都让我烦透了！

沙贝尔斯基　真的？好，谢谢，谢谢……（快活地拉起他的手，走到一边）我可以戴上你的草帽吗？

伊凡诺夫　可以，不过得快一点！

[伯爵走进屋子。

我烦透你们这些人了！啊，天哪，我在说什么呢？安娜，我刚刚和你说话态度不好。我以前从来没有这样耍过态度。嗷，安娜，再见了，我一点钟前回家。

安娜　柯里亚，我亲爱的，留在家里吧！

伊凡诺夫　（激动地）我亲爱的，我可怜的，我求求你啦，求你别阻拦我每天晚上离开家。从我这方面说，这很残酷，很不义，但请允许我就这样不仁不义吧！我在家里闷得透不过气来！只要太阳一落山，苦闷就开始折磨我的灵魂。那是什么样的苦闷呀！你别问我这是因为什么，我自己也不知道。我对天起誓，我不知道！这里是苦闷，而到了列别杰夫那边，更加苦闷；从那边回到家里，照样还是苦闷，要苦闷整整一夜……这简直是灾难！……

安娜　柯里亚……就留在家里吧！我们，像早先那样，一起聊聊天……一起吃晚饭，一起读书……为了你，我和伯爵学会了不少双重奏……（拥抱他）留下来吧！……（顿歇）我不明白你。已经有整整一年了，你天天晚上外出。你为什么成了这个样子？

伊凡诺夫　我不知道，我不知道……

安娜　你为什么不愿意让我晚上跟你一起出去呢？

伊凡诺夫　如果你需要知道原因，我可以说。这么说出口，有点残酷，但还是说出来好……当苦闷折磨着我的时候，我……我开始不再爱你。在这个时刻，我要逃离你。总而言之，我需要离开家门。

安娜　苦闷？我理解，我理解……你知道吗，柯里亚？你试一试，像从前那样，唱啊，笑啊，喊啊……你留下来，咱们一起来

安娜　　笑，再喝点儿酒，让我们一起把你的苦闷赶走。愿意吗？我为你唱歌？或者咱们在你的书房里坐下，像从前那样，在黑暗中听你倾诉，向我倾诉你的苦闷……你有一双多么痛苦的眼睛！我要凝望着这双眼睛，我要号啕大哭，这样，我们两人都会轻松一些……（又笑又哭）柯里亚，怎么样？花儿谢了春天会重新开放，而欢乐——一去不复返？是这样吗？好了，你走吧，走吧……

伊凡诺夫　　安娜，你代我向上帝祈祷！（走去，又停下，想了想）不的，我受不了！（离去）

安娜　　你走吧……（坐在桌旁）

列沃夫　　（在舞台上踱步）安娜·彼特洛芙娜，你要守规矩，六点钟一到，您就得回屋，直到第二天早晨也不许出屋。晚间的潮湿空气对您的身体有害。

安娜　　遵命。

列沃夫　　什么“遵命”！我跟您说正经的。

安娜　　我不想做个正经的人。（咳嗽）

列沃夫　　瞧，已经在咳嗽了……

第七场

[列沃夫、安娜·彼特洛芙娜和沙贝尔斯基。

沙贝尔斯基　　（戴着草帽，穿着大衣从屋子里出来）尼古拉在哪里？马车备好了吗？（快步走去，吻安娜·彼特洛芙娜的手）晚安，亲爱的！（做个鬼脸）对不起啦，我先走啦！（快步

离去）

列沃夫　小丑！

[静场片刻，远处传来风琴声。

安娜　多么无聊！……你听，连车夫和厨娘他们都在跳舞作乐，而我……我像个被遗弃的女人……医生，您为什么老在那里走来走去？到这边来坐下……

列沃夫　我坐不下来。

[静场。

安娜　他们在厨房里弹奏《小麻雀》。（唱）“小麻雀，小麻雀，你去哪里？在山下呀，喝甘露呀。”（顿）医生，您父母亲还健在吗？

列沃夫　父亲死了，母亲还在。

安娜　您想念母亲吗？

列沃夫　我没有时间想念。

安娜　（笑）花儿谢了春天会重新开放，而欢乐——一去不复返。是谁对我说了这句话？让我想想……可能，是尼古拉自己说的。（倾听）猫头鹰又在号叫了！

列沃夫　啾，让它号叫好了。

安娜　医生，我现在觉得，我的命运欺骗了我。很多的人，可能还远不如我的人，却过得挺幸福，也不要为自己得到的幸福付出代价。我呢，为所有的一切都付出了代价！……这是多么沉重的代价呀！为什么要让我付出如此可怕的代价？……我亲爱的，您与我说话十分谨慎，生怕说出实情，但您以为我就不知道自己得了什么病？我知道得很清楚，而且，谈论这个也没有意思……（用犹太人的语调）请原谅！您会说笑话吗？

列沃夫　不会。

安娜　而尼古拉会。我现在还为人世间的不公平感到奇怪：为什么爱得不到爱的回报？为什么真情换来的是假意？您说：父母亲恨我要恨到哪一天？他们住在离此地十里路的地方，而我日日夜夜，甚至在梦里都能感受到他们的仇恨。您再说说，该怎么理解尼古拉的苦闷？他说一当夜晚降临，苦闷向他压迫过来，他就不再爱我。这，我可以理解和忍受，但您能想象，他会完全不再爱我了！当然，这是不可能的，但万一呢？不，不，不该这样想。（唱）“小麻雀，小麻雀，你在哪里？”（颤抖）我有多么可怕的想法呀！……您，医生，还没有成家，您懂得不多……

列沃夫　您感到奇怪……（坐在旁边）不，我……是您让我感到奇怪！呶，您给我解释一下，像您这样一个聪明的、诚实的、几乎像天使一样的女人，怎么允许别人这么卑鄙地欺骗自己，把您拖到了这个狼窝？您为什么在这里？您和这些冷酷的人有什么共同语言……且不说您那丈夫！您和这个庸俗的环境有什么共同之处？噢，我的上帝！……这个永远发着牢骚、疯疯癫癫的伯爵，这个头号骗子手，长得如此丑陋的米沙……您倒是向我解释一下，您为什么要来这里？您是怎么跑到这里来的？……

安娜　（笑）这就是他当年说的话……一模一样的话……但他的眼睛更大一些，一当他说得激动起来，他的眼睛就像煤球一样地闪闪发光……您说吧，说吧！…

列沃夫　（站起，摇了摇手）还说什么？进屋去吧……

安娜　关于尼古拉，您说了那么多不是。您从哪儿知道他的？难道在半年时间里就能了解一个人？医生，他是一个非常优秀的人，我感到惋惜，您不知道两三年前的他。他现在郁郁寡欢，沉默不语，无所事事，但以前……他多么精彩！……我第一眼就爱上了他。（笑）看了一眼，我就神魂颠倒了！他说：咱们走……我就剪断了一切束缚着我的纽带，就像用一把剪刀剪断

安娜　了所有的枯枝烂叶，跟着他走了……（顿）而现在不是那个样子了……现在他到列别杰夫家里去，为的是在那里与别的女人寻欢作乐，而我呢……坐在花园里，听猫头鹰号叫……（更夫在打更）医生，你有兄弟吗？

列沃夫　没有。

[安娜·彼特洛芙娜哭泣。

列沃夫　呶，怎么啦？您怎么啦？

安娜　（站起）我受不了啦，医生，我要到那边去……

列沃夫　到哪儿去？

安娜　到他去的那个地方去……我要去……您去吩咐备马。（跑进屋去）

列沃夫　不的，我坚决拒绝在这样的环境下治病！不给一分钱报酬不说，还要让我的心灵不得安宁！……不的，我不干了！我受够了！……（走进屋子）

[幕落。

第二幕

[列别杰夫家的客厅。中央有扇门，通向花园。左右两侧也都有门。古色古香的家具，枝形吊灯，枝形烛台，画幅，它们都用布幔覆盖着。

第一场

[齐娜依达·沙维什娜、科西赫、阿芙道西雅·纳扎洛芙娜、叶戈洛什卡和加夫利拉，女仆，几个年老的和年轻的女宾，巴巴基娜。

[齐娜依达·沙维什娜坐在沙发上。老年女宾分坐在她两旁的靠背椅上，年轻的散坐在椅子上。在中央的那扇门旁，在舞台深处，客人们在玩牌，他们中有：科西赫，阿芙道西雅·纳扎洛芙娜和叶戈洛什卡。加夫利拉站在右侧的门旁。女仆端着托盘分送甜食。客人从花园走进右侧的门，又返回花园，全幕中常有客人进进出出。巴巴基娜由右门入，径向齐娜依达·沙维什娜走去。

齐娜依达　（高兴地）亲爱的，马尔法·叶戈洛芙娜……

巴巴基娜　您好，齐娜依达·沙维什娜！恭喜您家小姐的生日……（接吻）上帝保佑……

齐娜依达　谢谢您，亲爱的，我真高兴……呶，您身体如何？

巴巴基娜　非常感谢您。（坐在沙发上）年轻人，你们好！……

[客人们站起，鞠躬。

来客甲　（笑）称我们“年轻人”……您难道已经老了？

巴巴基娜　（叹气）我哪儿能装嫩……

来客甲　（带着敬重的笑意）瞧您说的……单单是寡妇这个称号，就能让任何一个姑娘在您面前矮三分。

[加夫利拉给巴巴基娜端茶。

齐娜依达　（向加夫利拉）你拿什么来了？得拿点果酱来……

巴巴基娜　您别费心，我非常感谢您。

[静场。

来客甲　玛尔法·叶戈洛芙娜，您是打穆什金诺村那边过来的？……

巴巴基娜　不是，我从扎耶米什村那个方向过来，那边的路好走一点。

来客甲　是这样。

科西赫　两张黑桃。

叶戈洛什卡　派司。

阿芙道西雅　派司。

来客乙　派司。

巴巴基娜　亲爱的齐娜依达·沙维什娜，现在彩票大涨。您看，第一期的票价已到二百七十，第二期也快到二百五十……从来没有见过这样的……

齐娜依达　（叹气）谁手头彩票多，谁就发了。

巴巴基娜　亲爱的，别这样说，尽管票价是涨了，但投资彩票并不合

巴巴基娜　算，单是保险金这一项就让人扛不住。

齐娜依达　不过，亲爱的，总还有希望……（叹气）上帝是很慈悲的……

来客丙　太太们，依我之见，在现如今手里握有资本非常不利。股票红利少，而投机又太危险。太太们，我这么认为，现如今，拥有资本的人处境要比其他人更糟……

巴巴基娜　（叹气）说得对！

[来客甲打哈欠。

难道可以在女士们面前打哈欠的？

来客甲　太太们，请原谅，我不是故意的。

[齐娜依达·沙维什娜站起，从右侧门走出。长久的静场。

叶戈洛什卡　两张方块。

阿芙道西雅　派司。

来客　派司。

科西赫　派司。

巴巴基娜　（旁白）天哪，多么烦闷，能闷死人！

第二场

[上一场的人，齐娜依达·沙维什娜和列别杰夫。

齐娜依达　（和列别杰夫从右门上，轻声）你怎么在那边坐着不动窝了？派头好大！到这边来陪陪客人吧！（坐到原来的位置上）

列别杰夫　（打哈欠）啊，我们是罪孽深重呀！（见到巴巴基娜）有美人儿在座！（打招呼）您身体可好？……

巴巴基娜　非常感谢您的关心。

列别杰夫　呶，感谢上帝！……感谢上帝！（坐在一把靠背椅上）是的，是的……加夫利拉！

[加夫利拉给他送来一杯白酒和一杯水，他喝着白酒也喝着水。

来客甲　祝您健康！……

列别杰夫　哪有健康可言！……不一命呜呼，就该说声谢谢。（向妻子）齐娜什卡，咱们的宝贝女儿在哪？

科西赫　（哭腔）请告诉我：为什么我们手里没有王牌？（跳起）为什么我们输了，活见鬼？

阿芙道西雅　（愤怒地跳起）就是因为你不会打牌，老兄，不懂牌就别坐在这里，你有什么资格冒充内行？你手里就压着一张爱斯！……（两人都从桌后跑出来）

科西赫　（含泪）先生们，听我说……我手里有方块儿爱斯，方块儿老 K、Q 和方块儿 8，黑桃爱斯和一张红桃小牌，就她拖累了我打不出好牌！……我说，不带王牌比大小……

阿芙道西雅　（打断他）这是我说的，“不带王牌比大小”！

科西赫　这太可气了！……听我说……我有……您有……（向列别杰夫）巴维尔·基里雷奇，您评评理……我手里有方块儿爱斯，方块儿老 K、Q、8……

列别杰夫　（捂住耳朵）别闹了，求求啦……

阿芙道西雅　（喊叫）是我说的，“不带王牌比大小”！

科西赫　（愤怒）以后我再和这类倒霉蛋同桌打牌我就不是人！（快步走进花园）

[来客乙跟着他下，桌子旁就留下了叶戈洛什卡。

阿芙道西雅　嘿！……他能把人气晕了……倒霉蛋！……你自己才是倒霉蛋！……

巴巴基娜　您，大妈，也爱生气……

阿芙道西雅　（看见巴巴基娜，拍了拍手掌）我的美人儿！……她在这儿，而我眼拙，没有看见……小宝贝儿……（吻她的背膀，坐在她身旁）太高兴啦！小天鹅，让我好好看看你！啧，啧，啧……太美啦！……

列别杰夫　呶，夸够了……您不如给她找个好丈夫……

阿芙道西雅　能找到的！豁出命来找，也给莎霞找个丈夫！……（叹气）但现在到哪儿去找那些未婚夫呢？瞧，我们的这些未婚夫都坐在那边，一个个垂头丧气的，活像一群被雨水淋湿的公鸡！……

来客丙　这个比喻非常不恰当。在我看来，太太们，如果现在的年轻男子宁肯过独身生活，那么过错不在年轻人，而是在社会……

列别杰夫　行了，行了！……你就别高谈阔论了！……我不爱听！……

第三场

[上一场的人物和莎霞。

莎霞　（进屋，走向父亲）这么好的天气，而你们都坐在闷气的屋子里。

齐娜依达　莎霞，你难道没有看见，玛尔法·叶戈洛芙娜在我们这

齐娜依达　里？

莎霞　请原谅。（走向巴巴基娜，向她问好）

巴巴基娜　骄傲起来，莎霞，你骄傲起来了，哪怕来看我一次呢。（接吻）亲爱的，祝你生日愉快……

莎霞　谢谢。（坐到父亲身旁）

列别杰夫　是的，阿芙道西雅·纳扎洛芙娜，现在，未婚夫不好找。不用说未婚夫，就是个像样的车夫也难找。我不想得罪人，但我得说，如今的年轻人，天晓得，都是些不成器的，不像样的……他们跳舞不像跳舞的样子，说话、喝酒都没有正经的样子……

阿芙道西雅　论喝酒，他们可个个都是好手，只要给酒喝……

列别杰夫　光会喝酒算不得什么，马也会喝……可你得喝出个样子来！……在我们年轻的时候，一整天都忙于功课，而一到夜晚，就出去寻找刺激，玩个通宵……跳舞啊，泡妞啊，还有喝酒。（碰一下自己的脖子）也常常谈天说地，聊到舌头都不听使唤……而现在的年轻人……（挥了挥手）我无法理解……既不能给上帝当助手，也不会给魔鬼做下手。在我们全县的范围里，也就只有一个像样的年轻人，但他已经结了婚，（叹息）好像他也变样了……

巴巴基娜　他是谁？

列别杰夫　尼古拉·伊凡诺夫。

巴巴基娜　不错，他是个好男人。（做个怪脸）不过，是个不幸的男人！……

齐娜依达　亲爱的，他怎么能幸福呢！（叹息）他，这个可怜的人，犯了个大错误！……他娶了个犹太女人，本以为她父母会拿出一座金山当陪嫁，结果落空了……一当女儿不再信仰基督教，父母亲就与她一刀两断……到头来连一个戈比都

齐娜依达　没有拿到手，现在后悔也来不及了……

莎霞　妈妈，这不是事实。

巴巴基娜　（热烈地）这怎么不是事实？这是人人皆知的事实。如果不是贪图钱财，他干吗娶个犹太女人？难道俄国女人还少吗？亲爱的，他是犯了个错误，犯了个错误……（兴奋地）而现在这个犹太女人也没有少受他的气！简直啼笑皆非。比方说，他有一天跑回家来对女的说：“你父母欺骗了我！你给我滚！”可是她往哪儿去？父母不会接受她；那么去打工，可她又没有学过干粗活……丈夫天天折磨妻子，幸亏有伯爵从中周旋调解。如果没有伯爵，她早就被丈夫折磨死了……

阿芙道西雅　听说，那男的把女的关进了一个地窖里，对她说：“你吃吧，吃点大蒜头”……她吃呀吃，一直吃到快要灵魂出窍。

[笑声。

莎霞　爸爸，这是谎言！

列别杰夫　呶，这有什么的？让他们去说吧……（喊）加夫利拉！

[加夫利拉给他送来白酒与水。

齐娜依达　可怜的人，他就这样子破产了。亲爱的，他的家境实在不妙……要不是包尔金在照看他的产业，他和那个犹太女人就得饿死。（叹息）亲爱的，因为他，我们也遭了罪！……只有上帝知道我们遭了什么罪！亲爱的，你能相信吗，就这三年光景，他已经欠了我九千卢布的债！

巴巴基娜　（惊讶）九千卢布！

齐娜依达　是的……这是我的宝贝丈夫巴维尔一手借给他的。他就搞不清可以借给谁，不可以借给准。关于本金我就不说了，但至少得把利息按期付给我们吧！……

莎霞　（激动地）妈妈，这样的话您已经说过不下一千次了。

齐娜依达　关你什么事？你为他袒护什么？

莎霞　（站起）你们怎么能够把脏水泼在这样一个人的身上，他有没有做过任何一件对不起你们的事情？说呀，他做过什么对不起你们的事情了？

来客丙　莎霞小姐，容我说两句话！我很尊敬伊凡诺夫先生，始终认为他是个诚实的人，但是，说句老实话，我觉得他是个冒险家。

莎霞　我真佩服您有这样的看法。

来客丙　为了证明我的看法，我给您举个事实，这是他的秘书，或者说是他的随从包尔金说给我听的。两年前，在发生牛瘟期间，他买了头牛，给它上了保险……

齐娜依达　是的，是的！我记得这件事。有人告诉过我。

来客丙　给它上了保险，然后让它染上瘟疫，他就拿到了理赔的保险金。

莎霞　啊，这全是胡说！胡说！谁也没有买了牛之后让它染上瘟疫！这是包尔金自己想出来的损招，还到处吹嘘。当伊凡诺夫知道了这个之后，包尔金接连两个礼拜向伊凡诺夫请求宽恕。伊凡诺夫的过错是他心太软，没有勇气把这个包尔金从身边赶走；他还有一个过错是太轻信人！所有他身边的人，都抢夺了他的钱财，都利用他的慷慨大度，养肥了自己。

列别杰夫　我的火气十足的女儿！别说了！

莎霞　那他们为什么这样胡说八道？啊嘿，这多么无聊！伊凡诺夫，伊凡诺夫，伊凡诺夫——再也没有别的话题了。（走到门口，又返回）我太惊讶了！（向在座的年轻人）先生们，我为你们的麻木感到惊讶！你们难道不觉得这么坐着很无聊？无聊得连空气都凝固住了！你们得说点什么呀，让女士

莎霞　　们开心呀，活跃活跃气氛呀！如果你们除了伊凡诺夫之外，找不到别的话题，你们就尽情地笑吧，唱吧，跳吧……

列别杰夫　（笑）教训吧，是得好好教训他们！

莎霞　　好，大家听着，给我捧捧场！如果你们不想唱歌，不想跳舞，也不想笑，觉得这全都无聊，那么我恳求你们，哪怕在生命中就做一次让人吃一惊或者让人笑痛肚皮的事，你们使出浑身解数，说出几句十分机智精彩的俏皮话，哪怕是有点儿出格，或者是有点儿低俗也无妨，只要好笑和新鲜就好！要不，你们所有的人，立马全都做一个让人意想不到的大胆动作，让女士们一辈子难得有一次看着你们大呼“过瘾！”你们是想让女人们喜欢你们的，那为什么你们不努力去取悦于女人呢？啊，先生们！你们全都不合格，不合格！……看着你们的这副德性，苍蝇会停止呼吸，灯泡会冒出黑烟。不合格，不合格！……我要一遍又一遍地反复说，你们全都不合格，不合格！……

第四场

[上一场的人物，伊凡诺夫和沙贝尔斯基。

沙贝尔斯基　（与伊凡诺夫从右门入）谁在这儿大发议论？是您，莎霞？（哈哈大笑，握她的手）我的天使，祝您长命百岁，但别再次投胎到人间……

齐娜依达　（高兴地）尼古拉·阿历克谢耶维奇，伯爵！……

列别杰夫　嘿！我看到谁了……伯爵！（迎着他走去）

沙贝尔斯基　（见到齐娜依达·沙维什娜和巴巴基娜，与她俩握手）两位美女坐在一张沙发上！……真养眼！（向齐娜伊达·沙维什娜）您好，齐娜奇卡！（向巴巴基娜）您好，小美人儿！……

齐娜依达　我好高兴，您，伯爵，是稀客！（喊）加夫利拉，上茶！请坐！（站起，从右门出去，但立即回来了，很有心事的样子。莎霞坐在原来的位置。伊凡诺夫默默地与所有的人打招呼。）

列别杰夫　（向沙贝尔斯基）你从哪里来？是哪阵风把你吹来的？这让人惊喜！（吻他）伯爵，你太不够意思！正派人不会这样干的！（牵着他的手走向前台）你为什么好久不来我们家？生我们气了？

沙贝尔斯基　我坐什么车到你这边来？骑着木棍来？我没有自己的马匹，而尼古拉又不带我来，还命令我陪萨拉坐着，免得她孤单。你要是把自家的马车派来，我就过来了……

列别杰夫　（摆了摆手）是啊！……我夫人是说什么也不肯把马借出去的。我亲爱的，要知道你是我最亲近、最珍贵的一个人！老辈人里就剩你我两个人了！只有你能唤起我对往日的痛苦和逝去了的青春岁月的记忆……玩笑归玩笑，不过，我几乎要哭出来了。（吻伯爵）

沙贝尔斯基　够了，够了！你浑身都是酒气……

列别杰夫　你难以想象，见不到我的老伙伴儿们我有多难受！……（轻声）我夫人的小气劲儿把所有正经的人都给吓跑了，留下来的都是些不三不四的人……啾，你喝茶呀……

[加夫利拉给伯爵端上茶。

齐娜依达　（向加夫利拉）你拿什么来了？得拿点果酱来……

沙贝尔斯基　（笑着，向伊凡诺夫）我不是跟你说了吗？（向列别杰

沙贝尔斯基　夫）我与他打赌来着，我说我们一到这里，你夫人就会立即用果酱款待我们……

齐娜依达　伯爵，您还是那样地爱说笑话……（坐下）

列别杰夫　熬制了二十缸果酱，怎么处理它们？

沙贝尔斯基　（坐在桌子旁）夫人，您在积累财富？怕是百万富翁了吧？

齐娜依达　（叹气）不错，在外人看来，找不到比我们更富有的人，但上哪儿去变钱？只是虚有其名……

沙贝尔斯基　啵，是的，是的！……我们全知道！……我们知道您不太会算计……（向列别杰夫）巴维尔，说句老实话：存了一百万了吧？

列别杰夫　我不知道。这得问夫人……

沙贝尔斯基　（向巴巴基娜）小鸟儿也发大财了吧！不是一天一天，而是一小时一小时地变得漂亮了，变得丰满了！有了钱就是不一样……

巴巴基娜　阁下，非常感谢您，不过，我不喜欢别人取笑我。

沙贝尔斯基　我亲爱的，这难道是在取笑你？这是我发自内心的呼唤，这是我一番深情的流露……无论是您，还是齐娜依达，我都爱得不行。（兴奋地）我高兴！……我心满意足！……我看见你们两人，不能平心静气……

齐娜依达　您还是从前那个样子。（向叶戈洛什卡）叶戈洛什卡，把蜡烛灭了！不打牌了，还点着蜡烛干嘛？（叶戈洛什卡身子抖了一下，去灭掉蜡烛，再坐下；向伊凡诺夫）尼古拉·阿历克谢耶维奇，您夫人的身体好吗？

伊凡诺夫　不好。今天医生明确地说了，她得的是肺痨……

齐娜依达　当真？多么可惜！（叹息）而我们都很喜欢她……

沙贝尔斯基　胡说，胡说！……根本没有肺痨病，这是医生的造谣惑

沙贝尔斯基　众。想要当个一代名医，就编造了肺痨病出来。好在丈夫还头脑清醒。（伊凡诺夫做出了一个不能忍受的神情）至于萨拉本人，我不相信她说的任何一句话。我这一辈子既不相信医生，也不相信律师，还不相信女人。都是胡说八道，造谣惑众，骗人钱财的把戏！

列别杰夫　（向沙贝尔斯基）你是个怪人，伯爵！……你那种愤世嫉俗的架势，就像个好管闲事的傻瓜，表面一看，像个人样，但只要一说话就气势汹汹……

沙贝尔斯基　难道要让我去和那些骗子手、坏蛋们拥抱接吻吗？

列别杰夫　你在哪儿见到这些骗子手、坏蛋了？

沙贝尔斯基　在座的当然都不是，可是……

列别杰夫　你的“可是”又来了……这全都是捕风捉影。

沙贝尔斯基　“捕风捉影”……你没有任何的世界观。

列别杰夫　我的世界观是什么？随时坐等死神降临——这就是我的世界观。兄弟，我们别去想世界观的事儿了。（喊）加夫利拉！

沙贝尔斯基　你喝得不少了……瞧，鼻子都发紫了！

列别杰夫　（喝酒）亲爱的，没关系……我不是去结婚。

齐娜依达　列沃夫医生好久没有来了，他完全忘了我们。

莎霞　我讨厌这个人。伪君子。哪怕是喝杯水、抽支烟，也要显示自己多么正经。走道儿也好，说话也好，额头上贴着“我是正派的人！”的招牌！这人多讨厌。

沙贝尔斯基　医生是个直来直去、不通人情的人！（厌恶地）“给诚实的劳动让路！”他像鹦鹉那样，不停地叫嚷着，俨然是个再世的圣人。谁不像他那样嚷嚷，谁就是混蛋。他的思想偏激得惊人。如果有个农民生活得丰衣足食，他就认定是个不法的富农。我穿件丝绒上衣，还有佣人给我穿衣，我

沙贝尔斯基　就是个不法的地主。他以道德的名义横冲直撞，把所有的人都骂倒。我怕这样的人……真的！侮辱了别人，还以卫道者自居。

伊凡诺夫　他让我厌倦，但我还是对他有所好感，他很真诚。

沙贝尔斯基　好一个“真诚”！昨天晚上他没头没脑地教训了我：“伯爵，我非常讨厌您！”谢天谢地！他说这一番话也不是随随便便的，而是摆着架子的：他的嗓音发颤，两眼发光，双膝发抖……让这种真诚见鬼去吧！我让他讨厌，这是不言而喻的……我自己也瞧不起我自己，但为什么要当面让我下不了台？我是个无能的人，但你对我这头白发也该有所尊重……他的真诚是愚蠢的，残暴的！

列别杰夫　好了，好了！……你自己也年轻过，要理解人家。

沙贝尔斯基　是的，我也年轻过，当年我也扮演过替天行道的英雄，声讨过坏蛋和骗子手，但我从来没有指着小偷的鼻子骂小偷，从来没有在吊死过人的家里提起绳子。我有教养。而你们那位愚蠢的医生，如果给他一个机会，可以以维护人类理想的名义当众打我一记耳光，他会兴奋得像是上了九重天似的。

列别杰夫　年轻人都有怪脾气。我的叔父是研究哲学的……家里常常高朋满座，酒喝多了，就跳到椅子上去宣讲：“你们是无知的群盲！你们是黑暗势力！新生活曙光已经照亮！”诸如此类……他一个劲儿地教训别人。

莎霞　那么客人有什么反应？

列别杰夫　毫无反应……洗耳恭听，照样喝酒。可有一次我要和他，和我的亲叔叔决斗。起因是关于培根的讨论。我记得，我那时就坐在马特维坐的位置上，而叔叔站在那边，大概就是尼古拉现在的那个位置……拉格西姆·尼雷奇提出了一

列别杰夫　了，怪可怜的……

齐娜依达　伯爵只喝了半杯茶。糖白白费了。（从左门下）

列别杰夫　没法说！……（走进花园）

第六场

[伊凡诺夫和莎霞。

莎霞　（与伊凡诺夫从右门上）都到花园去了。

伊凡诺夫　舒拉契卡，是这么回事。从前我工作繁忙，想得很多，但从不疲劳；现在呢，我无所事事，头脑里也无牵挂，但却身心疲惫。无论是白天，还是黑夜，我的良心没有一刻安宁，我知道我大错特错了，但我却不知道我到底错在哪里。此外，还有妻子的病，手头拮据，无休止的争吵，谣言，闲话，还有那个愚蠢的包尔金……我讨厌我那个家，待在里头比蹲监牢还难受。舒拉契卡，我坦白告诉你，我甚至无法忍受我的妻子，尽管妻子还爱着我。你是我的知己，你不会见怪我的坦率的。我到你们这儿来是为了寻找快乐，但我就是在你们这儿也不开心，我又想着回家了。请原谅，我现在悄悄地走开。

莎霞　尼古拉·阿历克谢耶维奇，我理解您，您的不幸是因为您孤独。您身边需要有一个您爱着的人，一个能理解您的人。只单单需要一个爱，就能让您焕然一新。

伊凡诺夫　舒拉契卡，瞧您说的！我这么一个被雨淋湿了的老公鸡，玩儿不了新的浪漫史了！上帝保佑，别让我再吃这个苦头了。

伊凡诺夫　我的朋友，问题不在爱情上。我向天起誓，我可以忍受一切：忍受苦闷，忍受神经衰弱，忍受贫穷，忍受失去妻子，忍受自己的未老先衰和孤独，但我忍受不了自己看不起自己的自悲。当我一想到，像我这样一个体格健壮的人变成了或是像哈姆莱特或是像多余人一样的人，我就羞愧难当……有些可怜的人，当别人称他们是哈姆莱特或多余人的时候，就沾沾自喜，但对于我来说，这简直是耻辱！这伤害了的自尊心，让我羞愧，让我痛苦……

莎霞　（笑里闪着泪光）尼古拉·阿历克谢耶维奇，咱们一起去美国。

伊凡诺夫　我怕是去不了的，而您到美国……（两人向花园走去）舒拉，说真的，您在这里生活着太没有意思了！看看您周围的这些人，我便开始觉得可怕：您将来能嫁给一个什么样的人呢？只有一个希望：将来有一个路过这里的军官或是一个大学生，看上了您，把您带走……

第七场

[齐娜依达·沙维什娜拿着一瓶果酱从左门上。

伊凡诺夫　舒拉契卡，对不起，我随后就来……

[莎霞进花园。

齐娜依达·沙维什娜，我对您有个请求……

齐娜依达　尼古拉·阿历克谢耶维奇，什么事儿？

伊凡诺夫　（迟疑）是这么回事，后天我的借据就到期了，如果您能给

伊凡诺夫　我缓几天，或者把利息加到本金上去，我就多谢您了。我现在手头没有钱……

齐娜依达　尼古拉·阿历克谢耶维奇，怎么能这样办事？有这个道理吗？不的，您别异想天开了，看在上帝面上，您别折磨我这个可怜的人……

伊凡诺夫　对不起，对不起……（走进花园）

齐娜依达　老天爷，他可把我吓坏了！……我浑身在发抖……浑身发抖……（从右门下）

第八场

科西赫　（从左门上，走过舞台）我手里有方块儿爱斯，方块儿老K、Q和方块儿8，黑桃爱斯和一块儿红桃小牌，就她拖累了我打不出好牌！（从右门下）

第九场

[阿芙道西雅·纳扎洛芙娜和来客甲。

阿芙道西雅　（与来客甲一起从花园进来）我正想把她这个吝啬鬼揍一顿……我从五点开始一直干坐着，而她连一条臭鱼都舍不得给我们吃！……这算什么人家！……

来客甲　太无聊了，简直想把脑袋往墙上撞！别折腾人了！……又

来客甲　闷，又饿，逼得你要像狼一样吼叫，去咬人。

阿芙道西雅　我真想把她揍一顿。

来客甲　老太太，我喝杯酒，就打道回府！午饭之后，连杯酒都没有喝到，我对你们的爱情还有什么兴趣？

阿芙道西雅　咱们走，去找找……

来客甲　嘘！……小声点！餐厅的柜子里兴许有白兰地。咱们去找叶戈洛什卡帮忙……嘘！……（两人从左门下）

第十场

[安娜·彼得洛芙娜和列沃夫从右门上。

安娜　没有关系，他们看到我们只会高兴。没有一个人。想必都在花园里。

列沃夫　啵，您为什么把我领到这个狼窝里来？你我都不应在这里逗留！正派人不应该与他们同流合污！

安娜　您这个正派人呀！陪着一个女士一路走来不停地跟她宣讲您的正派！也许，这很正派，但至少这也乏味。您永远不要给女人们讲您的高贵品德。让她们自己明白。我的尼古拉像您这样年轻的时候，在女人们跟前，就是唱唱歌，说说笑话，而与此同时，每个女人都知道他很优秀。

列沃夫　啊嘿，您别跟我说您的尼古拉了，我太了解他了！

安娜　您是个好人，但您完全不了解人。咱们去花园吧。他从来不这样说话：“我是个正直的人！我受不了这个环境！这是狼窝！这是鳄鱼池！”即便是野兽，他也不惊动它们。一当他气恼的

安娜　时候，就能听到他这样说："啊，今天我太不讲道理了！"或者说："安娜，我很可怜那个人！"您听听，而您呢……（两人离去）

第十一场

[阿芙道西雅·纳扎洛芙娜和来客甲。

来客甲　（从左边上）餐厅没有，那一定是放在储藏室里了。得去找叶戈洛什卡。从客厅过去。

阿芙道西雅　我真想揍她一顿！（两人从右门下）

第十二场

[巴巴基娜和包尔金和沙贝尔斯基。

[巴巴基娜和包尔金笑着从花园出来；跟在他俩身后的是沙贝尔斯基，他走着小碎步，笑着，搓着手。

巴巴基娜　多枯燥啊！（笑）多没有意思！一个个坐在那儿，像是肚子里吞了根棍儿！骨头都僵硬了。（跳跃）应该松弛松弛！……（包尔金搂住她的腰，吻她的面颊）

沙贝尔斯基　（大笑，扭动手指）真来劲！（啧啧称赞）好……

巴巴基娜　放开手，放开手，不要脸的，让伯爵看了，他会怎么想！别闹了！……

包尔金　我的天使，我的心肝宝贝儿！……（吻她）借我两千三百卢布！……

巴巴基娜　不的，不的……您千万别提钱的事……不的，不的！……啊，把手放开！……

沙贝尔斯基　（在周围走着）这小女人……很迷人……

包尔金　（认真地）行了，谈谈正经事。从公平交易的角度来谈问题。您直接了当地告诉我：同意还是不同意？（指着伯爵）他需要钱，一年至少三千卢布。您需要丈夫。您想不想当伯爵夫人？

沙贝尔斯基　（大笑）天才的坏蛋！

包尔金　想不想当伯爵夫人？想还是不想？

巴巴基娜　（慌乱）米沙，您异想天开……这样的事情怎么能这么仓促……如果伯爵有意愿，他可以自己提出……我不知道怎么能这么着急……

包尔金　哎，别装糊涂了！这是明码标价的公平交易……行还是不行？

沙贝尔斯基　（笑着搓手）有道理是吧？我何不逢场作戏呢？小美人儿……（吻巴巴基娜的脸）太妙了！……

巴巴基娜　别的，别的，你们把我的脑子搞乱了……走开，走开！……不，别走！……

包尔金　快说！行还是不行？我们没工夫等……

巴巴基娜　伯爵，这样行吗？您先到我家去玩两三天……我们那边好，不像这里……您明天就来……（向包尔金）您是开玩笑吧？

包尔金　（生气地）这么严肃的事情，谁敢开玩笑？

巴巴基娜　等一等，等一等……啊，我头昏了！我头昏了！伯爵夫人……我头昏了！……我站不住了……

[包尔金和伯爵笑着扶着她的胳膊，一边吻着她的面颊，一边把她扶出右门。

第十三场

[伊凡诺夫、莎霞，然后有安娜·彼得洛芙娜。

[伊凡诺夫和莎霞从花园跑回来。

伊凡诺夫　（绝望地抱住自己的头）不可能！舒拉契卡！别这样，别这样！……啊嘿，别这样！……

莎霞　（热烈地）我爱您……没有您，我的生活毫无意义，既没有幸福，也没有快乐！您是我的一切……

伊凡诺夫　为什么！我的上帝，我无法理解……舒拉，别这样！……

莎霞　在我童年的时候，您是我唯一的欢乐，我爱您如同爱我自己一样，而现在……我爱您，尼古拉·阿历克谢耶维奇……和您在一起，哪怕去到天涯海角，哪怕是走向坟墓，只是要快点儿，否则我要憋死了……

伊凡诺夫　（幸福地笑着）这是什么呢？这意味着重新开始生活？舒拉契卡，是吗？我的幸福！（把她搂到怀里）我的青春，我的新鲜生命……

[安娜·彼得洛芙娜从花园进来，看见丈夫和莎霞，惊呆了。

伊凡诺夫　重新生活？是吗？重新工作？

[接吻。吻后环视四周，看到安娜·彼得洛芙娜。

伊凡诺夫　（恐怖地）萨拉！

[幕落。

第三幕

[伊凡诺夫书房，书桌上杂乱地扎堆放着纸张、书籍、文件、玩具和枪支。文件堆儿旁有一台灯，酒瓶，一盘腌鱼，几块面包和酸黄瓜。墙上挂着风景画、猎枪、镰刀等饰物。中午时分。

第一场

[沙贝尔斯基、列别杰夫、包尔金和彼得。

[沙贝尔斯基和列别杰夫坐在书桌旁。包尔金跨坐在舞台中央的一把椅子上。彼得站在门口。

列别杰夫　法国的政治很透明，很稳定……法国人知道他们要什么。他们需要剥德国香肠的皮。而德国的情形完全不同。除了法国之外，德国还有不少眼中钉、肉中刺……

沙贝尔斯基　瞎说八道！……依我说，德国人和法国人都是胆小鬼……他们只会装腔作势，不可能真刀真枪打起来。

包尔金　干吗要打起来？这些武器装备、这些会议、这些开支都为了什么？要我来主事，我会怎么干？我把全国的狗都集中起来，给它们注射疯犬血清，然后将它们放到敌国去，那么不出一月，所有的敌人都会染上了疯犬病。

列别杰夫　（笑）你瞧，这个小脑袋里装着多少大思想．就像海里的鱼儿点不清。

沙贝尔斯基　天才！

列别杰夫　米哈伊尔，上帝保佑你！（收敛笑容）怎么的？德国长来德国短，就把喝酒的事儿给忘了。喝！（倒酒）祝大家健康……（喝酒吃小菜）青鱼是最好的小菜。

沙贝尔斯基　不是，黄瓜更好……开天辟地以来，聪明人挖空心思研发比腌黄瓜更好吃的小菜，但都没有成功。（向彼得）彼得，再去拿点儿黄瓜来，再吩咐厨房弄四个葱夹馅饼，趁热送来。

[彼得下。

列别杰夫　就着鱼子酱喝酒也是一乐。咋个吃法呢？得拿四匙黑鱼子酱、两根绿葱、少许色拉油搅拌起来，上边再放上一片柠檬……棒极了！单是那香味就让人发狂。

包尔金　喝过伏特加酒，最好再吃点儿炸山鸡。但得会炸。先把它洗干净，再撒上面包碎粒，要炸干了，放到嘴里咬……咬出声响来……

沙贝尔斯基　昨天在巴巴基娜家里吃到一道好菜——白蘑菇。

列别杰夫　那还用说……

沙贝尔斯基　有特别的烹调法。调料有葱，有月桂叶，有各种香料。锅盖一开，芳香扑鼻……简直是享受！

列别杰夫　怎么的？先生们，继续喝！（喝酒）祝大家健康……（看表）大概是等不到尼古拉了。我得走了。你说在巴巴基娜

列别杰夫　家吃到白蘑菇了，可我们家连个蘑菇的影子也没见到。你老实说，你常去巴巴基娜家有什么企图吗？

沙贝尔斯基　（指了指包尔金）他想让我娶她……

列别杰夫　娶她？……你多大年纪了？

沙贝尔斯基　62 岁。

列别杰夫　正是结婚的好时光。你和巴巴基娜很般配。

包尔金　关键不在巴巴基娜这个人，而是在她的钱财。

列别杰夫　想要巴巴基娜的钱财……天鹅肉想吃吗？

包尔金　一旦他结了婚，您就看见天鹅肉了。羡慕吧……

沙贝尔斯基　他是认真的。这位天才确信，我会听他话，结婚……

包尔金　怎么的？您难道改了主意？

沙贝尔斯基　你疯了……我啥时候拿定了主意的？……

包尔金　谢谢您……多谢您！这么说，您要骗我？一会儿想结婚，一会儿又不想结婚……而我已经实话实说了！这么说，您不想结婚了？

沙贝尔斯基　（耸耸肩）他认真了……是个怪人！

包尔金　（愤怒）那您为什么要耍弄一个正派的女人呢？她吃不好，睡不着，朝思暮想那个伯爵的头衔……能这么开玩笑吗？这道德吗？

沙贝尔斯基　（摇动手指）真的，为什么不能开这种低级玩笑呢？啊？就这么玩！心血来潮。说实话……这要让大家看笑话！

[列沃夫上。

第二场

列别杰夫　欢迎医生……（与列沃夫握手，哼唱）：“医生，医生，我要死了，赶紧救命……”

列沃夫　尼古拉·阿历克谢耶维奇还没有来？

列别杰夫　还没有，我已经等了他一个多小时了。

[列沃夫不耐烦地踱步。

亲爱的，安娜·彼特洛芙娜的病情如何？

列沃夫　不好。

列别杰夫　（叹气）可以去看望她吗？

列沃夫　不，您别去，她可能还在床上休息……（顿歇）

列别杰夫　多好的一个女人……（叹气）在莎霞生日那天，她在我家晕倒了，我看了她的面孔，那时我就已经知道，这个可怜的女人活不了多长时间了。我不明白，那时她为什么晕倒了？我跑到那边一看：她脸色惨白，躺在地上，她的身旁跪着尼古拉，他的脸色也惨白，而莎霞泪流满面。在这个事情发生之后，我和莎霞整整一个星期心不在焉。

沙贝尔斯基　（向列沃夫）尊敬的科学之子，请您告诉我，是哪一位学者发现了这样一个真理：年轻医生常常去拜访得了肺病的女人大有好处？这是伟大的发现！伟大的！这算是什么疗法：是顺势疗法还是逆势疗法。

[列沃夫本想回答，但只做了一个鄙视的手势，离去。

多么恶狠狠的目光……

列别杰夫　谁叫你出言不逊的！你干吗要讽刺他？

沙贝尔斯基　（气恼）他为什么撒谎？肺痨病，无希望，死定了……他在撒谎！我无法忍受！

列别杰夫　　你为什么认为他是在撒谎？

沙贝尔斯基　（站起，踱步）我不能想象，一个活生生的人无缘无故地突然死去。咱们别谈这个了！

第三场

科西赫　　（喘着气跑上）尼古拉·阿历克谢耶维奇在家吗？大家好！（快速地与所有人握手）在家吗？

包尔金　　他不在家。

科西赫　　（坐下又跳起）那么再见了！（喝一杯酒）还得走……事儿忙……烦心事……累坏了……

列别杰夫　　你从哪儿过来？

科西赫　　从巴拉巴诺夫家过来。我们打了一夜的牌，刚打完……我输光了……那个巴拉巴诺夫的牌太厉害！（哭腔）听我说，我一手的红桃。（转向包尔金）他出方块儿，我山红桃，他再出方块儿……但没有王牌。（向列别杰夫）我们打的是梅花主牌。我有爱斯、Q 在手里……

列别杰夫　　（掩耳）饶了我吧，看在上帝的分儿上，饶了我吧！

科西赫　　（向伯爵）您明白吗？我有梅花爱斯、Q 在手里……

沙贝尔斯基　（用手挡住他）您走吧，我不想听。

科西赫　　可一下子我就输了，我的黑桃爱斯给人吃了……

沙贝尔斯基　（从桌上拿起手枪）走开，要不我毙了你！……

科西赫　　（挥手）鬼知道……没有一个人可以说说话的？你们像是生活在澳洲，没有共同利益，没有合作精神……各人只顾自己……不过，我得走了……（拿起帽子）时间宝贵……

科西赫　　（与列别杰夫握手）走！……

[哄笑。科西赫走到门口，与阿芙道西雅·纳扎洛芙娜撞个满怀。

第四场

阿芙道西雅　（大叫）你这个坏蛋，撞到我了！

众人　　啊——啊——啊！……好一个不可或缺的女人！……

阿芙道西雅　我好一通找，原来都在这里。漂亮的男人，大家都好……（与每个人打招呼）

列别杰夫　有事吗？

阿芙道西雅　自然有事！（向伯爵）这事与您有关。（鞠躬）巴巴基娜让我向您鞠一躬，问好。她说了，如果您今天晚上不去看她，她会伤心得把眼睛哭瞎。她交代了，亲爱的，你去了把他叫到一边，咬着耳朵小声告诉他。为什么要咬耳朵？这里都是自己人。这又不是偷鸡摸狗的事，这是双方同意的自由恋爱。我向来不喝酒，有这件喜事，我得喝点儿酒！

列别杰夫　我也喝。（倒酒）你真是个老不死。我三十年前看到你就这个样子……

阿芙道西雅　记不住自己的年纪了……已经埋葬了两个丈夫，还想找到第三个丈夫，但没有陪嫁找不到丈夫。生过八个孩子……（拿起酒杯）我们已经把一桩好事开了头，就让它善始善终吧！他们会白发偕老，我们也满心高兴。祝他们幸福美满！……（喝）好厉害的酒！

沙贝尔斯基　（笑，向列别杰夫）有趣的是，他们都以为我真想结婚……太有趣了！（站起）巴维尔，说真的，咱何不也玩一次这种下贱的游戏？逢场作戏……寻寻开心！巴维尔，好吗？

列别杰夫　伯爵，你在说瞎话。老兄，我们得想想如何养老，巴巴基娜和她的钱财与我们无关……我们的时代已经过去了。

沙贝尔斯基　不，我要娶她！真的，我要娶她！

［伊凡诺夫和列沃夫上。

第五场

列沃夫　我请您给我五分钟时间。

列别杰夫　尼古拉！（迎向伊凡诺夫去，吻他）朋友，你好……我等了你整整一个小时了。

阿芙道西雅　（鞠躬）老爷，您好！

伊凡诺夫　（痛苦地）先生们，你们又把我的书房当成酒吧了！……我再次请求你们别这样……（走进书桌）瞧，文件上洒着酒水、面包沫……黄瓜，到处都是……多恶心！

列别杰夫　罪过，罪过……请原谅。我得和你谈一件要紧事……

包尔金　我也一样。

列沃夫　尼古拉·阿历克谢耶维奇，能和您说几句话吗？

伊凡诺夫　（指指列别杰夫）他要找我，您等一等……（向列别杰夫）什么事？

列别杰夫　诸位，我想与他讲几句私房话，请你们……

［伯爵和阿芙道西雅·纳扎洛芙娜离去，包尔金跟着，然

后列沃夫也走了出去。

伊凡诺夫　巴维尔，你自己想怎么喝就怎么喝，这是你的爱好，但请你别拿酒灌我的叔叔。他在我家以前从不喝酒。喝酒对他有害。

列别杰夫　（慌乱）亲爱的，我不知道……我都没有注意……

伊凡诺夫　这个老小孩死了，伤心的不是你，而是我……你想说什么……（顿歇）

列别杰夫　亲爱的朋友…我都不知道该怎么说才显得不那么唐突。尼古拉，我脸都红了，舌头也转不动了，但你设身处地想一想，我不是个自由人，在家里是个奴隶……你原谅我吧……

伊凡诺夫　怎么回事?

列别杰夫　妻子派我来……让你发发善心，把利息付给她！她成天折磨我，纠缠我！看在上帝的分儿上，你也从她手里解脱出来吧！……

伊凡诺夫　巴维尔，你也知道，我现在没有钱。

列别杰夫　我知道，可我怎么办?她不想等。万一她为这事与你打官司，我和莎霞怎么面对你?

伊凡诺夫　我自己也不好意思。巴维尔，如果有地缝，我乐得钻进去，可我到哪儿去弄钱?你教教我，哪儿有钱?只有一个办法：等到秋天，我把打下的粮食卖了。

列别杰夫　（喊）她不想再等！（顿歇）

伊凡诺夫　你的处境很不好，而我的处境更糟。（一边走着一边沉思）毫无办法……山穷水尽了……

列别杰夫　你去找米尔巴赫，他欠你十六万卢布。

[伊凡诺夫无助地摆摆手。

尼古拉……我知道你会恼怒的，但……理解一下我这个老酒鬼吧！像一个朋友那样地看看我……我们曾经是大

列别杰夫　学同学，热爱自由…志趣相投……一起在莫斯科大学学习……母校……（掏出钱包）我有点私房钱，家里没有一个人知道。我借给你……（取出钱来放在桌上）丢掉自尊心，友情为重……我要你还账的……（顿歇）钱在桌子上，一共十万。你今天就拿去亲手交给她。就对她说，齐娜依达，你拿着这钱，这钱能折磨死你！但是不要让她看出这钱是从我这里拿的，千万千万！否则她会饶不了我的！（注视伊凡诺夫的面孔）好了，好了，别这样！（迅速取回钱，装进口袋）别的！我闹了玩的……请原谅，看在上帝分儿上！（顿歇）心里难过？

[*伊凡诺夫挥挥手。*

是的，麻烦事……（叹息）你的苦日子来了。兄弟，人像茶炊一样，不可能总是冰冷地搁在架子上，它也有装上煤块儿，热腾腾地烧起来的时候！这个比喻当然并不高明，但更好的比喻也想不出来……（叹气）不幸是能锻炼人的。尼古拉，我不担心你，你会时来运转的。麦子碾碎了，能做出面粉来。我生气的是周围的人……他们造了多少谣言！说是法院要传唤你了，说你是杀人犯、吸血鬼和强盗……

伊凡诺夫　这倒无所谓，可是我头很痛。

列别杰夫　这是因为你想得太多。

伊凡诺夫　我什么也不想。

列别杰大　尼古拉，你摆脱这一切，到我们家来吧。莎霞喜欢你，理解你。尼古拉，我女儿是好样的。既不像她妈，也不像她爸……兄弟，有时我就纳闷，我这个糟老头怎么会生出这么一个好女儿。你来吧，和她聊聊，开开心。这是个诚实的好人……（顿歇）

伊凡诺夫　巴维尔，你让我一个人待着吧……

列别杰夫　我理解，理解……（匆匆看表）我理解。（吻伊凡诺夫）再见。我还要去学校开个会。（走到门口，停下）她聪明……昨晚我和舒拉还议论了谣言的事。（笑）她说了一句像格言的话：“爸爸，萤火虫在晚间发光，是为了让野鸟来轻易捕食它，好人存活在世间，是为了让小人来造谣中伤他。”怎么样？是天才！有法国女作家乔治·桑的风范！

伊凡诺夫　巴维尔！（打断他的话）我这是怎么啦？

列别杰夫　我也想问你这个问题的，但不好意思问。兄弟，我说不好！一方面，我觉得，种种不幸压迫着你，另一方面，我也知道，你不是那种能被不幸压倒的人。尼古拉，是另有原因，但究竟是什么，我也不知道！

伊凡诺夫　我自己也不知道。我以为是……不！（顿歇）我有个工人，叫西蒙，你也知道他。有一次在打谷场上，他为了在姑娘们面前显示自己的能耐，把两大袋麦子扛到背上，结果受了内伤，很快就死了。我觉得，我也受了内伤。先是上中学，然后上大学，经营产业，制定计划……我的信仰与别人不同，我的婚姻也与别人不同，我敢冒险，向前冲，舍得花钱，整个县里，没有一个人像我这样幸福过，这样痛苦过。巴维尔，所有这一切就是我的装着麦子的大麻袋……我把这麻袋扛到了背上，结果受了内伤。在二十岁的时候，我们全都是英雄，横冲直撞，无所不能，而到三十岁的时候，我们已经精疲力尽，一事无成了。你能解释这种疲惫吗？也许我说得不对……不对不对！巴维尔，你走吧，我让你厌烦了。

列别杰夫　（热烈地）你知道吗？兄弟，是环境害了你！

伊凡诺夫　蠢话，巴维尔，也是套话。你走吧！

列别杰夫　是愚蠢。现在我自己也明白。我走，我走！……（下）

第六场

伊凡诺夫　（独自一人）我是一个百无一用、微不足道的人。只有像巴维尔这样也是可怜至极的人，才会喜欢我，尊重我。我的上帝，我是多么地看不起我自己！多么地憎恶我自己的这副嗓音、这个走相、这双手、这套衣服、这种思想。这不可笑吗？不惭愧吗？不到一年之前，我还是个健康的、意气风发的人，我用这双手不倦地工作；我说出来的话，甚至可以使铁石心肠的人落泪；见到人间的苦难，我会悲伤，见到人间的罪恶，我会愤怒。我知道什么叫灵感，当我从黄昏到黎明坐在自己的工作间里，我能用理想升华我的智慧，我会沉醉在夜的诗意的美妙之中。我有信仰，我眺望未来，就像凝视母亲的眼睛……而现在呢，我的天！我疲倦了，失去了信仰，整天无所事事。脑子、手、脚，全都不听使唤。庄园在衰败，森林被砍伐。（哭泣）我的一片土地像一个孤儿在凝望着我。我无所期待，不再悲悯，面对明天，我的灵魂在颤抖……我和萨拉的故事呢？我曾向她宣过誓永远爱她，我允诺过给她永远的幸福，我让她看到了她连做梦也想不到的美好未来。她相信了我。可在这五年中，我看到她在与良心所做的搏斗中，在被自己做出的种种牺牲的重压下，她失去了光泽，她枯萎了，但她对我竟然没有一点儿怨恨，没有一声指责！……这是怎么啦？我不爱她了……怎么的？为什么？什么理由？我不明白。就这样，我眼见着她在痛苦，她的日子屈指可数，而我，像个懦夫，躲避着她的苍白的面孔、塌陷的乳房、恳求的眼光……可耻啊！可耻！（顿歇）

伊凡诺夫　我的不幸打动了莎霞姑娘，她爱上了我这个几乎是老头儿的人，而我陶醉了，忘乎所以地高呼："新生活！幸福！"可到了第二天，我对这新生活和幸福就不大相信了，就像我不大相信家里的灶神一样……我是怎么啦？我是在把自己推向一个什么样的深渊？我的懦弱是从哪里来的？我的神经怎么啦？只要我的有病的妻子伤了我一下自尊心，只要仆人不合我心意，或是猎枪打不响，我就会火冒三丈，粗暴得完全不像我自己了……（顿歇）我不懂，不懂，不懂！一枪结果了自己算了！……

列沃夫　（进来）尼古拉·阿历克谢耶维奇，我得和你谈谈！

伊凡诺夫　医生，如果我们每天都要这么谈谈，我们都没有这份精力。

列沃夫　您能耐心听我说吗？

伊凡诺夫　我每天都听您说，但就是不明白，您要我做什么？

列沃夫　我说得一清二楚，只有没有心肝的人才听不明白……

伊凡诺夫　我妻子快死了——这我知道，我对不起她——我也知道，您是个正派人——我也知道！您还需要什么？

列沃夫　人心的残酷让我愤怒……一个女人要死了。她爱着她的父母，她希望在临死之前再见到他们。他们也知道女儿快要死了，知道她爱着他们，但他们为了炫耀自己的宗教信仰，还在谴责她，这是何等残酷！她就是为了您，牺牲了自己的祖屋、良心的平静，牺牲了一切，而您，竟能心安理得、不加掩饰地每晚跑到列别杰夫家去！

伊凡诺夫　啊，我已经两个星期没有去过了！……

列沃夫　（不理会）对您这种人说话，用不着拐弯抹角，如果您不爱听就别听！我喜欢实话实说……为了另寻新欢，您需要她的死亡，可为什么您就不能等一等？如果您让她自然而然地死去，而不是用您卑劣的手段加速她的死亡，您难道就得不到

列沃夫　莎霞和她的陪嫁？不是现在，而是过了一年，两年，您这个伪君子照样能勾引住那个姑娘，把她的陪嫁弄到手……您急个什么？您为什么非要让您的妻子现在就死，而不是过了一个月或一年？

伊凡诺夫　无法忍受……如果您认为一个人可以无限度地控制住自己，那么，您不是个好医生。要不回答您的侮辱，我需要用可怕的毅力来克制住自己。

列沃夫　得了，您想骗谁？把面具扯掉吧。

伊凡诺夫　您是个聪明人，您以为，理解我是一件再容易不过的事！是吗？您以为我娶安娜是为了得到可观的陪嫁……因为没有得到这陪嫁，希望落空了，现在就想让妻子快点死去，以便另娶一个女人，得到想要的陪嫁……您是这样想的吧？多么简单，多么干净利索……人就是一架简单的机器……不，医生，在我们每一个人的身上，有太多的齿轮、螺丝、阀门，仅凭最初的印象或两三个表面现象，是不能互相做出正确的判断的。我认识不了您，您也认识不了我，我们也认识不了我们自己。可以是个很优秀的医生，但与此同时，他却全然不了解人。您别过度自信，您得承认这一点。

列沃夫　您难道认为自己是如此地神秘莫测，我是那样地头脑简单，以至于我分不清什么是高贵什么是丑恶？

伊凡诺夫　显然，我和您永远也谈不拢的……我最后一次问您，您也请明确地回答我：您需要我什么？您想达到什么目的？（愤怒）我是在和谁说话：是我的审判官，还是给我妻子看病的医生？

列沃夫　我是医生，作为医生，我要求您改变您的行为……别谋杀您妻子！

伊凡诺夫　那我该怎么办？如果您比我更了解我自己，那请您明确告诉

伊凡诺夫　我：我该怎么办？

列沃夫　至少别这样明目张胆。

伊凡诺夫　我的天！您了解您自己吗？（喝点水）请您走开。我要在上帝面前认罪。但谁也没有授权给您让您每天都来折磨我……

列沃夫　可是又有谁授权您来侮辱正义感的？您毒害了我的灵魂。在来到这个县之前，我只知道存在着愚蠢的人、神经有病的人、好幻想的人，但从没有想到有故意犯罪、故意作恶的人……我尊重人、热爱人，但一当我见到了您……

伊凡诺夫　我已经听过您这些话！

列沃夫　听过了？（见到身穿骑马装的莎霞进来）现在我想，我们已经能够彼此了解了。

第七场

伊凡诺夫　（惊讶）舒拉，是你？

莎霞　是我，你好。想不到吧？你为什么这么久不到我们家去？

伊凡诺夫　舒拉，这太轻率了！你的到来会给我妻子极大的刺激。

莎霞　她看不见我的。我从后门进来，我现在就离开。我放心不下：你没有生病？为什么这么久不来？

伊凡诺夫　妻子早已心烦意乱，都快要死了，而你还到这边来。舒拉，这太任性，太不通人情世故了！

莎霞　我该怎么办？你两个星期不露面，也不回答我的来信。我受不了啦。我以为你一定苦恼得不行，或者是病了，死了。我天天失眠……我现在就走……你至少说一句：你是否有病？

伊凡诺夫　不的，我在折磨自己，别人也不断地折磨我……我精疲力竭

伊凡诺夫　了！现在你也来了！这多不应该！舒拉，我有罪过，我有罪过！……

莎霞　你这么喜欢说这些可怕的字眼！你有罪过？你说，有什么罪过？

伊凡诺夫　我不知道，不知道……

莎霞　这不是回答，每个罪人都应知道他有什么罪。难道你造假币了？

伊凡诺夫　傻话！

莎霞　有罪是因为你不再爱你妻子？可能，但人不是自己的感情的主人。你有罪难道是因为她看到了我向你表示爱情？不，你并不希望她看见……

伊凡诺夫　（打断她的话头）诸如此类……爱了，又不爱了，不是自己感情的主人——这都是老生常谈，毫无意义……

莎霞　与您说话很累。（看画）狗画得真好！是写生吧？

伊凡诺夫　是写生。至于我们之间的浪漫史，也没有什么新意：一个男的泄气了，快完蛋了，这时出现了一个少女，她勇敢，有毅力，她向那个男人伸出了援手。这很美，但这只能出现在小说里，而不是在生活中……

莎霞　在生活中也是有的。

伊凡诺夫　看得出来，你很懂得生活！我的苦恼引起了你的一种类似崇高的恐惧，你想象着我身上有哈姆莱特第二的模样。而在我看来，这不过是我的一种心理疾病罢了。它只能成为众人的笑柄！就在我成为众人笑柄的时候，你发出了救人的警报！你拯救我，这是你的壮举。啊，我今天多么瞧不起我自己。我感到，我今天的紧张情绪可能得到缓解……或者让我来打碎个什么东西，或者……

莎霞　对了，这真是该做的，打碎个什么东西，再大声嚷嚷。你在

莎霞　　生我的气，我到你这边来，是做了件蠢事。那你就发火吧，朝我嚷嚷吧，跺脚吧。好吗？大发雷霆吧……（顿）好吗？

伊凡诺夫　真可笑。

莎霞　　很好。我们终于笑了！我求你了，再笑一次！

伊凡诺夫　（笑）我发现，只要你想拯救我，教我学好，你的面孔就变得像天使般的纯洁，你的眼睛亮亮的，像是在眺望天上的一颗彗星。等一等，你肩膀上有灰尘。（从她肩上拂去灰尘）一个天真的男人等于是个傻瓜，而你们女人一天真起来，就变得更加甜美、温存，一点也不傻气。可当男人又健康又开心的时候，你们对他毫不在意的，在他走背运的时候，你们反倒拽住他的脖子缠住他，难道当一个健康的成功男子的妻子不如给一个愁眉苦脸的男人当看护？

莎霞　　不如！

伊凡诺夫　为什么不如？（笑）幸好达尔文听不到你这种言论，要不他会大骂你们一顿的！你们破坏了人类的进化。照你们的想法，人间将来尽是些萎靡不振的弱者。

莎霞　　很多事情男人不懂。每个女人都宁愿爱个失败者，也不去爱个成功者，因为每个女子都想借助爱情做一番拯救灵魂的大事……你理解吗？救人的大事。男人有了事业，爱情只好靠边站。和妻子聊聊天，散散步，消磨一下时光，最后在妻子的墓旁哭一会——就完事大吉。而对于我们女人来说，爱情就是生命。我爱你，就意味着我要把你救出苦海，我要和你走遍天涯海角……你登山，我也登山；你下海，我也下海。对我来说，能够整夜给你抄写文稿，或是整宿守护在你身旁，不让别人来打扰，或是与你一起步行一百里地，都是莫大的幸福。记得是三年前，有一次在麦收季节，你到我家来，满身是尘灰，脸晒黑了，累得不行，要杯水喝。我给你

莎霞　　送杯水来，你已经在沙发上睡着了，足足睡了半天，睡得像个死人，我站在门口守护你，不让旁人进屋。我那时是多么心满意足！女人能做的事情越多，她的爱情也越美丽，也就是说她有更强烈的幸福感。

伊凡诺夫　能成就大事的爱情……这是迷信，这是女人的哲学，或者，它确是这样……（耸肩）鬼知道！（兴奋）舒拉，说真的，我是个正派的人……你想想：我喜欢高谈阔论，但我从来不说："我的女人不可救药"或是"妇女们走到了邪路上"。我对女人只有感恩之情，没有其他想法！我的姑娘，你多么美好！而我是个可笑的糊涂人！（笑）莎霞，该走了，我们说得太多了……

莎霞　　是，该走了。再见！就怕那个正派的医生出于责任感把我来到此地的消息告知你妻子。听我说，你快到妻子那边去，坐在她身边……需要坐一年，就坐一年，需要坐十年，就坐十年。履行自己的责任。请求她的原谅，要哭着请求。而重要的是，别忘了该做的事。

伊凡诺夫　我又有了像是要发狂的感觉。

莎霞　　上帝保佑你！你可以把我完全忘记！每两个星期给我写两句话。而我会给你写信的……

[包尔金探头向屋内张望。

第八场

包尔金　尼古拉·阿历克谢耶维奇，可以吗？（见到莎霞）对不起，我没有看到……（进来）您好！（鞠躬）

莎霞　　（不好意思）您好……

包尔金　您更丰满了，更漂亮了！

莎霞　　（向伊凡诺夫）我走了。尼古拉·阿历克谢耶维奇，我走了。（离去）

包尔金　美妙的景象！“我是来寻找散文的，结果遇到了诗”……（唱）“你出现了，像一只鸟儿飞向光明……”

[伊凡诺夫紧张地踱步。

（坐下）尼古拉，在她身上有种在旁的女人身上找不到的东西，对不对？有种很独特的味道……（叹气）实际上，她是未来最富有的未婚妻，可惜她妈太讨厌，谁也不想跟她家攀亲戚。在她妈死后，舒拉自然可以得到全部家产，但她死前，最多能得到万把块钱和一些小零碎，而且还得低三下四地向她磕头。（摸口袋）抽支烟吗？（递烟）好烟……可以抽。

伊凡诺夫　（愤怒地走向包尔金）马上从我家滚出去！马上滚！

[包尔金站起，烟掉到地下。

马上给我滚！

包尔金　尼古拉，这算什么？您为什么火冒三丈？

伊凡诺夫　为什么？您这些烟哪儿来的？您以为我不知道，您每天都把老头子领到哪儿去了？为了什么这么干？

包尔金　（耸肩）这关您什么事？

伊凡诺夫　您这个坏蛋！您玩儿弄的这些鬼把戏让我在全县名誉扫地！我与您没有一点共同语言，我请您马上离开我家！（快速踱步）

包尔金　我知道，您说这些话是在火头上，所以我不生您气。您尽管骂我……（拾起香烟）也该把您自己的坏脾气改改了。您不是个小学生……

伊凡诺夫　我怎么关照您的？（颤抖）您在耍我？

[安娜·彼特洛芙娜上。

第九场

包尔金　好了，安娜·彼特洛芙娜来了……我走了。（下）

[伊凡诺夫垂头站在桌子旁。

安娜　（停顿一下之后）她为什么刚刚要到这边来？（顿）我在问你：为什么她要到这边来？

伊凡诺夫　别问了，安娜……（顿）我罪过很重。你想怎么惩罚我，我都能承受，但是……别问了……我说不出话来了。

安娜　（气恼）她为什么来这里？（顿）你原来是这么个人！我现在算是认得你了。我总算知道你是个什么人了。不道德的、卑鄙的人……你还记得吗，你走过来骗我说：我爱你……我相信了你，于是我抛开了父母，改变了信仰，跟了你……你跟我大谈真理，赞美善良，描绘自己高尚的向往，这全都是假话，但我当时全信以为真……

伊凡诺夫　安娜，我从来没有骗过你。

安娜　我们共同生活了五年，我累着，病着，但时时刻刻爱着你……你是我的偶像……结果呢？在这段时间里，你用最卑鄙的方式欺骗了我……

伊凡诺夫　安娜，别这么说。我是犯了错误，但我从来没有欺骗过你……你不应该这样来责备我……

安娜　现在全明白了……你当年娶我，是想父母终归会原谅我的，会给我钱的……你是这样想的……

伊凡诺夫　我的天！安娜，你就这样来考验我的忍耐力吧。（哭）

安娜　住嘴！你一看到钱没有了，就玩起了新的阴谋……现在我全都想起来了。（哭）你从来没有爱过我，从来对我不忠实……从来也不！

伊凡诺夫　萨拉，这是不实之辞！……你说，你想要什么，但不要侮辱我……

安娜　不道德的、卑鄙的人……你欠了列别杰夫的债，现在为了从这笔债务中脱身，就去勾引他女儿，就像当年欺骗我那样欺骗她。难道不是？

伊凡诺夫　（喘息）看在上帝的分儿上，住嘴！你走吧！否则我会忍不住说出什么话来！我已经忍无可忍了！我会对你说出一句很可怕的话来的……（喊）你这个犹太女人，住嘴！……

安娜　我还要说……你欺骗我太久，我无法沉默……

伊凡诺夫　那么你还要说？（自我挣扎）看在上帝分儿上……

安娜　现在你去吧，再去欺骗莎霞……

伊凡诺夫　那么你听着，你……很快就要死掉……是医生对我说的，你很快就要死掉……

安娜　（坐下，很低的声音）他是什么时候说的？（顿歇）

伊凡诺夫　（抱住自己的头）啊，我多么罪过！上帝，我罪孽深重！（痛哭）

[幕落。

第四幕

第一场

[与前幕相距一年后。

[列别杰夫家一个客厅。前方有拱门把客厅与大厅相隔。左右两侧有门。室内陈设着古旧铜器；墙上挂着家族画像。一切摆设都有庆典的意味。钢琴上摆着一把小提琴，旁边还有一把大提琴。全幕进行中，宾客们身穿舞服，在大厅里来回走动。

列沃夫 （进来，看表）五点钟了。对新人的祝福开始了。然后在教堂里举行婚礼。道德与正义就是这样高奏凯歌的。没有抢到萨拉的钱，便把她折磨得送进坟墓，现在找到了另一个对象，他又将要欺骗她，直到把她也抢劫完了，让她得到像可怜的萨拉一样的下场，这是卑鄙的故伎重演……（顿）他现在正幸福得忘乎所以，自以为能快快活活地活到老，能心安理得地死去。不，我要揭穿你的真相！一旦我扯下你的假面具，让大家知道你究竟是个什么货色，你就会声名狼藉，永世不得翻身！我是个正派人，我要做的就是擦亮“盲人”的眼睛。我要履行我的

列沃夫　职责，然后明天动身离开这个可怕的县城！（思索）但怎么做呢？去和列别杰夫父女说清楚——这是徒劳的。指名与他决斗？与他大闹一场？我的上帝，我紧张得像个孩子，完全丧失了思索的能力。怎么办？决斗？

第二场

科西赫　（进来，高兴地走向列沃夫）昨天，我打一副梅花小牌，结果打成了一副大牌！就是那个巴拉巴诺夫给我搅了局。我们打着牌。我说“比大小”，他派斯；我说梅花Q，他也派斯。我要他出爱斯，他偏不把爱斯抛出来，他要把爱斯拿出来，我就赢定了……

列沃夫　对不起，我是不玩牌的，所以无法分享您的快乐。婚礼快举行了吗？

科西赫　大概快了吧。刚把齐娜依达劝了过来，她是号啕大哭呀，舍不得陪嫁呀。

列沃夫　难道不是舍不得女儿？

科西赫　舍不得陪嫁。能不可惜吗？结了婚，就意味着新郎欠的债可以一笔勾销，总不会因债务而与女婿打官司。

第三场

巴巴基娜　（穿着华丽，神采飞扬地横穿舞台，走过列沃夫和科西赫身

巴巴基娜　边。科西赫笑了一声，她转过头来）愚蠢！

[科西赫用手指摸她的腰并发出笑声。

大老粗！（离去）

科西赫　（笑）这女人疯了！在与伯爵勾搭上之前，就是个普普通通的女人，现在连碰都碰不得了。（模仿地）“大老粗”！

列沃夫　（激动地）告诉我实话：您对伊凡诺夫有什么看法？

科西赫　他不中用。不会打牌。去年大斋节，我、伯爵、包尔金还有他一起打牌，我打的是……

列沃夫　（打断他话头）他是个好人吗？

科西赫　他？能干！见过大世面的坏蛋。他和伯爵刚好可以配对。伊凡诺夫瞄上了犹太女人，没有捞到好处，就盯上了莎霞家的钱袋。我敢担保，不出一年就会把她家的钱财搜刮一空。他搜刮莎霞家，伯爵搜刮巴巴基娜，然后过他们的舒服日子。医生，您今天怎么脸色这么苍白？脸色太难看了。

列沃夫　没有关系。昨天喝多了。

第四场

列别杰夫　（与莎霞一起进来）咱们在这里谈谈。（向列沃夫和科西赫）请你们到大厅去，和太太小姐们玩玩。我们要说点私事。

科西赫　（走过莎霞身边，摇动手指）多美！像个王牌皇后！

列别杰夫　走吧，你这个怪人，走吧！

[列沃夫和科西赫离去。

舒拉，坐，是这么回事……（坐下，回顾）你认认真真听。

第六场

巴巴基娜　（进门）我的男伴儿在哪儿？伯爵，您怎么敢把我一个人扔在那里？呜，好讨厌！（用扇子打伯爵的手臂）

沙贝尔斯基　（厌恶的）别烦我！我讨厌您！

巴巴基娜　（惊慌）什么？……啊？……

沙贝尔斯基　走开！

巴巴基娜　（瘫坐在椅子上）啊！（哭泣）

齐娜依达　（哭着进来）那边有人来了……大概是来迎亲的，婚礼要开始了……（大哭）

莎霞　（恳求地）妈妈！

列别杰夫　都哭起来了，难得的四重唱！别哭了好吗！马特维！玛尔法！……否则，我也要哭了……（哭）天呀！

齐娜依达　如果你不要你妈妈，如果你一定不听妈妈的话……那我就由着你的性子，我就给你祝福……

[伊凡诺夫上，他穿着礼服，戴着手套。

第七场

列别杰夫　岂有此理！这算什么？

莎霞　你怎么啦？

伊凡诺夫　对不起，诸位先生，请允许我跟莎霞单独说几句话。

列别杰夫　婚礼之前到未婚妻家，这不成体统！你得去教堂！

伊凡诺夫　巴维尔，我求您……

[列别杰夫耸耸肩，与齐娜依达·沙维什娜、伯爵和巴巴基娜一起走了出去。

第八场

莎霞　（严肃地）你要干吗？

伊凡诺夫　我心中充满着怒火，但我可以冷静地说话。你听着。我刚刚穿好礼服准备去教堂，我照了照镜子，发现我的鬓角已经……有白发。莎霞，　叫停吧！现在还不晚，该结束这场毫无意义的闹剧了……你年轻，你纯洁，你有美丽的生活前景，而我……

莎霞　这样的话，我已经听过千百次，我听厌了！你赶紧去教堂，别让人久等。

伊凡诺夫　我现在就回家，而你去告诉你的家人说，婚礼不再举行。向他们作个解释。该清醒了。我演了一阵子的哈姆莱特，你演了一阵子的高贵女郎，现在该谢幕了。

莎霞　（发火）这算什么话？我不听。

伊凡诺夫　而我要说，我还要继续说。

莎霞　你干嘛到这里来？你的诉苦成了对我的嘲弄。

伊凡诺夫　不，我不是在诉苦！嘲弄？不假，我是在嘲弄。如果我能用一千倍的力度来嘲笑我自己，让全世界的人一齐哈哈大笑，我也会这样做了！我在镜子里一见到自己的白发——我的良心崩溃了！我嘲笑着自己，我羞愧得几乎要发疯。（笑）忧郁症！高贵的忧郁！无意识的悲痛！我就差没有写几句诗。我诉苦，唱悲歌，把忧伤传染给他人，我意识到，生命的能

伊凡诺夫　量永远地消失了。我意识到，我已经像一块锈蚀了的铁，生命已经完结，已经沉沦在这无边的忧郁之中了，而当我意识到这一切的时候，太阳光是如此灿烂地照着大地，连大地上的蚂蚁都在心满意足地背负着它们的粮食——不，我不能再这样活下去！眼看着有些人把你看作骗子，有些人对你表示怜悯，有些人向你伸出援手，更可怕的是，还有些人对你顶礼膜拜，把你当作穆罕默德再世，期望着你向他们布新的宗教……不，感谢上帝，我的自尊心和良知还没有泯灭！我走到这儿来，一路上嘲笑着自己，我感觉到，就是天上的鸟儿、地上的树木也在笑话我……

莎霞　这不是愤恨，而是疯狂！

伊凡诺夫　你这么认为？不，我不是疯子。现在我可以把事物看得更真切了。我的思想和你的良知一样的清白。我们互相爱慕，但我们不能结成夫妻！不管我自己怎么疯疯癫癫，闷闷不乐，但我没有权利拖累死别人。因为我的忧郁，我把妻子的最后的岁月弄得黯淡无光。自从你成了我的未婚妻以后，你不再欢笑，好像一下子老了五岁。你的父亲原本在生活中是个很明白事理的人，由于我的缘故，他失去了理解人的智慧。不管我是去开会，还是去作客，还是去打猎，不管我到什么地方，我都会把我的忧伤、我的呻吟、我的不满情绪带了过去。等一等，别打断我，我现在很粗暴，很激愤，但，请原谅，现在怨愤在我心中燃烧，我不能用另一种腔调说话。我从来不撒谎，从来不埋怨生活，但当我成了个爱发牢骚的人之后，我不由自主地埋怨起生活，抱怨起命运，而听过我的怨言的人，也受我的传染，也对世事满腹牢骚起来，用的还是那样一种口气！好像我活着，是在替天行道。这真是见鬼了！

莎霞　等一等……听你刚刚说的这一番话，可以知道，你讨厌过去的牢骚满腹了，现在可以开始新的生活了！……这太好了！……

伊凡诺夫　我看不到任何好的前景。哪有什么新的生活？我的死亡是不可避免的了！我们两人应该认清这个处境了。新的生活！

莎霞　尼古拉，你清醒清醒！你哪有一点死亡的征兆？哪来的这些讨厌的悲观主义？不，我不想说什么，也不想再听什么……你快到教堂去吧！

伊凡诺夫　我要完蛋！

莎霞　别大声嚷嚷，客人们能听到的！

伊凡诺夫　如果一个并不愚蠢的受过教育的健康人，无缘无故地大放悲歌，往人生的下坡路上滑行而停不下来，那么他是毫无得救的希望了！唝，你说，得救的希望在哪儿？用什么办法来自救？我不能喝酒，一喝酒就头痛；最低级的打油诗我也不会写，我不会欣赏自己灵魂的创伤，我不能从自己的倦怠中看出什么圣洁的品性。倦怠就是倦怠，软弱就是软弱。我找不出另外的好听的名称。我完蛋了，我完蛋了，没有什么可说的了！（环视四周）会有人来干扰我们的。听我说，如果你还爱我，就帮帮我。马上就解除我们的婚约！赶紧……

莎霞　啊，尼古拉，如果你能知道你现在给我带来了多少烦恼！你给我的心灵造成了多少伤害！我的善良的聪明人，你倒是想想，你能这样给我出难题吗？一天给我出个难题，一个比一个难……我原本想用爱情来救助你，哪知这爱情带来了无穷的痛苦！

伊凡诺夫　而一当你成了我的妻子，这难题会变得难上加难。解除这个婚约吧！你要明白，现在主导着你思想的已经不是爱情，而是你的出于好心的顽固。你给自己提出了一个任务，无论如

伊凡诺夫　何要搭救我，要让我重新成为一个人，完成一个救人的英雄壮举……现在你也想打退堂鼓了，但一种虚伪的感情在妨碍你这样做！你要明白！

莎霞　你的逻辑多么奇怪和不讲道理！你说，我能放弃你吗？我该怎么放弃你？你没有母亲，没有姐妹，没有朋友……你已倾家荡产，你的庄园荒芜了，你周围的人都在对你造谣中伤……

伊凡诺夫　我做了件傻事，我本不应该来此地的。我只需要照我预想的去做就是了……

[列别杰夫上。

第九场

莎霞　（跑向父亲）爸爸，他像个疯子似地跑到这里来折磨我！他要求我与他解除婚约，说是他不想把我拖累死。你告诉他，就说我不想接受这份好心好意！我知道我做的事情。

列别杰夫　我什么也不明白……是什么样的好心好意？

伊凡诺夫　取消婚礼，解除婚约！

莎霞　婚礼要举行！爸爸，你告诉他，婚礼如期举行！

列别杰夫　等一等，等一等！……你为什么希望取消这个婚礼？

伊凡诺夫　我把这个理由向她作了解释，但她不肯理解。

列别杰夫　不，你别对她解释，而是向我解释，解释得让我能够理解！啊嘿！尼古拉·阿历克谢耶维奇！上帝是你的法官！你把一重一重的迷雾喷洒到了我们的生活中来，我好像是生活在一个光怪陆离的展品陈列室里：睁眼一看，啥也看不明白……

列别杰夫　这简直是折磨……唉，你说吧，我这个老头子该怎么对付你？与你决斗，还是怎么的？

伊凡诺夫　不需要任何决斗。只需要在肩膀上长个脑袋，和听得懂俄国话。

莎霞　（不安地踱步）这简直可怕，可怕！他简直像个三岁小孩儿！

列别杰夫　除了两手摊开，一声叹息之外，还有什么办法。尼古拉，听我说！在你看来，你做得很聪明，很细致，完全符合心理学的原理，但在我看来，这是胡闹，这是在制造不幸。我是个老头子了，你听我把话讲完，就算这是最后一次！我要对你说的是：你要平心静气！看事物不要偏激，而是用平常人的眼光去看！在这个世界上一切都很平常：天花板是白的，皮靴是黑的，糖果是甜的。你爱莎霞，莎霞也爱你。如果你果真是爱着她——就留下来，如果你不爱了——就走开，我们决不因此责怪你。要知道，事情就是这样简单！你们两个人都很健康，很聪明，很有道德，感谢上帝，也不愁吃，不愁穿……请问，你还需要什么？没有钱？这有什么大不了的事！幸福不在金钱里……当然，我理解……你的庄园抵押给别人了，你没有偿还债务的能力，但我，作为父亲，我理解……她母亲怎么想，天知道；她不给钱，就不用她给钱。莎霞说她不要陪嫁。这是说大话，叔本华式的清高……这都是扯蛋……我在银行里有十万卢布存款。（环顾四周）关于这笔钱，家里无人知晓……是奶奶留给我的钱……现在我都给你们……把钱拿去，但彼此的约定要信守：其中的两千卢布交给伯爵……

[客人们已聚集在大厅里。

伊凡诺夫　巴维尔，这些话都起不了作用。我按我的良心办事。

莎霞　　我也按我的良心办事。不管你说什么，我不会放开你。我现在去叫妈妈。（离去）

第十场

列别杰夫　我什么也不明白……

伊凡诺夫　听我说，可怜的人……向你解释我究竟是什么人——是诚实的人还是下流的人，是健康的人还是病态的人，我觉得已经没有必要。给你讲不明白。我也曾经年轻力壮，豪情万丈，我曾经是个襟怀坦白的聪明人。谁也没有像我这样地爱过、恨过，我的信仰也与众不同，我能一以当十地工作，我能与风车搏斗，把脑袋撞在铁墙上，我不知道掂量自己的力量，也不好好思量，我不懂得生活，把千斤重担压在自己身上，结果压断了自己的脊梁。我早早地耗尽了自己的青春生命。你说：不这样行吗？要知道，我们的人少，而工作很多，很多！上帝，工作有多么繁重啊！于是，生活残酷地报复了我！我彻底地垮了！我三十岁已经未老先衰。我像个幻影似地在世上游荡，头也重了，心也空了，没有了信仰，没有了爱情，没有了生活目标，我不知道我是谁，为什么活着，有什么希望？我已经觉得，爱情是虚妄，温存是虚伪，劳动没有意义，就是唱歌和演说也一样没有趣味。无论我走到哪里，我都把悲哀、不满、无聊、和对于人生的恐惧带了过去……我无可挽救地完蛋了！在你跟前现在站着的，是一个到了三十五岁已经精疲力尽、悲观失望的人。他满脸羞愧，自己嘲笑着自己的无能……噢，我的自尊心让我发狂，我的

伊凡诺夫　愤怒让我透不过气来！（他摇晃着身子走起来）我不行了！站不住了……我没有气力了。马特维在哪儿？让他把我带回家去。

[大厅里的声音　嫔相到了！

第十一场

沙贝尔斯基　（进来）破旧的礼服……没有手套……为了这个遭到了多少嘲笑、白眼……多么讨厌的人呀！

包尔金　（匆匆走上，手捧一束花，他穿着礼服，礼服上插着一朵花）呸！他在哪儿？（向伊凡诺夫）人家在教堂里等了你好久，你倒好，还在这里高谈阔论。真可笑！像个小丑！要知道，你不应该和新娘一起走，而是跟着我，然后由我从教堂里过来接新娘。难道你连这个都不知道？真可笑！

列沃夫　（进来，向伊凡诺夫）您在这里？（大声）尼古拉·阿历克谢耶维奇·伊凡诺夫，我要在此大声宣布，您是个无耻之徒！

伊凡诺夫　（冷冷地）多谢了。

[众人不知所措。

包尔金　（向列沃夫）亲爱的先生，这太卑鄙！我要和您决斗！

列沃夫　包尔金先生，我认为不仅是与您打架，就是与您说话，也是对我的一种侮辱！而伊凡诺夫先生如果愿意与我决斗，我可以奉陪。

沙贝尔斯基　先生，我跟您决斗！……

莎霞　（向列沃夫）为什么？您为什么要侮辱他！先生们，让他

莎霞　　说说，为什么？

列沃夫　　阿历克山德拉·巴甫洛芙娜，我不是无缘无故地谴责他。我作为一个正直的人，到这里来，是为了擦亮您的眼睛，我请您好好听我说。

莎霞　　您能说些什么？您是个正直的人？这全世界都知道！您最好凭良心告诉我：您是否懂得了您自己！您现在闯到这里来，以一个正直的人自居，对他施行了最可怕的侮辱，而他刚才也差点没有把我吓死。以前，当您如影随形地跟踪着他，妨碍着他的正常生活的时候，您深信，您是在履行自己的职责，您自许是个正直的人。您干涉他的私生活，用恶语攻击他，给他定罪；当您想方设法给我和所有的熟人寄送污蔑他的匿名信的时候，您一直认为您是个正直的人。您，作为一个医生，甚至没有放过他的重病的妻子，不断地用捕风捉影的怀疑让她不得安宁，不管您做了多少伤天害理的事情，您还以为自己是个非凡的正人君子！

伊凡诺夫　　（笑）不是婚礼，而是国会上的辩论！好，太好了！……

莎霞　　（向列沃夫）好，现在请您想一想：您是否有自知之明？您是个头脑僵化的、没有心肝的人！（拉起伊凡诺夫的手）尼古拉，咱们离开这里！爸爸，咱们走！

伊凡诺夫　　咱们走到哪里去？等一等，我现在把一切都做个了断！青春在我的心中苏醒了，原先那个伊凡诺夫已经新生！（掏出手枪）

莎霞　　（大喊）我知道他想干什么！尼古拉，看在上帝的分儿上！

伊凡诺夫　　下坡路走得太久了，现在是停住的时候了！该是良心发现的时候了！走开！莎霞，谢谢你！

莎霞　　　（大喊）尼古拉，上帝！制止他！

伊凡诺夫　放开我！（跑到一边，开枪自杀）

[幕落。

——剧　终

（童道明　译）

海　鸥

人　物

伊琳娜·尼古拉耶芙娜·阿尔卡基娜	随夫姓特里波列娃，女演员。
康斯坦丁·加甫里洛维奇·特里波列夫	其子，青年人。
彼得·尼古拉耶维奇·索林	其兄。
妮娜·米哈伊洛芙娜·查列奇娜亚	一个富有地主之女，少女。
伊亚·阿法纳西耶维奇·沙姆拉耶夫	退伍中尉，索林庄园管家。
波里娜·安德列耶芙娜	其妻。
玛莎	其女。
包里斯·阿列克谢耶维奇·特里果林	作家。
叶甫根尼·谢尔盖耶维奇·多恩	医生。
谢苗·谢苗诺维奇·麦德维坚柯	小学教师。
雅可夫	工人。
厨子	
女仆	

[**剧情发生在索林的庄园里。**

第一幕

[索林家庄园里花园的一角。一条宽阔的林荫道，向花园深处的湖泊延伸。一座为家庭演出临时搭起的舞台，拦腰隔断了这条林荫道。以至于把湖水也全都遮住了。台子的左右两侧都是灌木丛。周围散放着几张长凳，一张小桌子。太阳刚刚落山。在舞台垂挂着的幕布后面，站着雅可夫和其他工友。听得见咳嗽声和敲击声。玛莎和麦德维坚柯散步归来，由左侧上场。

麦德维坚柯　你为什么总是穿身黑衣裳？

玛莎　我为我的生活戴孝。我很不幸。

麦德维坚柯　这是为什么？（思索）我不懂……你身体健康，你父亲虽然不是富翁，可是钱也够花。我的日子比你难过多了。我一个月的薪水只有二十三个卢布，从中还要扣去养老金什么的。就这样我也没有戴孝呀。

玛莎　问题不在钱上。即便一个穷人也可能幸福。（玛莎走上亭子）

麦德维坚柯　这在理论上说得通，可是事实是这样：我的薪水总共只有

麦德维坚柯　二十三卢布，可是我得养活我的老母、两个姐妹和一个弟弟。总得有吃有喝！总得有茶有糖！还得有口烟抽！昨天买面粉，找面粉袋，东寻西找无影无踪，被人偷了，只好补交十五戈比。这多伤脑筋。

玛莎　（看一眼舞台）演出快开始了。

麦德维坚柯　是的。主角儿由妮娜担任，剧本由特里波列夫编写。他们正在相爱，他俩的灵魂，今晚也要在一个艺术形式的共同创造中，结合在一起。可是你我的灵魂呢，却没有可能碰撞到一起去。我爱你，在家里我烦恼得简直待不住。我每天步行六里到这里来，再步行六里回家去。而你回报给我的仅仅是无动于衷的冷漠。这也可以理解。我没有家产，家里人口又多……谁愿意嫁给一个连自己都养不活的男人呢?

玛莎　废话连篇。（闻鼻烟）您的爱情让我感动，可是我不能用爱情来回报。就这么回事。（向他递去鼻烟盒）请。

麦德维坚柯　我不要。

[沉默。

玛莎　天很闷，想必夜里会有场暴风雨。您要么跟我高谈阔论，要么说钱哭穷。您以为，世上再没有比贫穷更大的不幸，但我认为，哪怕衣衫褴褛、沿街乞讨，那也好过千倍，比起……可是，我说的您也不会理解的。

[索林和特里波列夫从舞台右侧上。

索林　（拄着手杖）小老弟，在乡下我日子怎么也过不舒坦。（站起）明摆着的，我一辈子也习惯不了农村生活。昨晚我十点上床，今早九点才一觉醒来，睡的时间太长啦，那感觉就像脑子都给黏在脑壳上了。（笑）你瞧，吃过午饭，我又昏头昏脑地睡了一觉，现在，我觉得天昏地暗，

索林　　好像还在做着噩梦……

特里波列夫　是的，你应该搬到城里去住。（看见了玛莎和麦德维坚柯）我说，先生小姐，开演之前会请你们的，现在可不能待在这里，请离开。

索林　　（向玛莎）听，那狗又在嚎叫。玛莎，劳驾您跟您爸爸说说，请他找人把狗放了，要不它一个劲儿地嚎叫。我妹妹昨晚又一整夜没有合眼。

玛莎　　您自己跟我爸爸说，我管不着。对不起。（向麦德维坚柯）咱们走！

麦德维坚柯　（向特里波列夫）开演之前麻烦您通知一声。

［玛莎和麦德维坚柯下。

索林　　这么说，那条狗还得整夜嚎叫。真是的，在乡下我从来没有舒心过。（坐下）从前，一赶上二十八天的假期，我就到这儿来，想好好休养休养。哪晓得一到这儿，种种烦恼也跟着来了，苦恼得你想马上滚蛋。（笑）我从来都是高高兴兴地离开这儿的。……而现在，我已经退休，哪儿也去不了啦。乐意也罢，不乐意也罢，反正得在这乡下住着……

雅可夫　特里波列夫，我们可以去游泳吗？

特里波列夫　好吧。不过十分钟后回来。戏快开演了。

雅可夫　是。（下）

特里波列夫　（眼睛看着舞台）这就是我们的舞台。一个空的空间。没有任何布景。一眼望去，看得见湖水和天边。八点半我们准时开幕，那时月亮恰好升了上来。

索林　　妙极了。

特里波列夫　如果妮娜迟到，整个效果可就都给破坏了。（看看表）这时候她早该到了呀。她父亲和继母一直监视着她。她要走

特里波列夫　出家门，就像越狱一样困难。（整整舅舅的领结）你的头发和胡子都是乱蓬蓬的，你也该给它们修整修整啦……

索林　（用手理理胡子）这正是我一生的悲剧呀。就是在年轻的时候，我也不修边幅。像是整天都喝得醉醺醺的。我从来也不讨女人欢心。（坐下）我妹妹怎么又不痛快啦？

特里波列夫　为什么？因为她有心事。（坐在索林身边）她在嫉妒。她开始嫉恨我。我编写这个剧本，我张罗的这次演出，她全都反对。只因为要登台演戏的不是她，而是妮娜。我的剧本她连读都没读过，就被她恨之入骨了。

索林　（笑着）得啦。别胡思乱想啦……

特里波列夫　一想到就在这个小小的舞台上大出风头的将是妮娜，而不是她，她就受不了啦。（看表）我这个母亲啊，是个心理极不正常的怪人。毫无疑问，她有才华，聪明，一部小说她能读得泪流满面，涅克拉索夫的长诗她能背得滚瓜烂熟，看护病人她能温柔得像个天使。可是你试试当着她的面再称赞一声杜丝！嘿！就有好戏看！你只能夸奖她一个人，你只能写文章吹捧她一个人，对她在《茶花女》或者在《生活的烟雾》中的超凡表演，你只能大声欢呼，表示倾倒。可是在这乡下，这种陶醉她一样也找不到，于是她心烦了，光火了，我们大家也变成了她的仇人，好像在她面前我们都是罪人。（笑）而且，她迷信得很，她不敢同时点着三支蜡烛，她害怕十三这个数字。她也很吝啬。我确切知道她有七万卢布存在敖德萨一家银行，可是，你试试开口向她借钱，她准会哭着装穷。

索林　你是自以为母亲不喜欢你的剧本，所以才这么激动。别烦恼，你母亲很宠爱你。

特里波列夫　（扯着花瓣）她爱我，不爱我，爱我，不爱我，爱我，不

特里波列夫　爱我。（笑）你看，我母亲不爱我。她怎么会爱我呢！她要生活，她要爱情，她要打扮得鲜艳夺目。可是我已经二十五岁了，我的存在不时在提醒着她，她已经年纪不轻。我不在她跟前，她可以只有三十二岁，我一出现在她面前，她就得是四十三。单是这一点，她就有理由恨我。而且她也知道，我是不接受目前这样的戏剧的。她却迷恋于它，她自以为是在为人类服务。可是在我看来，目前的戏剧不过是一种成规老套和偏见罢了。幕布一拉开，脚灯一照亮，在一间有三堵墙的房间里，这些伟大的天才，这些神圣艺术的祭司们，就给我们表演起人们怎样吃饭、怎样喝茶、怎样恋爱、怎样走路、怎样穿衣；他们拼命想从那些庸俗的场面和台词里，挤出一点点浅薄的、离不开家长里短的说教；明明可能有一千种情形出现，他们却永远只是给我看一种东西，永远是那一种东西——这样，我只好逃之夭夭。就像莫泊桑非得躲开艾菲尔铁塔一样，否则，这种庸俗会把人的脑子搅碎的。

索林　不过，没有戏剧也不成啊。（打瞌睡）

特里波列夫　应该寻找新形式。需要新形式。如果找不到新的形式，那么宁可什么也没有。（看表）我爱我的母亲，爱得很深，可是她过着一种荒唐的生活，老跟那个作家搞在一起，报纸上老出现她的名字——这真叫我无法忍受。有时，一个凡人的自私左右着我的思想，母亲在戏剧界的赫赫名望，反倒让我难堪，她要是个普普通通的女人，我或许会幸福得多。（坐在右边）舅舅，还能有比我的处境更尴尬、更绝望的吗？在我母亲那儿聚会的，都是些演员、作家、名流，只有我，是他们中间唯一什么也不是的小人物。他们之所以容忍我留在他们之中，是因为我是她的儿子。我是

特里波列夫　什么人？我值几个钱？我在大学才念了三年，休学的原因谁也说不清。我才疏学浅，一文不名，我在护照上标明的出身，是基辅地方的一个小市民。因为我父亲虽然也是个名演员，但毕竟是个基辅的小市民。因此，每当那些演员和作家在母亲的客厅里与我屈尊周旋的时候，我就觉得，他们是在用他们的目光打量我有多么的微不足道——而当我猜透了他们的心思，我就觉着受了莫大的侮辱……

索林　正想问问你，那位作家是什么人？真看不透他。他什么话也不说。

特里波列夫　一个聪明人，平淡无奇，稍稍带着点忧郁的味道。人还老实。四十岁不到，就大名鼎鼎、财运亨通啦……至于他的作品嘛，那……我怎么跟你说呢？写得当然漂亮，有才气……不过，读过托尔斯泰或者左拉之后，谁也不会想着去读这位特里果林的作品啦。

索林　可是我啊，倒是喜欢作家的。当年我曾经有两个强烈的愿望：一是想结婚，二是想当作家。可是到头来，一样也没有成功。说真的，哪怕当个不起眼的小作家，也够得意的呀。

特里波列夫　（倾听）我听见她的脚步声了……（拥抱舅舅）没有她，我活不了……就连她的脚步声，也让我心醉……我太幸福了！（急忙迎向刚上场的妮娜）我的仙女，我的梦幻……

妮娜　（激动地）我没有来晚吧……当然，我没有来晚……

特里波列夫　（吻她的手）不晚，不晚，不晚……

妮娜　我整天都在发愁，怕得要命！怕父亲不放我来……可是，他和后母刚刚出门去了。天空出现了彩霞，月亮正在升上来，我就紧打我那匹马，让它飞快地跑起来。（看看索林，笑了）我好高兴！（紧握住索林的手）

索林　　（笑）那眼睛，恐怕是刚刚掉过眼泪吧……嘿，嘿，这就不好啦！

妮娜　　没有什么……你瞧，我喘得好厉害。过半小时我就得回家。我们把握时间。不行，不行！看在上帝分儿上，别让我在这里久留，父亲还不知道我在这里。

特里波列夫　真的该开演了。去把大家都叫来。

索林　　我去叫，我马上就去。（朝右边走，边走边唱）“两个投弹兵，来到法兰西……”（回顾）从前有一次，我也这么唱着，一个检察官对我说：“阁下，您的嗓音洪亮……”接着，他想了想之后又添了一句：“可惜……刺耳。”（笑，下）

妮娜　　我的父亲和后母不许我到这里来。他们说，这里的人太浪漫……生怕我也当了女演员……可是，我被这片湖水牢牢地吸引着（海鸥的鸣叫声），像一只海鸥……您占据了我的整个心灵——（环顾）

特里波列夫　这儿就我们两个人。

妮娜　　好像那边还有个什么人……

特里波列夫　一个人也没有。（亲吻）

妮娜　　这是棵什么树？

特里波列夫　榆树。

妮娜　　它颜色为什么这样暗？

特里波列夫　到了晚上啦，一切都显得昏暗。别走得太早，我求求你。

妮娜　　不行。

特里波列夫　妮娜，要不我到你们家去？我整夜站在你家花园里，看着你房间的窗户。

妮娜　　那可不行，更夫会发现你的。特列索尔也跟你不熟，它会朝你汪汪叫的。

特里波列夫　我爱你。

妮娜　嘘……

[听到脚步声。

特里波列夫　是谁？雅可夫，是您？

雅可夫　（在幕后）是我。

特里波列夫　大家各就各位。到时候了。月亮升起来了吗？

雅可夫　升起来了。

特里波列夫　酒精有了吗？硫磺有了吗？红眼睛一出现，应该闻到硫磺味。（向妮娜）来吧，那边全都准备好了。你很紧张吧？

妮娜　是的，紧张得很。您母亲倒没有什么，我不怕她，但特里果林也在这里……在他面前表演，真是又害怕、又害羞……那么有名的作家……他年轻吗？

特里波列夫　嗯。

妮娜　他写的小说太美啦！

特里波列夫　（冷冷地）不知道，没有读过。

妮娜　您的剧本很难演。没有活生生的人物。

特里波列夫　什么活生生的人物！我们描写生活，既不能照着生活原来的样子，也不能照着它应该是怎样的样子，而是应该照着它在我们幻想中的那个样子。

妮娜　您的剧本动作太少，全是念台词。还有，我以为，剧本里无论如何应该有爱情……（他俩走到台子后边去）

[多恩和波里娜上。

波里娜　地上已经潮湿啦，回去穿上套鞋吧。

多恩　我觉着热。

波里娜　您不知道爱惜自己。这叫固执。您是医生，您明明知道潮湿的空气对您身体有害，可是偏偏要我为您担惊受怕；昨天，您故意坐在凉台上，坐了整整一个晚上……您和伊琳

波里娜　　娜谈得那么起劲，完全忘了晚间的凉气。您老实说，是不是有点爱上她啦……

多恩　　我已经五十五岁了。

波里娜　　这算得了什么。对于男人来说，这个年纪不算老。何况您保养得好，照样能迷住女人们的心。

多恩　　那您要我怎么办？

波里娜　　你们这些男人啊，一见到女演员就神魂颠倒。全都一个样。

多恩　　如果全社会都喜欢演员，大家对他们另眼看待，比方说，他们要比商人更受人尊重，那也是完全合乎情理的。这就算是理想主义吧。

波里娜　　那么，女人们总是钟情于您，总想投入您的怀抱，这也是理想主义？

多恩　　（耸耸肩）合乎逻辑的联想。那又怎么样？女人们对我有好感，本来就无可非议。他们喜欢我，主要因为我是个好医生。您当然记得，十年或者十五年之前，我是全省唯一的一个合格的产科医生。而且，我一向是个正直的人。

波里娜　　（跑向他）我亲爱的！

多恩　　别出声，他们来了。

［伊琳娜挽着索林的胳膊，与特里果林、沙姆拉耶夫、麦德维坚柯、玛莎同上。

沙姆拉耶夫　　公元一千八百七十三年，在波尔塔瓦的庙会上，她的表演太精彩啦。无与伦比！那才叫角儿！您还能告诉我，有个叫查金的喜剧演员，巴维尔·谢苗诺维奇，现在在哪儿？他把拉斯波留耶夫演绝啦，演技胜过萨多夫斯基，尊敬的夫人，我敢这么发誓。他如今在哪儿？

伊琳娜　　您问的都是开天辟地以前的人物。我怎么知道呢。（坐下）

沙姆拉耶夫　（叹息）查金！这样的演员如今见不到啦。戏剧每况愈下啦，伊琳娜！从前我们看过多少高大的橡树，如今我们看到的尽是些残缺不全的树桩子啦。

多恩　杰出的天才演员不多，这是事实。但一般演员的水准却比从前大有提高。

沙姆拉耶夫　您这看法我不能同意。当然，这是趣味问题。狄—古斯蒂布斯—阿乌特—北内—阿乌特—尼格里[①]。

伊琳娜　（向儿子）我亲爱的儿子。什么时候开演？

特里波列夫　马上开始。请您不要急躁。

伊琳娜　（背《哈姆莱特》的台词）"啊，我的儿子！你使我的眼睛看透了我的心灵，我看见它流满了污血，长满了致命的脓疮——我必死无疑了。"

特里波列夫　（背《哈姆莱特》的台词）"你为什么委身于邪恶，为什么到罪恶的深渊去寻找幸福？"

[小舞台后响起号角声。

先生太太们！开演了！请安静！

[停顿。

我开始啦。（用一根小棒轻轻敲击，大声地）啊，你们这些可尊敬的幽灵。你们在暮色的湖面上游荡。给我们催眠入睡吧，让我们在睡梦中看到二十万年后的景象吧！

索林　二十万年之后什么也没有了。

特里波列夫　那就让我们看看那什么也没有了的景象。

伊琳娜　好吧，我们睡着啦。

[幕布拉开。

[月光照亮了湖水。

---

① 拉丁文，关于趣味或者说好或者不说。

[身穿白袍的妮娜坐在一块巨石上。

妮娜　人、狮子、鹰、鹧鸪、鹅、蜘蛛，头上有角的鹿，水中无言的鱼，海盘车和肉眼看不见的一切生灵，总而言之，一切的生命，一切的生命，一切的生命，在完成了他们悲惨的轮回之后，都死灭了……

几千个世纪里，大地上不存在任何活物，凄冷的月亮徒然地泛着白光。

大草原上，不再传出鹭鸶在清晨里的长鸣；菩提林中，不再听到甲虫在五月中的低吟。寒冷、寒冷、寒冷。空虚、空虚、空虚。可怕、可怕、可怕。

[停顿。

生灵的肉体化为了灰尘，永恒的物质将它们变成了岩石，流水和浮云。而它们的灵魂融合为一体。这共同的宇宙灵魂，就是我……我……亚历山大大帝、恺撒、莎士比亚、拿破仑的灵魂，和最低级的水蛭的灵魂，都凝聚在我的身上。在我的身上，既有人类的理性，也有动物的本能。我记得一切，一切，一切，我把每一个生命都在我身上重新体验了一次。

[磷火出现。

伊琳娜　（轻声）这有点现代派的味道。

特里波列夫　（带着责备的口吻恳求）妈妈！

妮娜　我孤独。每一百年我只张一次嘴，说一次话。我的声音就在这空虚中悲凉地回响，谁也听不见……你，惨白的亮光也听不见我的声音……黎明之前，一潭死水将你降生，你漂泊游荡，直到彩霞满天，你没有思想，没有意志，没有生命的震颤。永恒的物质之父，魔鬼，生怕生命又在你身上复苏，便对你进行不间断的原子的转换，像对待岩石和

妮娜	流水一样，可是，你也不间断地跟着变形。在广漠的宇宙中，除了精神之外，没有一样可以固定不变。
	[停顿。
	我，像一个被投入荒凉的深井里的囚徒，不知道现在自己在什么地方，不知道什么命运在等待着我。我只知道要和一切物质之父的魔鬼进行一场顽强的殊死搏斗。我注定要赢得这场战斗。只有在取得这个胜利之后，物质与精神才能结合在美妙的和谐之中，宇宙意志的王国才会降临大地。但这将是个极其缓慢的、要绵延千千万万年的过程，到那时，月亮，光明的天狼星和地球都化为尘烬……而在这之前，仅仅只有恐怖，恐怖……
	[停顿；湖面出现两个红点。
	看哪，那魔鬼，我的强悍的仇敌，已经逼近，我看见了它可怕的紫红色的眼睛……
伊琳娜	一股硫磺味。非这样不可吗？
特里波列夫	是的。
伊琳娜	（笑）是啊，这叫舞台效果。
特里波列夫	妈妈！
妮娜	他忧伤，因为没有人……
波里娜	（向多恩）您把帽子摘下来。戴上吧，会感冒的。
伊琳娜	大夫是给魔鬼、给永恒物质之父脱帽致敬呢。
特里波列夫	（愤怒、大声）戏演完了！够了！闭幕！
伊琳娜	你为什么发这么大脾气？
特里波列夫	够了！闭幕！把幕拉上！（跺脚）闭幕！
	[幕布落下。
	罪过！我忘记了，只有少数特殊人物才有权写戏和演戏！我竟然冒犯了他们的特权！我……我……（还想说点什

特里波列夫　么，但把手一挥，从左侧幕下）

伊琳娜　他怎么啦？

索林　伊琳娜，不能这样伤害年轻人的自尊心。

伊琳娜　我什么也没有说啊？

索林　你让他受委屈了。

伊琳娜　是他事先声明说，他写戏是闹着玩的，所以我才把这当作儿戏。

索林　但到底还是……

伊琳娜　现在倒好，原来他是写出了一部旷世杰作！你们想想吧！他张罗这次演出，还用硫磺来熏我们，他并不是闹着玩的，而是朝我们示威……他是存心要教训我们，应该怎么写戏，应该怎么演戏。这也太无聊了。不管您怎么看，一而再再而三地针对我的挖苦和攻击，谁都忍受不了！这孩子自尊心太强，也太任性！

索林　他本意是想让您快活。

伊琳娜　是吗？那他尽可选一个普普通通的剧本，而不要勉强我们听那套现代派的梦话。如果是当作儿戏，听听这类梦话我也不反对。但要知道他是在标榜新形式，他自以为在开创艺术新纪元。依我看，这里面没有任何新形式，有的只是坏脾气。

特里果林　每个人都是按照自己的意愿和能力写作的。

伊琳娜　就让他按照自己的意愿和能力去写好了，但有一样，他不能惹我。

多恩　雷神周比特，你发火啦……

伊琳娜　我不是雷神周比特，我是个女人。（抽烟）我也没有发火。我只是心里有点难过，看到一个年轻人就这样无聊地消磨大好时光。我也不想伤他的心。

麦德维坚柯　谁也无权将精神和物质割裂开来，因为，也许，精神本身就是物质原子的组合体。（活跃地，向特里果林）嗯，您知道，要是有人写个剧本，反映反映我们小学教师的生活，再搬到舞台上去演一演，那就好了。我们教师的生活太清苦，太清苦！

伊琳娜　话说得有理，不过咱们别再谈论什么戏剧啊、原子啊的了。多么美妙的夜晚！先生们，听到了吗？有歌声。

[大家倾听歌声。

唱得多美啊！

波里娜　唱歌的人在湖对岸。（沉默）

伊琳娜　（向特里果林）您坐到我旁边来。十年或者十五年前，在这里，在湖边，几乎每天夜晚都能听到歌声。湖边有六座地主庄园。我记得，在那个时候，这儿充满着欢声、笑语，还有枪声，还有层出不穷的罗曼史……那时的第一情人，六大地主庄园的偶像，现在就在我们中间，让我给你们介绍：（朝多恩点头）叶甫根尼·谢尔盖耶维奇大夫。他现在还仪表堂堂，而过去没有一个女人能抗拒他的魅力。可是，我的良心开始不安了。我干吗要伤我可怜的孩子的心？我心里觉着不安。（高声）科斯嘉！（昵称—译者注）孩子！

玛莎　我去，我去找他。

伊琳娜　麻烦你了，亲爱的。

玛莎　喂！康斯坦丁·加甫里洛维奇！……喂！（从左侧幕下。）

妮娜　（从舞台后走出）你们好！大概，戏不会再往下演了，我也可以出来了。（与伊琳娜和波里娜亲吻。）

索林　演得好！演得好！

伊琳娜　演得好！演得好！我们全都赏识你。像你这样长得标致、嗓音甜美的姑娘，真不该埋没在这乡下。你有才能。你听见我的话了吗？你应该当个真正的演员！

妮娜　啊，这是我的梦想！（叹口气）但怕是永远也实现不了的。

伊琳娜　谁能知道呢？让我给您介绍一下，特里果林，包里斯·阿列克谢耶维奇。

妮娜　啊，我多么高兴……（害羞）我爱读您的小说……

伊琳娜　（让妮娜坐在她身边）亲爱的，别不好意思。他虽是个名人，但心地单纯。你看，连他自己都觉着不好意思啦。

多恩　我看，该把幕布拉开来了，否则憋得慌。

沙姆拉耶夫　（高声）雅可夫，伙计，把幕布拉开！

[打开幕布。

妮娜　（向特里果林）这剧本很怪，您不觉得吗？

特里果林　我完全看不懂。不过，我还是看得津津有味。您演得那么真挚。布景也很美。

[沉默。

这湖里会有不少鱼吧。

妮娜　是的。

沙姆拉耶夫　主要是鳊鱼和狗鱼。也有鲈鱼，可是不多。

特里果林　我爱钓鱼。黄昏时分，独自坐在河边，凝望着水面上的浮标，对我来说，世上再没有比这更大的乐趣。

妮娜　可是我在想，要是有个人体验过创作的乐趣，其他的乐趣对他就不存在了。

伊琳娜　（笑）别这么说。要是有人恭维他几句，他就不知如何是好啦。

沙姆拉耶夫　记得，有一回在莫斯科歌剧院里，著名的西尔瓦唱出一

沙姆拉耶夫　个低音的Do。也凑巧，上面楼座里正坐着我们教堂唱诗班的一个男低音。冷不防，从高层楼座里传出了一声："唱得好，西尔瓦——整整低八度……就这么唱（低音）""唱得好，西尔瓦！"……全场的人都给听呆了。

[沉默。

多恩　一个文静的天使飞过去了。

妮娜　我该走啦。再见。

伊琳娜　上哪儿？为什么走这么早？我们不放你走。

妮娜　爸爸等着我呢。

伊琳娜　唢，有什么办法。真舍不得放您走。

妮娜　您要知道，离开你们我有多难受。

伊琳娜　我的小宝贝儿，得找个什么人送送您才对。

妮娜　（惊恐）噢，不，不！

索林　（向妮娜，恳求地）再待一会儿！

妮娜　不行，索林先生。

索林　再待一个小时，行吗？美丽的、亲爱的、可爱的姑娘，没有您我们会觉着冷清。

妮娜　（想了想，含着眼泪）不行！（握了握手，迅速走掉）

伊琳娜　真是个不幸的姑娘。听说，她母亲临死前把自己一份很大的家产全部奉送给了丈夫。现在这女孩一贫如洗。因为她父亲已经立下遗嘱，把全部遗产留给了后妻。真让人气愤！

多恩　是啊，她爸爸是个十足的畜牲，不能把他小看了。

索林　（搓搓发冷的手）朋友们，我们也该走了，天气很潮湿。我的腿都疼了。

伊琳娜　你的腿像木头做的，瞧你走得那么费劲。好，咱们走，倒霉的老头子。（挽着他的胳膊）

沙姆拉耶夫　（把胳膊伸给妻子）夫人？

索林　那条狗又在嚎叫啦。（向沙姆拉耶夫）沙姆拉耶夫，劳驾您叫人把它放开了吧。

沙姆拉耶夫　办不到，索林先生。要不然贼会进粮仓里的。那里还存放着粟米呢。（向与他并肩而行的麦德维坚柯）真的，整整低八度："唱得好，西尔瓦！"要知道他还不是个专业歌唱家，他不过是唱诗班的普通歌手。

麦德维坚柯　您说，唱诗班的普通歌手一月能挣多少钱？

[除多恩外，全都下场。

多恩　（独自一个）我说不好，也许是我完全外行，也许是我神经失常了，但我喜欢这个剧本。这剧本里头有真东西，当这姑娘讲到孤独的时候，（雷声）然后，又出现魔鬼的红眼睛，我激动得两手发抖。（雷声）这么新颖，这么拙朴……（坐在椅子上）好，大概是他来了。我要给他多说几句宽心的话。

特里波列夫　（上场）一个人也没有了。

多恩　我在这儿。

特里波列夫　玛莎在花园里到处找我。够烦人的。

多恩　特里波列夫，我非常喜欢您的剧本。它有点怪诞，结尾也没有听完，但它留下的印象十分强烈。您是个有才华的人，您应该坚持下去。

[特里波列夫热烈地和他握手，激动地拥抱他。

噢，看你多么神经质，眼泪都流出来了……我想说什么来着？您是从抽象的思想领域选取题材。这是对的。因为艺术作品就应该表现某种宏大的思想。只有严肃的，才是美的。您的脸色好苍白！

特里波列夫　您是说——应该坚持下去？

多恩　是的……可是一定要写那重要和永恒的。您知道，我以前的生活过得多彩多姿，有滋有味。我可以满足了。但如果我能领略到艺术家在创作中可以领略到的那种精神的亢奋境界，那我就会鄙视这物质的躯壳和一切属于这躯壳的东西，那我就宁可脱离尘世升腾到高空里去。

特里波列夫　对不起，妮娜在哪儿？

多恩　还有，在作品中一定要有一个清晰的、确定了的思想。您应该知道，您是为什么而写作。如果您没有确定的目标，而在一条风景如画的道路上行进，您就一定会误入歧途，那么，您的才华终会毁了您。

特里波列夫　（急不可待）妮娜在哪儿？

多恩　她回家了。

特里波列夫　（绝望地）我该怎么办？我要见她。我必须见到她……我这就去……

[玛莎上。

多恩　（向特里波列夫）安静一点，我的朋友。

特里波列夫　我还是得去。我应该去。

玛莎　特里波列夫，进屋里去。您母亲叫您。她不放心。

特里波列夫　请您告诉她，我出门去了。还有，我求求你们别打扰我啦！让我安静点吧！别老跟着我！

多恩　啜，啜，啜，亲爱的……不能这样……这样不好。

特里波列夫　（含着眼泪）谢谢您，大夫。再见了。……（下）

多恩　（叹息）青春啊，青春！

玛莎　当人们没有别的话可说的时候，就说：青春啊青春……（闻鼻烟）

多恩　（从她手中夺过鼻烟盒，把它扔到灌木丛）这最要不得！（顿）他们在屋里弹起琴来了，咱们也进屋去。

玛莎 等等。

多恩 什么事？

玛莎 我想再一次告诉您。我想跟您谈谈……（激动地）我不喜欢我的父亲……但我的心依恋着您……不知为什么我全身心地感觉到您跟我很亲近……请您帮我一把。帮帮我，要不我会做出傻事来的，我会把我的一生当作儿戏，我会毁了我的一生……我支持不下去了……

多恩 什么？要我帮您什么？

玛莎 我痛苦。没有谁知道我的痛苦！（把头埋在他的胸前，轻声）我爱特里波列夫。

多恩 怎么，人人都在发神经！人人都在发神经！怎么人人都想谈恋爱……噢，迷人的湖水！（温柔地）可是，我的孩子，我能帮你什么忙呢？我有什么办法？我有什么办法？

[幕落。

第二幕

[棒球场。舞台深处右边是一座带有大凉台的房子，左边是一片湖水。湖水里闪烁着璀璨的阳光。花坛。炎热的中午。在棒球场的旁边，在一棵老菩提树的浓荫底下，阿尔卡基娜、多恩和玛莎坐在一条长椅上。多恩的膝盖上放着一本打开的书。

伊琳娜　（向玛莎）来，咱们站起来。

[两人站起。

咱们并肩站好。您二十二岁，我几乎大您一倍。多恩，您看我们俩谁年轻？

多恩　当然是您。

伊琳娜　你瞧……原因在哪儿？因为我在工作，我动感情，我闲不住，而您呢，老待在一个地方，那不叫生活……而且，我还有一个原则：不去为将来操心。我永远不想到老，也永远想不到死。该怎么的，听其自然。

玛莎　而我觉得我好像已经活了很久，很久；我拖着我的生命，就像拖着一条长得没有尽头的裙子……我常常因此丧失生活的欲望。（坐下）当然，这全是鸡毛蒜皮的事。应该振作起精神来，不再去胡思乱想。

多恩　（轻声哼唱）“请您告诉她，我的花……”

伊琳娜　再有，我像英国人一样，注意仪表。我呀，亲爱的，就像俗话所说的，总是一丝不苟，无论是穿衣，还是梳头，永远康梅里福[1]。每逢出门，哪怕只是走进花园，你可曾见过我身穿睡袍、披头散发的？从没有过。我之所以能保持青春，是因为我从来不邋遢，不马马虎虎，像有些女人那样……（叉着腰，在场地上走动起来）你瞧，我还像一只小鸡那样地灵活，我还可以在舞台上扮演十五岁的小姑娘。

多恩　好，但我还得往下念。（拿起书来）我们刚刚念到粮食商人和老鼠……

伊琳娜　“和老鼠”，念下去吧。（坐下）不，把书给我，该我来念了。轮到我了。（拿起书，用眼睛搜索）“和老鼠”……找到了……（读）“实在的，上流社会的人娇宠着小说家，把他们吸引到自己家里来，其危险就如同粮食商人在自己谷仓里喂养老鼠一样。然而，人们却偏爱小说家。所以，当一个女人选定了一个作家，想把他据为己有，她就用恭维、温柔和投其所好的体贴来包围他……”这呀，在法国可能是这样，我们这儿完全不同。我们这儿可没有一定之规。通常，我们女人若想俘虏一个作家，她自己首先要爱得发疯。远的不说，就说我和特里果林吧……

[索林拄着手杖上，妮娜走在他身旁。麦德维坚柯在他们身后推着辆空轮椅。

索林　（用安慰孩子的口吻）不是吗，咱们很开心，咱们今天真的很开心，（向妹妹）咱们可开心啦！父亲和后妈都到特维尔去啦，咱们可以过三整天自由自在的日子。

---

① 法语，照应该的样子。

妮娜　（坐在伊琳娜身边，拥抱着她）我真幸福，我现在整个是您的了。

索林　（坐在自己的椅子上）她今天多美！

伊琳娜　打扮得真美，讨人喜欢……真是个聪明的姑娘。（吻妮娜）但也不能好话说得太多，否则反倒不吉利。特里果林在哪儿？

妮娜　他在湖边钓鱼。

伊琳娜　我奇怪他就钓不厌？（往下读）莫泊桑的小说《水上》，亲爱的。

（轻声念了几行）算了，下面既不真实，也没趣味。（合上书）我心里很不安。（站起，向右侧走去）你们说，我的儿子是怎么回事？他为什么这样忧郁，这么孤僻？他整天在湖上徘徊，我简直见不着他。

玛莎　他心里难过。（羞怯地，向妮娜）请您把他的剧本读几句给我们听听！

妮娜　（耸肩）您有兴趣？多沉闷的剧本……

玛莎　（抑制住自己的激情）当他自己读点什么的时候，他的眼睛会闪闪发光，脸色也变得雪白。他的声音优美而忧郁，他的风度像一个诗人。

[听得到索林的打鼾声。

多恩　晚安！

伊琳娜　彼得鲁沙！

索林　啊？

伊琳娜　你睡着了吗？

索林　没有的事。

[停顿。

伊琳娜　哥哥，你不去看病，这不好。

索林　我倒想吃点什么药，但大夫不开药方。

多恩　　六十岁的人了还吃药！

索林　　人到了六十岁，也还想活呢。

多恩　　（不悦）嘿，那好，您就吃点缬草酊吧。

伊琳娜　　我看，他到温泉疗养院去住住更好。

多恩　　温泉？可以去，也可以不去。

伊琳娜　　这就费解啦。

多恩　　没有什么费解的。一切都明摆着。

[停顿。

麦德维坚柯　　彼得·尼古拉耶维奇，您应该把烟戒了。

索林　　鸡毛蒜皮的事。

多恩　　这不是鸡毛蒜皮的事。烟和酒能让人变得不像人。吸完一支雪茄，或是喝完一杯白酒，您就不再是索林，而是索林再加上另外一个什么人；您的自我开始发生分裂，您对您自己好像是对待一个第三者的他了。

索林　　（笑）您当然可以这样大发议论。您是甜甜美美地生活过的，而我呢？我在法院当了二十八年差，但还没有像样地生活过，说真的，我什么也没有经历过，因此，我想要生活下去，是理所当然的。您已经享受够了，什么也不在乎了，所以您说话离不开哲学，而我要生活，所以我吃饭离不开烟酒。就是这么回事。

多恩　　正因为每个人的意愿都有他自己的道理，所以所有的人都在痛苦着。应该严肃地对待人生，可是，到了六十岁还想吃药，还抱怨年轻时没有及时行乐，不客气地说，这是轻狂。

玛莎　　（站起）该是吃早饭的时候啦。（以慵倦的脚步，懒洋洋地走着）脚都坐麻了……（从左侧幕下。）

多恩　　吃饭之前她还得先灌下两小杯。

索林　可怜的姑娘，她没有个人的幸福。

多恩　阁下，这不值一提。

索林　您这叫饱汉不知饿汉饥。

伊琳娜　啊！还有什么比这乡间淡淡的忧伤更忧伤吗！……又热，又静，谁也都无所事事，谁也会高谈阔论……朋友们，跟你们在一起很愉快，听你们谈话很有趣，可是……坐在旅馆房间里读自己角色的台词，要痛快得多！

妮娜　（兴奋地）对！我能理解您。

索林　当然，住在城里痛快得多。坐在自己的办公室里，不经通报，听差不放任何人乱闯进来，还有电话……街上还有马车，什么都有……

多恩　（哼唱）“请您告诉她，我的花……”

[沙姆拉耶夫上，后边跟着波里娜·安德列耶芙娜。

沙姆拉耶夫　原来全都在这儿，大家好！（吻伊琳娜的手，随后又吻妮娜的手）看到各位健康地活着，我打心里觉得高兴。（向伊琳娜）妻子跟我说，您打算今儿跟她一起进城去，这可是真的？

伊琳娜　是的，我们是准备进城去。

沙姆拉耶夫　嗯……好主意，但你们怎么个去法，尊贵的夫人？今儿个要搬运麦子，所有的工人都忙着呢。我请问您，我能给您什么马？

伊琳娜　给我什么马？我怎么知道！

索林　咱们有的是套车的马。

沙姆拉耶夫　（激动）套车的马？可是我到哪儿去找套马的轭套呢？我到哪儿去找？这真奇怪！让人理解不了！尊贵的夫人！请原谅，我崇拜您的天才，我愿意为您牺牲十年阳寿，可是您要的马，我一匹也提供不了！

伊琳娜　可是，要是我非走不可呢？真是新鲜事！

沙姆拉耶夫　尊敬的夫人！您不懂得什么叫农家活！

伊琳娜　（生气）又是老一套！要是这样，我今天就回莫斯科。请您给我在村子里雇几匹马来，要不我就步行到车站！

沙姆拉耶夫　（也生气，站起，走向舞台深处）要是这样，我就辞职！您另找个管家吧！（下）

伊琳娜　每年夏天都是这样，每年夏天我都要在这里受一番侮辱！我以后再也不到这种地方来了！（从左侧幕下，那边有个游泳池。过一会儿，看见她走进房子里。特里果林跟在她后边，他带着一根钓鱼竿和一个水桶。）

索林　这是胡闹！（站起）不成体统！我再也忍受不了啦！这就叫他们把所有的马都给牵来！

妮娜　居然拒绝伊琳娜的要求！她是位大名鼎鼎的演员啊！她的任何一种愿望，哪怕是一个任性的要求，难道不比你们的农家活重要得多？这简直叫人难以相信！

波里娜　我有什么办法？请您处在我的位置上想想，我有什么办法？……

索林　（对妮娜）咱们去看看妹妹……我们都去求她留下别走，好吗？（望着沙姆拉耶夫下去的方向）不讲道理的一个人！一霸！

妮娜　（不让他站起）您坐着，您坐着……我们推着您走。

［妮娜和麦德维坚柯推着轮椅。

噢，这多么可怕！……

索林　是啊，是啊，这很可怕……可是，他不会就这么辞职的，我这就跟他去说说。

［众人下，剩下多恩和波里娜·安德列耶芙娜。

多恩　人活得太乏味啦。您的丈夫理应从这儿滚蛋，但事情的结

多恩　果完全不是这样。这个婆婆妈妈的索林，还有他的那位妹妹，肯定会向他赔礼道歉。您等着瞧吧！

波里娜　他连套车的马都派到田里去了。他想干什么就干什么。我已经劝过他两年了，让他别管这庄园了………为什么？有什么必要？买了纯种的火鸡和小猪来喂养，但都在他手里死光了。建起了一个养蜂场，但到冬天蜜蜂全饿死了。每天都要发生这一类误会。要是您能知道，这给我带来了多少烦恼！我烦得要发病啦！您瞧，我浑身在发抖……我受不了他的粗鲁。（恳求地）多恩，我亲爱的，我日夜思念的，您把我带走吧……我们都不年轻了，我们的时光要飞走了，哪怕在生命结束之前，我们能不再捉迷藏，能不再彼此说谎……

[*沉默。*

多恩　我已经五十五岁，已经来不及改变自己的生活了。

波里娜　我知道，您所以拒绝我，是因为在我之外还有别的女人让您觉得亲近。但她们总不能全部都让您亲近。我能理解。您今天整个早上又和伊琳娜待在一起。

多恩　我总得跟个什么人待在一起呀。

波里娜　嫉妒心把我折磨苦了。请原谅，我那么惹您讨厌。

[*妮娜出现在房子旁，她在采花。*

多恩　不，没有什么。

波里娜　嫉妒心折磨得我好痛苦。当然，您是医生，您不能回避女人。这我懂……

多恩　（向走近的妮娜）那边怎么啦？

妮娜　伊琳娜在哭，而索林先生的气喘病又犯了。

多恩　（站起）好，我去给他们吃点缬草酊……

妮娜　（把花递给他）给您。

多恩　谢谢！（向房子走去）

波里娜　（和他同行）多么美丽的花呀！（走近房子时，压低嗓音）把花给我！把花给我！（拿到花后，将花扯碎，然后扔到一边。两人走进房子。）

妮娜　（独自一人）真奇怪，这样一位著名演员也会哭，而且还是为了这么一点小事。同样奇怪的是，一个著名作家，深受读者崇拜，所有的报纸都谈论他，他的照片到处都卖，他的小说译成了外文，而他本人竟整天钓鱼，钓到了两条小鱼，还快乐不已。我原以为名人都趾高气扬，接近不得的，原以为他们瞧不起平民百姓，以为他们会用自己的声誉和名望，来向那些把出身与财产看得高于一切的俗人施行报复的。可是，谁知道他们也哭红鼻子，也钓鱼，也玩牌，也开怀大笑，也大发脾气，和一般人没有两样……

特里波列夫　（上，没有戴帽子，提着支猎枪和一只打死了的海鸥）这里就你一个人？

妮娜　就我一个人。

[特里波列夫把海鸥放到妮娜脚下。

这是什么意思？

特里波列夫　我今天做了件丢脸的事，把这只海鸥打死了。我把它献在您脚下。

妮娜　您这是怎么啦？（捡起海鸥，凝望着它）

特里波列夫　（沉默了一下）不久的将来，我也会照这样子打死我自己。

妮娜　我真不了解您。

特里波列夫　是的，自从我不了解您之后，您对我变心了，您的目光冷冰冰的；我在您跟前，您很不自在。

妮娜　您近来脾气好古怪。说的话不知所云，尽用些象征。现在又是一只海鸥，大概，也是个象征。可是，请原谅，我无

妮娜　　法理解……（把海鸥放在长椅上）我头脑太简单，领会不了您的心思。

特里波列夫　这要从那天晚上说起。我的剧本就这么糊里糊涂地演砸了。女人们不会原谅演失败了的剧本的。我把它全烧了。连一张纸片都不留。您倒想想，我是多么的不幸！您的冷漠，叫人感到可怕和无法相信，就好比我从睡梦中醒来，突然发现这片湖水干涸了，或是已经沉到地底下去了。您刚才说，您头脑太简单，领会不了我的心思。唉！这有什么需要领会的？我的剧本不讨人喜欢，您瞧不起我的创作灵感，您已经把我看成是个随处可见的平庸之辈……（跺脚）我太明白这个了！我太明白这一切了！我脑子里好像有根钉子，就让它和我的虚荣心一齐见鬼去吧，这虚荣心在不断地吸吮着我的血，它像一条毒蛇一样……（看见正在读着一本书的特里果林向前走来）呶，一个真正的天才走过来了，走起路来像哈姆莱特，手里也拿着一本书。（模仿）“空话，空话，空话……”这个太阳还没照到您身上，您已经满脸微笑，您的目光已经融化到他的光芒里去了。我不想妨碍你们。（快步走下）

特里果林　（记着笔记）“她闻鼻烟，喝白酒……总是穿黑衣裳。一个小学教师爱着她。”

妮娜　　包里斯·阿列克谢耶维奇，您好！

特里果林　您好，情况突然发生变化，我们大概今天非得离开这儿。恐怕我们以后难得再有机会见面。真可惜。我不大有机会遇到年轻、可爱的姑娘。我也已经忘记了，十八九岁的年轻人有什么样的心态，连想象也想象不出来。所以，我小说里的年轻姑娘写得都很虚假。我真想摇身一变，变成一

特里果林　个您，哪怕只有一个钟头呢，总也能体验一下您的思想感情，知道您究竟是个什么样的人。

妮娜　而我倒想变成一个您。

特里果林　为什么？

妮娜　我想感受一下名作家的心态。一个人知名度高了，会有什么样感觉？您是个名人啦，您有什么样的感觉？

特里果林　“什么样的感觉”？什么样的感觉也没有。关于这，我从来就没有想过。（思索）二者必居其一：要么是您夸大了我的知名度；要么是我根本感觉不到我的知名度。

妮娜　那要是在报纸上读到谈论您的文章呢？

特里果林　要是捧我，就高兴一阵子；要是骂我，就难过一两小时。

妮娜　奇妙的世界！您知道，我是多么羡慕您。人的命运多么不同。有的人艰难地打发日子，他们的生活是那样乏味、暗淡。他们的痛苦大同小异，他们全都是不幸的人。而有的人呢，就比如您吧——一百万人里才出一个——有幸享受一种富有情趣的、光彩夺目的、充满意义的生活……您是幸福的……

特里果林　我？（耸肩）嗯……您谈到“富有情趣的、光彩夺目的生活”，但对我来说，这些好听的字眼，就像是我从来没有品尝过的果子酱。请原谅我这么说。您非常年轻，也非常善良。

妮娜　您的生活多么美好！

特里果林　又有什么特别美好的呢？（看看表）请原谅，我该走了……（笑）您，就像俗话说的，踩到了我的最敏感的鸡眼上了，所以我也激动了起来，还有点恼火，好吧，我们谈谈也好。谈谈我的所谓“光彩夺目的、美丽的生活”……但，从哪儿谈起呢？（略思索）世上存在一种所谓强制性思维，一个人

特里果林　日以继夜地想着一样东西，比方说想着月亮。我也有这么一个月亮。有一个无法摆脱的思想，日以继夜地折磨着我：我应该写作，我应该写作，应该写作……刚刚写完一部小说，不知为了什么缘故，我又得写第二部，然后写第三部，第三部写完，第四部……我连续不停地写着，就像一个长年骑在驿马上的旅客。请问，这种人不离鞍、马不停蹄的生活有什么“光彩夺目”可言？噢，多么荒谬的生活！你看，我现在和您在一起，我很激动，可是，我又无时无刻不惦记着那一部还未完成的小说，我现在看见了一块样子像三角钢琴的云彩，就马上想到，在将来的一篇什么小说里得有这样的细节描写：天上飘着一团云，形状像三角钢琴。现在闻到茉莉花的味道，我就马上暗记在心：香得能腻人的气味，白得像寡妇的脸色，以后描写夏天的晚景时可以用上。你我现在正谈着话，我把你现在说的每句话都赶紧记住，封存到我的文学储藏库里——说不定将来能派上用场！等工作一完，我就匆匆跑去看戏或是钓鱼，要是这样能休息一下，陶醉一下也好啊——可是做不到。一个新的题材，就像一颗铁球又在我的头脑里翻滚，它又把我牵到书桌旁，又得赶紧地写呀，不停地写，永远在写，日复一日，自找麻烦，没有尽期。我觉得我是在自己吞食自己的生命，为了向世间的什么人供奉一点花蜜，把自己最好的花朵里的花粉全都用尽，不仅用手折取花朵，而且用脚践踏花根。我难道还不是一个疯子？我的亲朋好友难道还会拿我当作一个正常人吗？“您在写作什么？您有什么大作问世？”问来问去，千篇一律，我觉得，朋友们对我的所有这些关心、表扬和称颂，全都是欺骗，他们欺骗我，就像在欺骗一个病人一样。有时候我真害怕，怕他们会有朝一日偷偷从我身后扑来，一把将我抓住，把我像包布

特里果林　利申[1]一样地送进疯人院。而在我的年轻时代，那是最美好的青春岁月，我刚刚步入文坛，那时的写作生活更是苦不堪言。文坛上一个无名之辈，尤其是正碰上他不走运的时候，总感到自己笨嘴笨舌，碍手碍脚，神经紧张，焦躁不安，又身不由己地想和文艺圈子里的人周旋；谁也不承认你，谁也不理睬你，你连正眼看一看别人的勇气都没有，就像一个求胜心切的赌徒，可是身上一个钱也没有。我没有见到过自己的读者，但在我的想象里，只觉得他们都是对我不信任的，心怀敌意的。我害怕观众，他们令我战栗。每当我的新剧本演出的时候，我总觉得在观众里头，黑头发的人在起反感，黄头发的都无动于衷。噢，这是多么可怕！多么痛苦！

妮娜　可是，难道创作的灵感和创作过程本身，不会给您带来崇高的幸福的瞬间？

特里果林　是呵，当我写的时候，是愉快。读校稿的时候，也愉快，但……作品一出版，我就无法忍受啦，我觉着它与我的构思相去甚远，是我的一大失误，根本就不应当把它写出来，于是我感到失望，心里不是滋味……（笑）而读者读着我的作品，评论说："写得漂亮，有才气，但离托尔斯泰还差得远。"或是说："挺好的小说，但屠格涅夫的《父与子》要好得多。"这样，到我寿终正寝，也只能听到"写得漂亮，有才气；写得漂亮，有才气"这两句——不会再多一句了。而等我死后，我的朋友们从我墓前走过时，会这样说："这里长眠着特里果林，他曾是一位好作家，但比不上屠格涅夫。"

妮娜　请原谅，我不能理解您，您简直是被您的成功宠坏了。

---

① 包布利申，果戈理小说《狂人日记》中的人物。

特里果林　什么成功？我从来没有满意过我自己。作为作家，我看不起我自己，更糟的是，我总觉着是置身于什么云雾之中，我常常不知道我都在写什么……我爱这片湖水，这些树木，这片天空，我钟情于大自然，它能在我心中激荡起热情和写作的强烈欲望。然而，我不仅仅是个风景画家，我还是个公民，我热爱我的祖国和人民，我深深感到，如果我是个作家，就有责任写人民，写他们的痛苦，写他们的未来，讨论科学和人的权利，以及其他，等等。我要写所有的这一切，我匆忙地赶着写，人们从四面八方鞭策着我，还生着我的气。我左冲右撞，活像一头被猎犬追赶着的狐狸，眼看生活和科学在不断地前进、前进，而我自己，像个误了火车的农民，越来越落伍了。结果，我发觉自己只配写写风景，而其他一切，我一写就虚假，虚假到骨子里去了。

妮娜　您全身心地投入到工作中去了，所以没有闲暇和愿望来认识自己的价值。尽管您不满意自己，但在其他人眼里，您是个杰出人物！如果我是您这样一位大作家，那么，我就愿意把我的整个生命贡献给大众，可是我也意识到，大众的最大幸福，莫过于让他们也提高到和我一样的水准；那样，他们就会推动那辆载着我的凯旋马车。

特里果林　“凯旋马车”……我难道是阿伽曼农[①]！

[两人相视而微笑。

妮娜　为了领略当一个作家或演员的幸福，我情愿忍受亲人对我的嫉恨，情愿忍受穷困和失望，情愿用黑面包干果腹，在小阁楼里栖身；自己不满意自己的痛苦，意识到自己失误的痛苦，我全都愿意承受。但付出了这些代价，我得要求荣

① 阿伽曼农，希腊神话人物，攻打特洛伊城胜利后，被妻子谋杀。

妮娜　　誉……（亭子开始后移）真正的声名赫赫的荣誉……（用手掩脸）我的头都晕啦……哎嘿！

[从房子里传来伊琳娜·阿尔卡基娜的声音："包里斯·阿历克谢耶维奇！"

特里果林　叫我了……大概是要收拾行李。真不想走啊！（凝望湖水）多美的风景！……你们这里太美啦。

妮娜　　您看见湖对岸的那所房子和花园了吗？

特里果林　看见了。

妮娜　　那就是我死去的母亲的庄园。我就出生在那里。我就在这片湖水边长到现在这么大，这湖里的每一个小岛我都熟悉。

特里果林　你们这里太美啦！（发现死海鸥）这是什么？

妮娜　　海鸥。是特里波列夫打死的。

特里果林　美丽的鸟儿。（坐下）真不想走。您去劝劝伊琳娜，请她留下来。（在记事本上记着什么）

妮娜　　您在写什么？

特里果林　记点笔记……突然想到了一个情节……（把笔记收起）一个短篇小说的情节：在一片湖水边，从小住着一个少女，像您一样的少女。她爱恋着这片湖水，像一只海鸥；她也像只海鸥那样地自由和幸福。可是，偶然间来了个人，看见了她，只是因为无事可做，便把她毁了，就像这一只海鸥。

[停顿。

[伊琳娜·阿尔卡基娜出现在窗口。

伊琳娜　包里斯·阿历克谢耶维奇，您在哪儿！

特里果林　我马上来！（回顾妮娜，向窗口走去，向伊琳娜·阿尔卡基娜）有什么事？

伊琳娜　我们不走了。

[特里果林走进房中。

妮娜　　（走近脚灯，沉思了片刻）像是梦！

[幕落。

第三幕

[索林家的餐厅。左右两侧都有门。一个碗橱。一个药橱。餐厅中央有张桌子。地上放着一只手提箱和几个帽盒；有准备动身的明显迹象。

[特里果林在吃早饭。玛莎站在桌子旁。

玛莎　因为您是作家，所以我把这全都说给了您听。您可以把它们用作素材。我坦白告诉您，要是他把自己伤害得很严重，那我一分钟也活不下去的。但我毕竟还是个有勇气的人，我现在已经下了决心：我要把这个爱情从心里挖掉，连根挖掉。

特里果林　怎么个挖法？

玛莎　嫁人。嫁给麦德维坚柯。

特里果林　嫁给那个小学教师？

玛莎　是的。

特里果林　我看不出有这个必要。

玛莎　没有希望的爱情，长年累月的期待……可是，一嫁了人，就顾不得什么爱情啦，新的烦恼会把旧的悲伤扑灭。无论怎么说，这总算是一种变化吧。咱们再来一杯？

特里果林　太多了吧？

玛莎　　哎，来吧！（斟满酒杯）您别这么看着我。喝酒的女人，比您想象的要多。其中的少数人，像我，公开喝，而多数女人偷偷喝。真的，而且一喝起酒来，不是白酒就是白兰地。（碰杯）祝您健康！您是个好人，我真舍不得跟您分手。（喝酒）

特里果林　我自己也不想走。

玛莎　　那您就请求她留下来。

特里果林　不行，她现在非走不可了。他儿子的行为太不像话。先是想开枪自杀，现在又听说，准备跟我决斗。可是为什么呢？他目空一切，怨天尤人，宣扬新形式……世界大得很，老的也罢，少的也罢，都能找到自己的一块天地，为什么非得拼个你死我活？

玛莎　　看来，还有嫉妒心……不过，这与我无关。

[停顿。

[雅可夫拎着手提箱自左至右走过去。妮娜上，站在窗口。

我的当小学教师的丈夫当然不是个聪明人，但他是个善良的穷人，他很爱我。我可怜他，也可怜他的老母亲。好了，让我祝您万事如意。不要记恨我。（热情握手）您对我的友好的关怀，我非常感激。如果出了新书，请寄给我一本，而且一定别忘了在书上签名题字。可是不要写什么“赠给尊贵的”，而是简简单单写上这样一句：“给孤苦伶仃的、不知为何生在这世上的玛莎”。再见了。（从左侧幕下。从右侧跑出妮娜）

妮娜　　（将握拳的手伸向特里果林）是双还是单？

特里果林　是双。

妮娜　　（叹气）不对。我手里只有一颗豆子。我想占个卜：看我究竟该不该当演员？真希望有个人给我出出主意。

特里果林　这种事情，不好随便出主意。（沉默）

妮娜　我们要分别啦……也许再也不会见面。请您收下这个小小的纪念章，留作纪念。我叫人把您的名字的字头刻上了……另一面刻上了您的一本书名：《白昼与黑夜》。

特里果林　多么精美！（吻纪念章）珍贵的礼物！

妮娜　有时候，也请想想我。

特里果林　我会想起您的，会想起您那一天的样子，您还记得吗？一星期前，一个阳光明媚的日子，您穿一条鲜丽的长裙……我们谈着话……在那长椅上，还躺着一只白色的海鸥。

妮娜　（沉思）是的，一只海鸥……

[停顿。

有人来了，我们不能再继续谈下去……在您动身之前，请给我两分钟时间，我求求您了……

[妮娜从左侧下。这时，伊琳娜·阿尔卡基娜和身穿佩有勋章礼服的索林从右侧上。操心着收拾行李的雅可夫随后跟上。]

伊琳娜　老头子，我劝您留在家里。您有关节炎，还老跑出去会朋友干吗？（向特里果林）刚刚是谁从这儿走开了？是妮娜？

特里果林　是的。

伊琳娜　帕尔唐[①]，我们打扰了。（坐下）东西大概都收拾好了。累坏我啦。

特里果林　（读着纪念章上的字）《白昼与黑夜》，一百二十一页，第十一和第十二行。

雅可夫　（收拾桌上的东西）这鱼竿也收拾进行李吗？

特里果林　是的，鱼竿有用。而书随便送给什么人好了。

① 法语，请原谅。

雅可夫　是。

特里果林　（自语）一百二十一页，第十一和十二行。这两行写的是什么？（向伊琳娜·阿尔卡基娜）屋子里有我的书吗？

伊琳娜　在我哥哥的书房里，靠墙角的那个书柜。

特里果林　一百二十一页……（下）

伊琳娜　真的，索林，你就留在家里吧……（坐在箱子上）

索林　您要走了。您一走，我在家里待着更难受。

伊琳娜　城里又有什么特别好的呢？

索林　当然谈不上特别好的，但毕竟……（笑）比方说，总会有自治会的奠基典礼之类的仪式吧……我真想从这种枯躁无味的生活中解脱出来，哪怕是一二个钟头也好。我觉得自己像一只破烟嘴似的，长年搁在一边，无人理会。我已经吩咐他们一点钟把马备好，咱们到时一起出发。

伊琳娜　（稍加停顿之后）你还是别走的好，不要心烦，也不要着凉。注意着我的儿子。对他要多加体贴、好好开导。

[静场。

我这就要走啦，我还是不知道特里波列夫为什么要自杀。我想，主要原因是嫉妒，所以，早一点把特里果林带走，早一点太平。

索林　怎么对你说呢？还有别的原因。明摆着的事嘛：他正年轻，又聪明，可是住在穷乡僻壤；既没有钱，也没有地位，没有前途，再加上无事可做，这种闲散使他感到又惭愧又可怕。我非常疼爱他，他也喜欢我。可是他总还觉得自己在家里是个多余的人，是个寄人篱下的食客。明摆着的事嘛：是自尊心作怪……

伊琳娜　他成了我一块儿心病啊！（沉思）也许，让他去谋个差事做做……

索林　（吹声口哨，迟疑地）我想，最好的办法，是你……给他点钱。首先，他该穿得像个人样。你瞧，他那件上衣，已经穿了整整三年，出门连件大衣也没有……（笑）此外，让他出去散散心，也没有坏处，比如说，到国外去走一趟什么的……那也费不了多少钱。

伊琳娜　话虽这么说呀……做件衣服我还能办得到，至于说到出国……不，不，现在我连做衣服的钱也拿不出。（坚定地）我没有钱！（走到沙发后）

[索林笑。

没有钱！

索林　（吹口哨）好啦，请原谅。亲爱的，别生气，我相信你……你是宽宏大量的好女人。

伊琳娜　（含泪）我没有钱！

索林　如果我有钱，我自己就给他了，这不成问题。但我偏偏没有钱。一个子儿也没有。（笑）我的全部养老金都给管家用在庄稼、牲口、蜜蜂上啦。我的钱就这样白白糟蹋啦。乳牛死了，蜜蜂死了，马呢，又永远不给我用……

伊琳娜　当然，钱我也有一些。不过，我是个演员，光是衣着打扮，就能叫我破产。

索林　你善良，可爱……我尊重你……是的……怎么，我又不舒服啦……（身体晃动）头直转。（抓住桌子）发病啦。

伊琳娜　（害怕）彼得鲁沙！（努力把他扶住）我亲爱的……（叫喊）帮帮我！救人哪！

[特里波列夫上，头上缠着绷带。麦德维坚柯同上。

他发病啦！

索林　没有关系，没有关系……（微笑，喝水）过去了。好了……

特里波列夫　（向母亲）妈妈，别害怕，这不算严重。舅舅近来常常这样犯病。（向舅舅）舅舅，你应该去躺一会儿。

索林　是的，得去躺一会儿……可是，我照样得进城。躺一会儿就动身……明摆着的事……（拄着手杖走）

麦德维坚柯　（搀扶着他）有这么个谜语：早晨四条腿，中午两条腿，晚上三条腿……①

索林　（笑）一点儿不错。而夜里呢，背着地。谢谢您，我自己可以走。

麦德维坚柯　唉，您还客气！……（与索林同下）

伊琳娜　他真把我吓坏啦！

特里波列夫　老住在乡下，对他身体没有好处。他心里烦闷。妈妈，如果你能慷慨解囊，借给他一两千卢布，他就能在城里住上整整一年。

伊琳娜　我没有钱。我是演员，不是银行老板。

[静场。

特里波列夫　妈妈！

伊琳娜　怎么啦？

特里波列夫　给我换换绷带。你做这事熟练得很。

伊琳娜　（从药橱里取出碘酒和绷带）医生来迟啦。

特里波列夫　他答应十点钟来，但现在已经是中午。

伊琳娜　坐下。（从他头上取下绷带）你像是戴了个头巾。昨天来了个陌生人，他在厨房里直问你是哪一国的人。你的伤口差不多全好了，就剩下一点点啦。（吻他的头）我走后你可不能再这么胡来！

特里波列夫　不啦，妈妈。那时我绝望了，自己也控制不了自己，以后

① 谜底为希腊神话中狮身人面怪物斯芬克出，后被俄狄浦斯猜中。

特里波列夫　不再这么了。（吻她的手）你有一双金子般的手。记得，那是很久以前，我还是个孩子呢，那时你还在国立剧院里演戏，有一天院子里有人打架，把一个洗衣服的女人，打得头破血流，你还记得吗？把她扶起来时，她都不省人事了……你常去看她，给她换药，还在木桶里给她孩子洗澡。你难道记不得了？

伊琳娜　记不得了。（给他换上新的绷带）

特里波列夫　那时我们院子里还住着两个芭蕾舞者……她俩常来找你喝咖啡……

伊琳娜　这倒记得。

特里波列夫　她们都是虔诚的教徒。

[静场。

最近，就这几天吧。我又像我小的时候那么天真地、一心一意地爱你了。除了你之外，我一个亲人都没有了。只是我想不通，你为什么要受那个家伙的支配呢？

伊琳娜　特里波列夫，你不了解他。他是个品格高尚的人……

特里波列夫　但当他听说我要跟他决斗，他的高尚品格并不妨碍他变成一个懦夫。他要走啦，这是可耻的逃跑！

伊琳娜　胡说八道！是我自己请他离开这儿的。

特里波列夫　好一个品格高尚的人！你瞧，我们现在就为他几乎要争吵起来，而他呢，现在也许正在客厅里或者在花园里嘲笑我们呢？……他也许现在正在开导妮娜，竭力要让她相信他是个天才。

伊琳娜　你就喜欢对我说些我不爱听的话，我尊敬那个人，请你当着我的面不要说他的坏话。

特里波列夫　但我不尊敬他。你想让我也把他当作一个天才，对不起，我不会说谎，他写的那些小说让我读得恶心。

伊琳娜　这是嫉妒，没有才气的人反倒自负得很，这样的人把攻击真正有才气的人，当作一种自我安慰！

特里波列夫　（嘲讽地）“真正有才气的人”！（愤怒）要说才气，那我比你们所有的人都更有才气！（从头上把绷带扯下）你们这些墨守成规的人，篡夺了艺术的头等地位，你们以为只有你们那一套玩意才是合法的、正统的，而其余的一切，你们都想压制和扼杀！我不承认你们！无论是你，还是他，我都不承认！

伊琳娜　现代派！

特里波列夫　回到你那个甜甜蜜蜜的舞台上去演你那些可怜的、俗不可耐的戏去吧！

伊琳娜　我从来没有演过那种戏。你别来打扰我！你就是连一出可怜的喜剧也写不出来，你不过是个基辅的小市民、寄生虫！

特里波列夫　守财奴！

伊琳娜　叫花子！

[特里波列夫坐下，轻声抽泣。

无用的东西！（激动地来回踱步）你别哭，不必哭。（哭）别这样……（吻他的额头、面颊和头）我亲爱的孩子，请原谅……请原谅你这个不争气的妈妈吧。原谅我吧，我是多么不幸。

特里波列夫　（拥抱她）要是你能理解我！我一切都失去啦……她不再爱我了，我再也写不出什么来了……我所有的希望都落空啦。

伊琳娜　不要绝望……一切都会好起来的，他马上就离开这儿，她又会重新爱上你的（给他擦去眼泪）算了，咱们已经和解啦。

特里波列夫　（吻她的双手）是的，妈妈。

伊琳娜　（温柔地）跟他和解了吧。用不着决斗……不是吗？

特里波列夫　好的……只是，妈妈，别让我再见到他。看见他我就痛苦得不行……我受不了……

[特里果林上。

他来了……我得走（匆匆将药品放进橱内）还是让医生给我包扎吧……

[特里波列夫从地上捡起绷带，下。

特里果林　（翻开书本寻找）一百二十一页……第十一和十二行……有了……（读）"如果你什么时候需要我的生命，就请你前来将它取走。"

伊琳娜　（看了看表）马车快准备好啦。

特里果林　（自语）如果你什么时候需要我的生命，就请你前来将它取走。

伊琳娜　我想，你的东西已经收拾好了吧？

特里果林　（急切地）知道了，知道了……（沉思）这是一个纯洁的灵魂的召唤，为什么我从这个召唤之中听到了忧伤的声音，让我的心觉得无比的痛楚？……"如果你什么时候需要我的生命，就请你前来将它取走。"（向伊琳娜）咱们再多待一天吧！

[伊琳娜·阿尔卡基娜摇摇头。

再待一天！

伊琳娜　亲爱的，我知道你在这儿留恋着什么。可是你得控制住自己。你有点醉了，清醒清醒吧！

特里果林　你自己也该清醒清醒，做个聪明人。我求求你，像一个我的知心朋友那样地来看待这一切……（紧握她的手）你有能力做出牺牲……请你做个朋友，放我自由吧。

伊琳娜　（激动异常）你感情陷得那么深？

特里果林　她吸引着我，也许这正是我所需要的。

伊琳娜　需要一个乡下姑娘的爱情？喔，你太失身份啦！

特里果林　有时人们一边走一边做梦，我现在就是这样。我在跟你说话，但好像自己是在睡觉，正在梦中见到了她……我已经陶醉在那甜蜜而神奇的梦幻之中了……放我自由吧……

伊琳娜　（战栗）不，不……我是个普普通通的女人，不能这么跟我说话……特里果林，别折磨我……我害怕……

特里果林　如果愿意，你可以成为一个非凡的女人。青春的、甜美的、诗意的爱情，能把人引入梦幻世界的爱情，只有这种爱情才能给凡人带来幸福！我从来没有体验过这种爱情……在我年轻的时候，我没有时间去追求这种爱情，那时我忙于写书投稿，为生计而奔波……现在，这爱情终于向我迎面走来了，它正在向我招手……我有什么道理躲开它？

伊琳娜　（光火）你疯啦！

特里果林　就算是疯了。

伊琳娜　你们今天串通好了来折磨我的！（哭泣）

特里果林　（抓住自己的头）她不理解我！不肯理解！

伊琳娜　难道我已经那么老，那么丑，男人居然可以当着我的面毫无顾忌地谈论别的女人？（拥抱他，吻她）噢，你失去理智啦！我的了不起的好人儿……你是我生命的最后一页！（跪下）我的欢乐，我的骄傲，我的幸福……（抱着他的膝盖）如果你抛弃我，哪怕一个小时，我就活不下去，我就一定会神经错乱，啊，我的好人儿，我的神明，我的主宰！……

特里果林　会有人进来的。（扶她起来）

伊琳娜　就让他们来好啦，我爱你，我不觉得害臊。（吻他的双手）

伊琳娜　我的宝贝儿，你糊涂啦，你想发疯，但我不要你疯。我不让你疯……你是我的……（笑）你是我的……这个额头是我的，这双眼睛是我的，这些像银丝般漂亮的头发也是我的……整个的你都是属于我的。你是这样的才气横溢，这样的绝顶聪明，你在当今的文坛上鹤立鸡群，你是俄罗斯的唯一希望……你写得那么真挚、那么质朴、那么清新、那么幽默……你一笔就能勾画出人物或风景的主要特征。你写的人物全都血肉丰盈。噢，读你的作品谁都不会无动于衷！你以为我这是在奉承你、恭维你？你瞧瞧我的眼睛……瞧瞧我……我像个说谎的女人吗？你要知道，我是唯一能真正认识你的价值的人，只有我一个人能向你说真话，我亲爱的，我的宝贝儿……你走吗？同意了吧？你不会抛弃我的吧？

特里果林　我没有自己的意志……我从来没有过自己的意志……懒散、脆弱、遇事百依百顺——女人们当真会喜欢我这样的人？把我领走，带走，可是不要让我离开你一步……

伊琳娜　（自语）他现在是我的了。（从容地，好像什么事也没有发生）如果你愿意，你可以留下不走。我今天先走。你过一个星期再走。真是的，你有什么必要那么急匆匆地？

特里果林　别这样，咱们还是一起走。

伊琳娜　随你便。一起走就一起走……

[静场。特里果林在小本上做笔记。

你在写什么？

特里果林　早上听到一段很有味道的话，“处女般的丛林……”将来用得着。（伸伸懒腰）这么说，得走？又是车厢、车站、餐厅、肉饼，没完没了的闲聊……

沙姆拉耶夫　（上）我怀着依依惜别的痛苦心情向诸位报告：马已经备

沙姆拉耶夫　好。尊贵的夫人，该动身去车站啦，火车两点零五分进站。伊琳娜·尼古拉耶芙娜，劳您大驾，千万别忘了替我打听一下：那个名叫苏兹达尔采夫的演员现在在哪儿？他还活着吗？身体还好吗？想当年我们曾经在一块儿喝过酒。在《被劫的邮局》这出戏里，他演绝啦……我记得，有个叫伊兹马依洛夫的悲剧演员，和他一起在叶里沙维特格勒演过戏，那也是个了不起的演员……别忙，尊贵的夫人，还可以再待五分钟。有一回他俩在一出传奇剧里扮演谋反的叛徒。当官兵围捕他们的时候，台词应该是："我们掉进陷阱啦……"但伊兹马依洛夫却说："我们掉进水井里啦。"（笑）说成是水井！……

[在沙姆拉耶夫说话的时候，雅可夫忙着搬运手提箱，女仆给伊琳娜·阿尔卡基娜送来帽子、斗篷、阳伞、手套；大家都在帮她穿着打扮。厨子从左侧房门探头张望，随后犹豫不决地走进来。波里娜·安德列耶芙娜上，后边跟着索林和麦德维坚柯。

波里娜　（拿着小篮子）这是给你们在路上吃的李子……很甜。也许您爱吃……

伊琳娜　波里娜，您太好啦。

波里娜　再见了，我亲爱的！如果有什么不如意的，请多加包涵。（哭）

伊琳娜　（拥抱她）一切都很好，一切都很好，可是，您不该哭。

波里娜　咱们的年头过去啦！

伊琳娜　那有什么办法？

索林　（戴着帽子，拄着手杖，从左门上，走过房间）妹妹，该走了，再不走可要赶不上火车啦。我先上马车去。（下）

麦德维坚柯　我自己走着去车站……给你们送行。我走得快……（下）

伊琳娜　再见了，我亲爱的朋友们……如果我们都还平平安安地活着，明年夏天咱们还能见面……

[女仆、厨师和雅可夫吻她的手。

你们别把我忘啦。（给厨师一个卢布）给您一个卢布，由你们三个人分。

厨师　夫人，我们非常感谢。祝您一路平安！您一向待我们很好。

雅可夫　上帝保佑您一路平安！

沙姆拉耶夫　给我们来封信，让我们高兴高兴！再见了，特里果林！

伊琳娜　特里波列夫？去告诉他，我就要动身啦。得告别一下。好啦，别记着我的坏处。（向雅可夫）我给了厨师一个卢布，是给他们三个人分的。

[全都由右门下。舞台上空无一人。台后人声嘈杂，这是送人上路时常能听到的声音。女仆回来取桌子上那个装有李子的篮子，又下。

特里果林　（回来）我忘了手杖啦。可能搁在凉台上。（在左边门口碰上进门的妮娜）是您？我们要走了。

妮娜　我预感我们还能再见一面的。（激动地）特里果林，我已经下定了决心，命运已经注定，我决定去当演员。明天我就不在这儿啦，我要离开父亲，抛弃这里的一切，开始新的生活……我……跟您一样……也去莫斯科……我们能在那里相会吗？

特里果林　（回顾）那您住“斯拉夫商场饭店”去。一到就立即通知我……我住摩尔查诺夫卡·格罗霍里斯基公寓……我得快走。

[静场。

妮娜　再等一分钟……

特里果林　（低声）您真美……噢，一想到我们不久就能相会，这多幸福！

[她倒在他的怀里。

我又可以见到你美丽的眼睛，你温柔无比的、迷人的微笑……你甜美的容颜，天使一样纯洁的姿态……啊，我的爱……（长时间地亲吻）

[幕落。

第四幕

[与前幕相隔两年。

[索林家的一间客厅，眼下被康士坦丁·特里波列夫改成了书房。左右各有门通向内室。正面的玻璃门通向凉台。除客厅的一般家具外，右墙角有个书桌；左门旁，一张土耳其沙发，一个书架，窗台和椅子上也散放着书本。——晚上。点着一盏带灯罩的台灯。半明半暗，听得见风在树枝间和烟囱中的呼啸声。更夫敲击梆子的声响。麦德维坚柯和玛莎上。

玛莎　（喊叫）特里波列夫！特里波列夫（回顾）没有人。老头子不停地在问：特里波列夫哪儿去了，特里波列夫哪儿去了……没有特里波列夫，他活不了啦……

麦德维坚柯　他怕孤独。（倾听）多么可怕的天气！连着有几天啦。

玛莎　（把灯捻亮）湖上起浪啦。好大的浪头。

麦德维坚柯　花园里好黑！应该叫人把那个戏台拆了。立在那儿，赤裸裸的，不成样子。像个骨头架子，幕布也被风吹得劈劈啪啪直响，昨晚我从那儿经过，仿佛听到有人在里头哭泣。

玛莎　瞧你说的……

[静场。

麦德维坚柯　（坐下）玛莎，咱们回家吧！

玛莎　（摇头）我今晚在这里过夜。

麦德维坚柯　（恳求地）玛莎，走吧！咱们的孩子一定饿了。

玛莎　没有关系。玛特琳娜会喂他的。

[静场。

麦德维坚柯　孩子真可怜，已经三天没有见到娘了。

玛莎　你变得真无聊。早先你至少还能发发议论，如今整天只是家呀，孩子呀，家呀，孩子呀的，除此之外，你再也没有别的话题。

麦德维坚柯　玛莎，咱们还是走吧。

玛莎　你自己走好了。

麦德维坚柯　你父亲不肯给我马。

玛莎　会给的。你去求他，他会给的。

麦德维坚柯　好，那我求求他。这么说，你明天回家？

玛莎　（闻鼻烟）是的，明天。真烦人……

[特里波列夫和波里娜·安德列耶芙娜上。特里波列夫手里拿着枕头和毛毯，而波里娜拿着床单，他们把枕头和毛毯都放到了土耳其沙发上，然后，特里波列夫走到自己的书桌前，坐下。

妈妈，您这是干什么？

波里娜　索林先生要我给他在特里波列夫房里安张床。

玛莎　让我来吧……（铺床）

波里娜　（叹息）老头子像个小孩子……（走到书桌前，俯身撑着臂肘，看桌上的稿子）

[静场。

麦德维坚柯　玛莎，那我就走啦，再见。（吻妻子的手）再见了，妈

麦德维坚柯　妈。（想吻岳母的手）

波里娜　（不悦）得啦！走你的吧！

麦德维坚柯　再见了，康士坦丁·加甫里洛维奇。

[特里波列夫默默地伸过手去。麦德维坚柯下。

波里娜　（看着稿子）特里波列夫，谁能想到，谁能料到，您居然成了个真正的作家啦。从今以后，杂志编辑部会给您寄稿费啦，谢天谢地……（抚摸他的头发）人也变得英俊啦，我的好特里波列夫，你对玛莎要温柔一点儿啊！……

玛莎　（铺着床）妈妈，就别打扰他啦。

波里娜　（向特里波列夫）你看她多好。（停顿）柯斯嘉，你听我说，女人的要求不高，只要温柔地看她一眼，她也就满足了。我自己就有这个体验。

[特里波列夫从桌旁站起，默默地走下。

玛莎　你瞧，把他惹恼了。何苦要打扰他呢！

波里娜　我是可怜你，玛莎。

玛莎　没有必要！

波里娜　我替你心痛。我什么都看在眼里，我心里全明白。

玛莎　全是蠢话，绝望的爱情，只有在小说里才能找到。无所谓的事。要紧的是，不要放纵自己的感情，不要没完没了地等待……只要爱情钻进了你的心窝，你就应该立即把它赶走。好在他们已经答应把我男人调到另一个县里去教书。一旦我们搬了家，我就会把这一切全都忘记……从我心里连根拔掉。

[忧郁的圆舞曲的演奏声穿过所有房间。

波里娜　柯斯嘉在弹琴，可见他心里多难受。

玛莎　（无声地跳了两三步华尔兹舞）要紧的是，妈妈，不要让我见到他。我的麦德维坚柯只要一调走，我敢保证，不出

玛莎　一个月，我就全忘记了。这是无所谓的事。

[多恩和麦德维坚柯把索林用轮椅从打开了的左门推上来。

麦德维坚柯　我现在一家六口人啦，而面粉已经卖到七十戈比一担。

多恩　所以您要大伤脑筋啦。

麦德维坚柯　您尽可笑话我。您有的是钱。

多恩　钱？我的朋友，我行医三十年，做的可是提心吊胆的职业，白天黑夜，身不由己，随时准备出诊，到头来一共积蓄了二千卢布。不久前到国外跑了一趟，这些积蓄也全花光了。现在我也是一贫如洗啦。

玛莎　（向丈夫）你还没有走？

麦德维坚柯　（负罪地）有什么办法？人家不给我马！

玛莎　（苦恼地，压低嗓音）我不想看见你的窝囊相！

多恩　你们这里变化真不小！客厅改成了书房。

玛莎　康士坦丁·加甫里洛维奇在这里写作比较舒适。只要愿意，他随时可以走进花园，在花园里展开想象。

[更夫的敲更声。

索林　我妹妹在哪儿？

多恩　到车站接特里果林去了，马上就回来。

索林　您既然认为有必要把我妹妹叫回来，说明我的病一定不轻。（略顿）但也怪，即然我的病一定不轻，又什么药也不给我吃。

多恩　您想吃什么药呢？缬草酊？苏打水？还是奎宁？

索林　嘿，又来这一套了，噢，真是活受罪！（把头向沙发点点）这是为我预备的床铺？

波里娜　是为您预备的，彼得·尼古拉耶维奇。

索林　谢谢您。

多恩　（哼唱）“月亮在夜空中浮游……”

索林　我想给柯斯嘉提供一篇小说素材。这小说该叫作《空想一辈子的人》。我年轻时想当作家，但没有当成；想说话流利动听，但偏偏说得前言不搭后语。（模拟自己）“嗯，就是这么回事，嗯，就是这么一类，嗯，这个，嗯，那个……”有时，想归纳个要点出来，但说不出个所以然，还累得满头大汗；我也想过结婚，但没有结成；一直想住到城里去，但你瞧，我终究要死在这乡下了。嗯，就是这么回事。

多恩　想当个四等文官，而果真当成了。

索林　（严肃地）我没有想当这个官，这乌纱帽是自己落到我脑袋上来的。

多恩　一个人活到了六十二岁还对生活表示不满，您得承认，这不够宽宏大量。

索林　人就这么固执。您该明白，人总想活下去！

多恩　这叫幼稚。根据自然规律，每个生命都有死亡的一天。

索林　你说起话来像个吃饱了喝足了的人。你享受够了，所以对一切都无所谓。但对于死，您也是害怕的吧。

多恩　死的恐惧，是一种动物性的恐惧……应该克服它。只有相信永恒生命的人，才会对死亡产生理性的恐惧，他们怕死，是因为自己有罪，怕遭报应。可是您呢？首先，您不信鬼神，其次，您有什么罪孽？您不就在法院干了二十五年吗，如此而已。

索林　（笑）做了二十八年。

[特里波列夫上。他坐在索林脚前的一张凳子上，玛莎一直盯着他。

多恩　我们妨碍特里波列夫工作啦。

特里波列夫　不，没有关系。

[静场。

麦德维坚柯　请问，大夫，外国哪个城市您最喜欢？

多恩　热那亚。

特里波列夫　为什么是热那亚？

多恩　在那儿，街上的人流太妙啦。到了晚上，你走出旅馆，只见满街都是行人。然后，你漫无目的地投入到这个人流之中，沿着弯弯曲曲的路线，东倒西歪，川流不息，你和这个人流共同呼吸，你在精神上和它融合在一起。这时你才相信，一种共同的世界灵魂确实是可能存在的，就像妮娜当年在您的剧本中表演过的一样，顺便问一句，妮娜现在在哪儿？她的情况怎么样？

特里波列夫　也许，情况还好吧。

多恩　我听说，她过着一种颇为奇特的生活。到底是怎么回事？

特里波列夫　大夫，这说来话长。

多恩　那您就长话短说吧。

[静场

特里波列夫　她从家里跑出来之后，就和特里果林同居了。这您知道吗？

多恩　知道。

特里波列夫　她生了个孩子。孩子死了。特里果林抛弃了她，回到旧日的情人怀里去了，这都是意料之中的事。其实，他压根儿没有和旧日的情人断过关系；他这么个优柔寡断的人，居然能在新旧情人之间周旋自如，左右逢源。就我所知，妮娜的个人生活是很不幸的。

多恩　舞台生活呢？

特里波列夫　好像更坏。她初次登台，是在莫斯科近郊的一处避暑地献

特里波列夫　艺，后来就跑到外省去了。那时候，我密切注意着她的行踪，她走到哪儿，我跟到哪儿。她多半演主角，但演技粗糙，缺乏味道，尖着嗓子喊台词，动作也过火。偶尔在台上大叫一声，或昏死过去，也表现出几分才气，但那不过是偶尔出现的瞬间。

多恩　这么说，她毕竟还有些才气的？

特里波列夫　很难说清。大概总是有的。我去看过她，但她不想见我，她的女仆也不放我进她的房间。我理解她的情绪，所以也没有坚持要和她见面。

[静场。

我还能对您说些什么呢？后来，那是我回家之后，接到过几封信。信写得聪明，热情，而且很有趣。她并没有抱怨什么，但我感受到了她深深的不幸，她病态的神经过敏，流露在每封信的字里行间。她的思绪也有点支离破碎。她自己署名海鸥。在普希金的《美人鱼》里，磨坊主人说他是只乌鸦，而她在信中一再重复说，她是海鸥。现在她就在这里。

多恩　怎么，在这里？

特里波列夫　在城里，住在一家小旅馆里，已经到了五天啦。我到旅馆去过，玛莎也去过，但她谁也不见。麦德维坚柯一口咬定，昨天午饭后他在离这儿两里的田野里见到过她。

麦德维坚柯　是的，我看见她了。她正朝进城的方向走，我跟她打招呼，问她为什么不来我们这儿做客，她说她要来的。

特里波列夫　她不会来的。

[静场。

特里波列夫　她的父亲和后母都不认她了。他们派人在四周把守，连房子都不许她走近一步。（同多恩一起走到书桌旁）大夫，

特里波列夫　在书面上高谈哲学多么容易，而在实际生活中又是多么艰难！

索林　当初她是多么可爱的女孩子。

多恩　什么？

索林　我说，当初她是个多么可爱的女孩子。有一阵子，我，四等文官索林也爱上了她。

多恩　你这个老色鬼。

［听到沙姆拉耶夫的笑声。

波里娜　大概他们从车站回来了。……

特里波列夫　是的，我听到妈妈的说话声了。

［伊琳娜·阿尔卡基娜和特里果林上，沙姆拉耶夫跟在后边。

沙姆拉耶夫　（一进门）我们都在一年年地衰老，在大自然的影响下凋零，而您呢，尊贵的夫人，依然显得年轻、典雅……光彩照人……

伊琳娜　您又想用这样的话来让我倒霉，真是个无聊的人。

特里果林　（向索林）索林，彼得·尼古拉耶维奇！您怎么老犯病啊？这可不好（见到玛莎，快活地）玛莎！

玛莎　还认得我？（与他握手）

特里果林　结婚了吗？

玛莎　早结过了。

特里果林　幸福吗？（与多恩和麦德维坚柯打招呼，然后迟疑不决地走向特里波列夫）伊琳娜·尼古拉耶芙娜告诉我，说你已经忘记了过去，不再怒气冲冲了。

［特里波列夫向他伸出手去。

伊琳娜　（向儿子）特里果林带来一本杂志，里边登着你新近写的小说。

特里波列夫　（拿过杂志，向特里果林）谢谢您，您费心了。

［都坐下。

特里果林　您的那些热心的读者都向您致敬……在彼得堡和莫斯科，您的崇拜者很多，他们一个劲儿地向我打听您。问我您有多大年纪，是黑头发还是黄头发。不知为什么他们都以为您年纪已经不轻，而且没有一个人知道您的真实姓名，因为您总是用笔名发表作品。您神秘得简直像个用黑铁做成的假面具。

特里波列夫　您这回要多住些时候吧！

特里果林　不，明天就想回莫斯科。没有办法。得赶紧把一部中篇小说写完，此外，还答应为一本小说集写点什么。总而言之，依然如故。

［在他们说话的时候，伊琳娜和波里娜在房间中支起一张牌桌，沙姆拉耶夫点了几支蜡烛，搬来几把椅子，众人从柜子里取出洛托牌。

今天的天气可对我不太友好，风刮得好凶。明天早上如果风能停下来，就到湖边去钓鱼。想起来了，得去看看花园和那个地方——记得吗？演过您那出戏的地方。我的一篇小说已经构思成熟，只需要把故事展开的环境在我记忆中再回味一番就行。

玛莎　（向父亲）爸爸，给我丈夫一匹马吧！他该回家了。

沙姆拉耶夫　（嘲弄地）一匹马……回家……（严厉）你自己也看到了，马刚从车站跑回来，总不能叫它接着跑。

玛莎　还有别的马呀。（见父亲不吭声，于是把手一挥）跟您打交道真难……

麦德维坚柯　玛莎，我，就走着回家。当然……

波里娜　（叹息）走着回家，这么个天气……（坐在餐桌旁）请

波里娜　　吧，先生太太们。

麦德维坚柯　　也就六里……再见了，玛莎……（吻妻子的手）妈妈，再见。

[岳母不情愿地伸出手给他吻。

要不是有个孩子，我是不会麻烦任何人的……（向大家鞠躬）再见……（像做了什么错事似的走下）

沙姆拉耶夫　　他走得回去的。又不是个将军。

波里娜　　（敲桌子）请吧，先生太太们！别耽误时间，一会儿就要开晚饭啦！

[沙姆拉耶夫、玛莎和多恩都在牌桌旁坐下。

伊琳娜　　（向特里果林）一到秋天，夜也长了，我们这里就玩洛托牌。您看，这是副旧牌。我们死去的母亲当年还和我们玩过这副牌呢，那时我们还都是孩子。晚饭之前，您也跟我们玩一会儿，好吗？（和特里果林坐到牌桌旁）玩这种牌意思不大，但玩惯了也觉得不错。（每人分得三张牌）

特里波列夫　　（翻着杂志）自己的小说他倒是读过了，而我的那篇，他连纸都没有裁开。（将杂志放在书桌上，然后向左侧的门走去，走过母亲身边时，吻了她的头）

伊琳娜　　特里波列夫，你不来玩儿玩儿？

特里波列夫　　对不起，我不想玩儿……我出去走走。（走下）

伊琳娜　　十个戈比一注。大夫，替我押上。

多恩　　遵命。

玛莎　　注都押好了吗？我开牌了……二十二！

伊琳娜　　好的。

玛莎　　三！

多恩　　好的。

玛莎　　您打三？八！八十一！十！

沙姆拉耶夫　别这么快。

伊琳娜　在哈尔科夫演出时，观众是怎么欢迎我的呀！我的老天爷，到现在我的头还晕乎乎的！

玛莎　三十四！

[后台传来忧伤的华尔兹舞曲声。

伊琳娜　大学生们向我狂热地欢呼……送了三个花篮，两个花束，还有这个……（解下胸针，扔在桌子上）

沙姆拉耶夫　不错，是个值钱的玩意……

玛莎　五十！

多恩　整五十？

伊琳娜　我打扮得漂亮极了！……别的我不敢夸口，要讲穿着打扮，我在行。

波里娜　特里波列夫在弹琴，他心里难受，可怜的孩子。

沙姆拉耶夫　报纸上把他骂得狗血淋头。

玛莎　七十七！

伊琳娜　不要理睬报纸上的话。

特里果林　他很不走运。他还没有找到属于他自己的风格。他的作品有点古怪、模糊，有时简直像在说梦话。人物也都不是活生生的。

玛莎　十一！

伊琳娜　（看着索林）彼得鲁沙，你觉得无聊？（停顿）他睡着了。

多恩　四等文官睡着了。

玛莎　七、九十！

特里果林　如果我住在这样一处庄园里，紧挨着湖水，我难道还会去写小说吗？我一定会压制我的写作热情，全心去钓鱼。

玛莎　二十八！

特里果林　钓上一条小鲤鱼或者鲈鱼，也有莫大的乐趣！

多恩　但我赞赏特里波列夫。他有闪光的东西！他用形象思维，他的小说色彩鲜明，对我有很大的冲击力。可惜的是，他没有确定自己的目标。他能给人造成印象，如此而已。但光凭借印象还成不了大气候。伊琳娜·尼古拉耶芙娜，您的儿子当了作家，您一定很高兴吧？

伊琳娜　您想想看，他的小说我一篇也没读过，总也找不出时间。

玛莎　二十六！

[特里波列夫悄悄走出，走向自己的书桌。

沙姆拉耶夫　（向特里果林）包里斯·阿列克谢耶维奇，我们这儿还有您一件东西。

特里果林　什么东西？

沙姆拉耶夫　就是康斯坦丁·加甫里洛维奇打死的海鸥，您吩咐要我把它做成标本的。

特里果林　记不得了。（想了想）记不得了！

玛莎　六十一！一！

特里波列夫　（把窗子打开，倾听）多么黑暗！我不明白我心里为什么这样地不得安宁。

伊琳娜　（站起挪动蜡烛）特里波列夫，把窗子闭上，有风吹进来。

[特里波列夫把窗子关上。

玛莎　八十八！

特里果林　诸位，我赢了。

伊琳娜　（高兴地）好极了！好极了！

沙姆拉耶夫　真棒！

伊琳娜　他这个人处处走运，事事走运。（站起）现在咱们去吃点儿东西吧。咱们这位名作家今天还没有吃午饭呢。晚饭过

伊琳娜　后接着玩牌。（向儿子）特里波列夫，别写了，走，一起吃饭去。

特里波列夫　妈妈，我不想吃，我不饿。

伊琳娜　随你便。（叫醒索林）索林，吃晚饭啦！（挽着沙姆拉耶夫的胳膊）我跟您说，我在哈尔科夫大受欢迎……

[波里娜吹灭桌上的蜡烛，然后和多恩推走那辆轮椅；大家都由左门下；只留下特里波列夫一人，坐在自己的书桌前。

特里波列夫　（准备写作，将已写完的稿子重读一遍）我一直在鼓吹新形式，可是现在我感到，自己正一步一步地陷入到旧的陈规老套里去了。（读）“墙上的海报宣称……黑头发衬托出苍白的脸……”“宣称”、“衬托”……这多平庸。（抹掉）就用主人翁被雨声惊醒作开头，其余统统删去。月夜的那段描写也太长，太矫揉造作。特里果林有了自己的写作风格，他写起来得心应手……在他笔下，一个破碎的瓶颈在河堤上闪光，磨坊的风轮投下一道黑影——月夜的情景便出来了。而让我一写，又是颤抖的光影，又是星星的无言的眨眼，又是远处传来的钢琴声消失在寂静而芬芳的空气中……这多令人苦恼！（停顿片刻）是的，我越来越认识到，问题并不在于形式的新与旧，而是在于一个人从事写作根本无须考虑什么形式，他写作是因为有东西要自由地从心中流淌出来。（有人在敲离书桌最近的窗子）这是什么？（向窗外望去）什么也看不见……（打开玻璃门，往花园望去）有个人跑下台阶。（喊）谁？（走出去；传来他在凉台跑动的脚步声；少顷，与妮娜一同回来）妮娜！妮娜！

[妮娜把脸埋在特里波列夫的怀里，轻声哭泣。

特里波列夫　（激动）妮娜！妮娜！是您……真是您……我早就预感到了，我的心整天都紧张得可怕。（为她脱下帽子和披肩）噢，我亲爱的，我的好人儿，她到底来了！我们不要哭，不要哭！

妮娜　这里有人吗？

特里波列夫　一个人也没有。

妮娜　把门锁上，不然会有人进来的。

特里波列夫　谁也不会进来。

妮娜　我知道伊琳娜在这儿……把门锁上……

特里波列夫　（拿把椅子向右边走去，把椅子放在屏风后）这门没有锁，我用椅子顶上。别害怕，不会有人来的。

妮娜　（凝视他的脸）来，让我好好看看您。（回顾）这里很暖和、舒适……从前，这里是客厅。我的变化很大吧？

特里波列夫　是的，您变瘦了，眼睛变大了。妮娜，我还能见到您，这有点奇怪。您为什么把我拒之门外，您为什么这么久都不露面？我知道，您回家快一星期了。……我每天都到您那里去好几趟，我像一个乞丐似地守候在您的窗子底下。

妮娜　我怕您会恨我。我每夜都梦见您，梦见您看着我，可是又认不出我了。您知道吗，我一回到故乡，就不知道有多少次来到了这里……绕着湖水转悠。有好几次我走到了您的房子旁边，但怎么也没有勇气推门进来。咱们坐一会儿吧。（坐下）让我们坐下谈谈。这屋里多好，又暖和，又舒适……听到了吗？外边刮着风。屠格涅夫的书里有这么段话："在这样的夜晚，一个有避风的屋顶、温暖的墙角的人，是一个幸福的人。"我是海鸥……不，不是。（揉揉额头）我在说些什么？……屠格涅夫……"但愿上帝保佑那些无家可归的流浪者吧……"没有什么。（哭泣）

特里波列夫　妮娜，您又哭了……妮娜！

妮娜　没有什么，这样我反倒轻松些……我已经有两年没有哭了，昨天夜里，我跑到花园里来，看看我们的那个舞台是否还在，它还在那里。我哭了，这是两年来我头一次流泪，哭了之后心里痛快了些，精神也舒展了些。您看，我不哭了。（握住他的手）这么说，您已经是个作家。您是作家，我是演员……我和您一起卷进了这个旋涡之中……从前，我无忧无虑地生活着，像个孩子，早上醒来，就张口唱歌。我爱过您，梦想过成名之后的荣誉。而现在呢？明天一清早，我就要去叶列茨，坐三等车……和乡下人坐在一起，而一到了叶列茨，还得忍受那些文明商人的纠缠。生活多么丑陋！

特里波列夫　为什么去叶列茨？

妮娜　我签了合约，到那儿去演出一个冬季。我该走了。（审视索林）他身体不好？

特里波列夫　嗯。（站起，走向索林）妮娜，我骂过您，恨过您，撕过您的来信和照片，但我时刻都意识到，我的心灵永远依恋着您。妮娜，我不能不爱您。自从您离开了我，自从我开始发表作品，我的生活变得无法忍受，我苦恼万分……我的青春好像突然被剥夺走了，我好像已经在世上活了九十年。我呼唤着您的名字，我亲吻您走过的土地；不论我的目光投向哪里，我好像总是看到了您的面孔，您甜美的微笑，您的微笑照亮了我一生中最美好的年月……

妮娜　（茫然若失）他为什么这么说，他为什么这么说？

特里波列夫　我孤独，得不到任何爱情的温暖，我像是在地牢里一样的寒冷，无论我写什么，写出来的都是那样枯燥、生硬和灰暗，我求求您，留下来吧，不然就让我跟您一起走！

[妮娜迅速地戴上帽子，披上披肩。

特里波列夫　妮娜，这是为什么？看在上帝分儿上，妮娜……（看着她穿戴好）

[静场。

妮娜　我的马车在门口等着……别出来送我，我自己走……（含着眼泪）给我点水……

特里波列夫　（给她水）您现在上哪儿？

妮娜　进城。

[静场。

伊琳娜·尼古拉耶芙娜在这里？

特里波列夫　在……星期四舅舅病重，我们打电报把她请了回来。

妮娜　您为什么说您吻我走过的土地？您应该杀了我。（坐在椅子上）唉，我累极了！需要歇一歇……歇一歇！（抬起头）我是海鸥……不，不是的，我是个演员。嗯，是的！（听到伊琳娜和特里果林的笑声，静听一下，跑向左侧那扇门，透过锁眼看了看）

他也在这里……（走向特里波列夫）好……没有关系……他不相信舞台艺术，总是嘲笑我的理想，慢慢地我自己也丧失了信心，泄了气……此外，还有爱情和嫉妒的折磨，还有日日夜夜为孩子的担惊受怕……于是，我变得浅薄了、小气了，戏演得也毫无光彩……我不知道怎样摆布我的两只手，我不知道怎样在舞台上站着，我也控制不住自己的声音。您不会知道，当一个人意识到自己演得很糟将是一种怎样的心情。我是海鸥，不，不是……您不记得您打死过一只海鸥吗？“偶然间来了个人，看见了她，只是因为无事可做，便把她毁了……一个短篇小说的情节。”……啊，不是的……（揉揉额头）刚才我说了什

妮娜　么？……啊，说的是舞台。现在我已经不是那个样子啦……我已经是个真正的演员，我演戏的时候感受到巨大的欢愉，我陶醉在舞台上，觉得自己十分得美。自从我回到这里之后，我经常外出散步，我一边走，一边想，我越想越感觉到，我的精神力量也在与日俱增。特里波列夫，我现在才知道，才懂得，在我们的事业中——不管是演戏还是写小说，重要的不是荣誉和荣耀，也不是我曾梦想过的东西。重要的是善于忍耐。要肩负起自己的十字架，要有信仰。我有信仰，于是就不再那么痛苦，而当我一想到自己的使命，也就不再害怕生活。

特里波列夫　（悲哀地）您找到了自己的道路，您知道朝着哪个方向走，而我不知道为谁而写作，为什么而写作，我仍然飘浮在一个梦幻的混沌世界里。我没有信仰，我不知道我的使命是什么。

妮娜　（倾听）……我要走了……再见。等我当了一个大演员之后，您来看看我。答应我好吗？而现在……（握他的手）已经太晚了。我几乎站都站不住了……我累极了，我好饿……

特里波列夫　您别走，我给您准备晚饭……

妮娜　不，不……您别送我，我自己走……马车就在门口……这么说，她还是把他带来了？那又怎样，无所谓了。您见到了特里果林，什么也不要跟他说……我爱他，甚至爱得比以前更强烈……“一个短篇小说的情节”……我爱他，爱到狂热的地步。柯斯嘉，过去的日子多么美好！您还记得吗？那生活多么的晴朗、多么的温暖、多么的欢乐和纯洁，而我们的感情像鲜花一样的柔和与美丽……您还记得吗？（背诵）“人、狮子、鹰、鹧鸪、鹅、蜘蛛，头

妮娜　上有角的鹿，水中无言的鱼，海盘车，和肉眼看不见的一切生灵，总而言之，一切的生命，一切的生命，一切的生命，在完成了他们悲惨的轮回之后，都死灭了。几千个世纪里，大地上不存在任何活物，凄冷的月亮徒然地泛着白光。大草原上，不再传出鹭鸶在清晨里的长鸣；菩提林中，不再听到甲虫在五月中的低吟……”（冲动地拥抱特里波列夫，然后从左侧幕下。）

特里波列夫　（沉默一下后）要是有人在花园里见到她，再去告诉妈妈，那就糟了。这会叫妈妈心里难受的……（在两分钟的时间内，他默默地撕毁了所有的手稿，并把它烧掉，然后从左侧幕下。）

多恩　（用力推开左门）奇怪，门好像锁上了。（上场，将椅子放回原处）玩障碍赛跑呢。

[伊琳娜·阿尔卡基娜和波里娜·安德列耶芙娜上，后边跟着手里拿着酒瓶的雅可夫和玛莎，再后边是沙姆拉耶夫和特里果林。

伊琳娜　把葡萄酒和特里果林的啤酒搁在这桌子上。咱们一边玩牌一边喝酒。大家都坐下。

波里娜　（向雅可夫）把茶水也一块儿送来。（点燃蜡烛，坐在牌桌旁）

沙姆拉耶夫　（把特里果林领到立橱前）这就是我昨天跟您说的那件东西……（从橱里取出海鸥标本）您定做的。

特里果林　（审视着海鸥）记不得了！（想了想）记不得了！（向右侧走去）

[后台右方一声枪响，众人大吃一惊。

伊琳娜　（吃惊）怎么回事？

多恩　没有事。大概是我的药箱里什么东西爆炸了。请不要紧

多恩　张。（从右门下，半分钟后返回）我说得一点儿不错，一瓶乙醚炸了。（哼唱）“我又站在你的面前……”

伊琳娜　（坐回牌桌旁）哎呀，吓了我一大跳。这声音让我想起……（用手掩脸）眼睛都发黑了……

多恩　（翻阅杂志，向特里果林）两个月前，这个杂志上登过一篇文章……美国来信……顺便我想问您一句……”（搂着特里果林的腰，引到脚灯前）因为我对这个问题很感兴趣。（压低嗓音）想个法子让伊琳娜离开这里……因为康斯坦丁·加甫里洛维奇开枪自杀了……

[幕落。

——剧　终

（童道明　译）

万尼亚舅舅

人　物

亚历山大·弗拉基米洛维奇·谢列勃里雅科夫	退休教授。
叶莲娜·安德列耶芙娜	其妻，27 岁。
索菲娅·亚历山德洛芙娜（索尼娅）	其前妻的女儿。
玛丽娅·瓦西列耶芙娜·沃依尼茨卡娅	其前妻的母亲，三等文官的遗孀。
伊凡·彼特洛维奇·沃依尼茨基	玛丽娅的儿子。
米哈依尔·列沃维奇·阿斯特洛夫	医生。
伊里亚·伊里依奇·捷列金	破落地主。
玛丽娜	老奶妈。
长工	

[故事发生在谢列勃里雅科夫的庄园。

第一幕

[花园。看得到一个带凉台的房子的一部分。林荫道上，一棵老杨树底下，有一张已经摆好茶具的桌子。周围散放着椅子与长椅。有张长椅上放着一把吉他。离桌子不远处有架秋千。下午三点钟，天空阴沉。

[玛丽娜，一个干瘦的行动不便的老太婆，坐在茶炉旁编织毛袜，阿斯特洛夫来回踱步。

玛丽娜　（倒一杯茶水）老爷，喝点茶。

阿斯特洛夫　（不情愿地接过杯子）不太想喝。

玛丽娜　是想喝酒？

阿斯特洛夫　不。我不每天喝酒。再说有点闷。（停顿）老大娘，咱们认识有几年了？

玛丽娜　（沉思）有几年了？让我想想……你是什么时候到这里来的？……那时好像索尼娅的妈妈，维拉·彼特洛芙娜还在世呢。她活着的时候，你来过两个冬天……这么说，已经有十一年了。（想了想）可能还要多……

阿斯特洛夫　我变化很大吧？

玛丽娜　变化很大。那时你年轻漂亮，而现在老了。也不那么漂亮

玛丽娜　了，还不是因为喝酒喝多了。

阿斯特洛夫　不假……这十年来，我变成了另外一个人。原因在哪儿？大娘，是工作太累了。从早到晚，马不停蹄，喘口气的时间也没有，晚上躺在床上也不得安宁，生怕又有人来把我拉去看病。打从我们认识之后，阿斯特洛夫我没有一天清闲过。这能不变老吗？而且这生活本身又是那样的乏味、愚蠢和肮脏……这生活真烦人。你的周围全是些稀奇古怪的人，你和他们相处两三年，自己也不知不觉地变成了怪人。这是无法逃避的命运。（捻着自己的长须）瞧，多长的胡子……多愚蠢的胡子。大娘，我也成了个怪模怪样的人了……好在我还没有变傻，上帝开恩，我的脑子还好，就是情感有点迟钝了。我一无所求，也一无所爱……也许我就爱你一个人。（吻她的手）我小时候也有一个像你这样的奶娘。

玛丽娜　或许，你想吃点东西？

阿斯特洛夫　不。三个星期前，赶上受难周，我到马里茨基村去出诊……那里正流行斑疹伤寒……家家都躺着病人……乌烟瘴气，小猪和病人一起躺在地上……还有小牛……我忙碌了一天，没有功夫坐下来歇一歇，也顾不上吃口饭。回到家里也休息不了——抬来了一个得了重病的铁路信号员。我把他放在桌子上，准备给他做手术，但刚上麻药他就死了。就在这个时候我的情感苏醒了，我的良知被触动了，感觉好像是我有意杀死了他……我坐下来，闭上眼睛，我就想：生活在我们之后一两百年的人，也就是我们现在正在为他们开拓道路的后人，将来会想着对我们说几句感激的话吗？大娘，我想他们不会想起我们的！

玛丽娜　他们想不起，但上帝会想起的。

阿斯特洛夫　谢谢你。你说得很好。

[沃依尼茨基上。

沃依尼茨基　（从屋子里出来；他刚刚睡醒，无精打采，坐到一张长椅上，摆弄着他的漂亮的领带）是的……（停顿）是的……

阿斯特洛夫　睡得好吗？

沃伊尼茨基　好……很好。（打呵欠）打从教授和他太太在这里住下之后，我们的生活就乱了套……不能按时睡觉，饭菜的味道也变了，还喝酒……这统统不正常！以前没有清闲的日子时，说良心话，我和索尼娅一起工作来着，现在呢，就索尼娅一个人干活，而我呢，睡懒觉，大吃大喝……多不好！

玛丽娜　（摇头）这算是什么规矩！教授十二点钟才起床，而茶炉一早就烧开了，但一直要等他。他们来到这儿之前，我们中午十二点钟就吃午饭，别人家也是这个钟点开饭，但他们一来，下午六点才吃上午饭。教授晚上看书写字，突然间夜里一点来钟，铃儿响了……什么事呵，我的老爷？说是要喝茶！这就得把人从床上叫起来，给他烧茶炉……这算是什么规矩！

阿斯特洛夫　他们还要在这里住多久？

沃依尼茨基　（吹声口哨）一百年。教授打算在这里定居了。

玛丽娜　呶，现在，茶炉已经烧开了两个小时了，而他们散步去了。

沃依尼茨基　他们来了，他们来了……别担心啦。

[听得到说话声；从花园深处，走出散步而归的谢列勃里雅科夫、叶莲娜·安德列耶芙娜、索尼娅和捷列金。

谢列勃里雅科夫　很美，很美……风景很美。

捷列金　美妙的风景，教授大人。

索尼娅　爸爸，我们明天到林区去，你去吗？

沃依尼茨基　先生太太，喝茶吧！

谢列勃里雅科夫　我的朋友，劳驾把茶给我送到书房来！我今天还有点工作要完成。

索尼娅　你一定会喜欢这里的林区的……

[叶莲娜·安德列耶芙娜、谢列勃雅科夫和索尼娅走进屋子。

[捷列金走近桌子，挨着玛丽娜坐下。

沃依尼茨基　这么热，这么闷，而我们这位伟大的学者穿着大衣，穿着套鞋，带着手套和雨伞。

阿斯特洛夫　那是爱惜自己。

沃依尼茨基　而她多么美丽！多么美丽！一辈子没有见过比她更美的女人。

捷列金　玛丽娜·季摩菲耶芙娜，不管是走在田野上，还是在花园里散步，还是瞧着这摆着茶具的桌子，我的心里都有无法形容的喜悦。天气这么美好，鸟儿在唱着歌，我们生活在和谐之中——我们还能有什么要求？（接过杯子）非常感谢您！

沃依尼茨基　（出神地）那眼睛……美妙的女人！

阿斯特洛夫　伊凡·彼特洛维奇，给我们说点什么。

沃依尼茨基　（无精打采）说什么？

阿斯特洛夫　难道没有什么新鲜事儿？

沃依尼茨基　什么也没有。全都是老样子。我也依然如故，可能倒是更不成样子了，因为我变懒了，什么事也不干，只是发发牢骚，像个老糊涂。我的老妈妈，还一个劲儿

沃依尼茨基　地谈论妇女解放。她一只眼睛瞅着坟墓，另一只眼睛在聪明人写的书本里寻觅新生活的曙光。

阿斯特洛夫　那么教授呢？

沃依尼茨基　教授还是从早到晚地坐在书房里写作。“开动脑筋，皱起眉头，我们写诗，我们写诗，我们在任何地方也听不到喝彩，无论是对于自己还是对于诗。”可怜的纸张！他还不如写写自传。这是一个多么有趣的题材！你明白吗，这位退休教授是名不副实的老家伙……痛风，关节炎，偏头痛，肝部肿大是因为他嫉妒成性……这个老家伙在自己前妻的庄园里生活，他不得不在这里生活，因为城里他住不起。他永远埋怨自己的不幸，其实他够幸福的了。（激动地）倒是想想他有多走运！一个在教堂里朗读圣经的教士的儿子，后来是一所宗教学校的学生，谋得了学位和教席，成了教授大人，当了乘龙快婿，还有其他等等。这还并不重要。但你想想这样一种情况。一个整整二十五年一直作艺术讲座写艺术论文的人，对艺术一无所知。二十五年来，他学着别人的腔调，大谈现实主义、自然主义和其他无用的学问；二十五年讲一些写一些聪明人早已知道而蠢人根本不感兴趣的话题，这就是说，他讲了二十五年的无聊的废话。然而他又多么地自以为是！多么地自命不凡！当他一退休，就没有一个人再记得他，他完全是个无名之辈。这就是说，二十五年来他占据了别人的位置。可是你看看他走路的姿势，话像个半仙儿！

阿斯特洛夫　大概，你是在嫉妒吧。

沃依尼茨基　是，我是在嫉妒！他多能讨得女人的欢心！没有一个唐璜能比他更能诱惑女人！他的第一个妻子，就是我的姐姐，温柔可爱，纯洁得像这片蓝天，高尚而富于同情心，她的

沃依尼茨基　追求者比他的学生人数还多。可是她却爱上了他，就像纯洁的天使爱着和自己同样纯洁的天使一样。我的母亲，他的岳母，直到现在还崇拜着他，他直到现在还让她感到敬畏。他的第二个妻子，是个聪明的美人儿——你刚刚已经看见了她，嫁给了他这么个老头，将自己的青春、美貌、自由和体面全都奉献给了他。这究竟是什么道理？为什么？

阿斯特洛夫　她忠实于教授吗？

沃依尼茨基　可惜，忠实于他。

阿斯特洛夫　为什么可惜？

沃依尼茨基　因为这种忠实是彻头彻尾的虚假。在这种忠实里，有很多的矫情，却没有半点逻辑。背叛令你厌恶的丈夫老头——这是不道德的；竭力扼杀自己的青春和天然的情感——反倒不是不道德的。

捷列金　（带着哭声）万尼亚，我不赞成你刚刚说的话。呶，事情明摆着的……一个背叛自己的妻子或丈夫的人，是一个不忠诚的人，他也可能背叛自己的祖国！

沃依尼茨基　（不悦）闭上你的嘴！麻糕！

捷列金　万尼亚，你听我说，因为我其貌不扬，我的妻子在与我结婚的第二天就与自己的相好私奔了。在此之后我也没有违背自己的职责。我到今天还爱她，还忠实于她，而且尽我所能地接济她，我拿自己的钱财供她与情夫所生的孩子上学。我没有得到幸福，但我却有了自豪。而她呢？在自然法则的作用下，她的青春已经过去，她的美貌已经消失，他的情人也已死去……她如今还有什么呢？

[索尼娅和叶莲娜·安德列耶芙娜上，稍后，玛丽娅·瓦西列耶芙娜拿着本书上。她坐下读书，别人递给她一杯

茶，她盯着书本喝茶。

索尼娅　（向奶妈，急匆匆地）奶妈，那边来了几个庄稼汉，你去跟他们应酬一下，茶由我来管……（倒茶）

[奶妈下。叶莲娜·安德列耶芙娜坐在秋千上喝茶。

阿斯特洛夫　（向叶莲娜·安德列耶芙娜）我是来探望您丈夫的，您写信来说，他病得不轻，关节炎犯了，还有其他的什么病症，但我过来一看，他完全健康。

叶莲娜　昨天晚上他犯病来着，说是腿痛，但今天好了……

阿斯特洛夫　但我却慌慌张张赶了三十里路，啾，没有什么，这又不是第一回碰上这种事。但既然来了，我就要在你们这里住到明天，至少要睡个够。

索尼娅　这太好了。您在我们这里难得过夜。也许，您还没有吃午饭吧？

阿斯特洛夫　还没有吃过。

索尼娅　正好您可以同我们一起吃午饭。我们现在六点钟开饭。（喝茶）好凉的茶！

捷列金　茶炉里的温度下降了许多。

叶莲娜　没有关系，伊凡·伊凡内奇，我们就喝凉茶好了。

捷列金　对不住……鄙人不是伊凡·伊凡内奇，而是伊里亚·依里依奇……伊里亚·伊里依奇·捷列金，或者是有些人因为我一脸麻子就送我“麻糕”的雅号。我给索尼娅洗礼过，您的丈夫，那位教授大人对我很熟悉。我现在就住在你们这里，住在这个庄园里……如果您留心的话，您会发现我每天都和你们一起吃午饭。

索尼娅　伊里亚·伊里依奇是我们的好帮手。（亲热地）教父，来，我给您再倒点茶。

玛丽娅　哎嘿！

索尼娅　您怎么啦，外婆？

玛丽娅　我忘了告诉亚历山大了……记性太坏啦……今天我收到了帕甫尔·阿历克谢耶维奇从哈尔科夫寄来的信……他寄来了一本小册子。

阿斯特洛夫　有趣吗？

玛丽娅　有趣，但有点奇怪。他驳斥了他七年前自己维护的主张。这太可怕了！

沃依尼茨基　这一点不可怕。妈妈，喝您的茶。

玛丽娅　但我想说话！

沃依尼茨基　但我们已经说了五十年，也读了五十年的小册子。该是就此打住的时候了。

玛丽娅　你为什么不高兴听我说话。伊凡，请你原谅，但这一年来你变化得这么大，我完全认不清你了……你从前可是个有理想的人，是一个闪光的人…

沃依尼茨基　嗯，是的！我曾经是个闪光的人，但没有给任何人带来过一线光明……（停顿）我曾经是个闪光的人……再没有比这更恶毒的玩笑了！我今年四十七岁，直到去年之前，我像您一样用这套烦琐哲学蒙住自己的眼睛，看不到真正的生活，心里还以为做得不错。而现在，如果您能知道！我因为悔恨和愤怒而睡不着觉，我想到我多么愚蠢地浪费了大好时光，不然的话，我现在上了年纪无法得到的东西早就享受到了！

索尼娅　万尼亚舅舅，没有意思！

玛丽娅　（向儿子）你好像是在指责自己过去的信仰……但有错的不是信仰而是你自己。你忘记了，信仰本身是空洞的……需要的是行动。

沃依尼茨基　行动？不是每个人都能像您的那位教授先生，成为一台永

沃依尼茨基　动的书写机器的。

玛丽娅　你这话什么意思？

索尼娅　（恳求地）外婆！万尼亚舅舅！我求求您们了！

沃依尼茨基　我不说了。我沉默，我认错。（停顿）

叶莲娜　今天天气很好……不太热……（停顿）

沃依尼茨基　这样的天气上吊很好……

[捷列金弹了几声吉他。玛丽娜在屋子周围召唤鸡群。

玛丽娜　鸡儿，鸡儿，鸡儿……

索尼娅　奶妈，庄稼人来这儿有什么事？

玛丽娜　说是收成不好。鸡儿，鸡儿，鸡儿……

索尼娅　你叫哪一只？

玛丽娜　彼得鲁什卡带着一群小鸡崽走了……我怕老鹰把它们叼走……（离去）

[捷列金弹波尔卡舞曲，所有的人都默默地倾听；长工上。

长工　医生先生在这里吗？（向阿斯特洛夫）米哈依尔·列沃维奇，有人找您来了。

阿斯特洛夫　哪儿来的？

长工　从工厂来的。

阿斯特洛夫　（遗憾地）非常感谢。没有办法，得走……（找帽子）很遗憾，活见鬼……

索尼娅　真不愉快……回来吃午饭吧。

阿斯特洛夫　不啦，太晚了。帽子上哪儿去了……（向长工）亲爱的，你也许能给我要一杯白酒来。（长工下）上哪儿去了……（找到了帽子）奥斯特洛夫斯基的一个剧本里有个人物，胡子很长但能力很差……我就是这样一个人。好了，先生、太太，我要告辞了……（向叶莲娜·安德列耶芙娜）

阿斯特洛夫　如果有空能和索菲娅·亚历山德洛芙娜一起光临寒舍，我将非常高兴。我有一处不大的庄园，总共才三十亩地，但如果您有兴趣的话，我的可做典范的花园和苗圃，是您在这方园一千里内找不到的。在我的庄园旁边，有官家的森林……那里的护林官年老多病，所以，实际上是我在管理那片森林。

叶莲娜　有人已经对我说起，您很爱森林。当然，这很有好处，但难道这不会影响到您的真正的职业？您可是个医生。

阿斯特洛夫　只有上帝知道，我的真正的职业是什么。

叶莲娜　有趣吗？

阿斯特洛夫　有趣的。

沃依尼茨基　（嘲讽地）很有趣！

叶莲娜　（向阿斯特洛夫）您还是个年轻人，看样子，您才三十六或三十七岁……可能，事情并不像您说的那样有趣。除了森林，还是森林，我觉得，这有点单调。

索尼娅　不，这非常有趣。米哈依尔·列沃维奇每年都要植树，为此他得到了铜质奖章和奖状。他还为保护旧的森林免遭砍伐而奔忙。如果您用心听他解释，您就会完全同意他的观点。他说，森林可以美化大地，森林可以教会人懂得什么是美，在他心中唤起神圣的情感。森林可以使严酷的气候变得温和。在气候温和的国家，跟自然做斗争不太费力，因此那里的人的性格也更温和、更可爱。在那里，人长得漂亮、灵巧、反应敏捷，他们的谈吐很优雅，他们的动作很协调。他们的科学和艺术很繁荣，他们的哲学不阴暗，他们对待妇女的态度充满着关怀……

沃依尼茨基　（笑着）好，好！……这一切都很可爱，但一点都不可信。（向阿斯特洛夫）我的朋友，请允许我继续用劈柴生

沃依尼茨基　炉子，用树木盖板棚。

阿斯特洛夫　你可以用泥炭烧火，而板棚用石头垒。我可以退一步承认出于需要而伐木，但为什么要毁灭森林？俄罗斯森林在斧头下呻吟，几十亿树木遭到毁灭，野兽和鸟类也要失去栖身之地，河流在干涸，美丽的风景将永远消失，而这全因为懒惰的人不肯弯一弯腰，从地底下掘取燃料。（向叶莲娜·安德列耶芙娜）夫人，我说得不对吗？只有丧失理智的野人，才会在自己火炉里把这个美丽烧掉，才会去毁灭我们无法再造的东西。人是富有理智和创造力的，理应去增加他们需要的财富，然而，到现在为止，他们没有去创造，反而去破坏。森林越来越少，河流干涸，野兽绝迹，气候恶化，土地一天天地变得贫瘠和难看。（向沃依尼茨基）现在你用嘲讽的眼神看着我，我所说的一切在你看来是没有意义的。也可能，我这人真有点怪异，但当我走过那些被我从伐木的斧头下救出的农村的森林，或者当我听到由我亲手栽种的幼林发出美妙的音响的时候，我便意识到，气候似乎也多少受到我的支配了，而如果一千年之后人们将会幸福，那么在这幸福中也有我一份微小的贡献。当我栽下一棵白桦树，然后看到它怎样地慢慢变绿，怎样在风中摆动，我的心就充满着自豪，而我……（看到长工端来一杯白酒）但是……（喝酒）我该走了。大概，我归根到底是个古怪的人。告辞了！（走向屋子）

索尼娅　（挽着他的胳膊，一起走去）下次你什么时候来？

阿斯特洛夫　我不知道……

索尼娅　又要等一个月？

［阿斯特洛夫和索尼娅走进屋子；玛丽娅·瓦西列耶芙娜和捷列金还留在桌子旁；叶莲娜·安德列耶芙娜和沃依尼

茨基走向凉台。

叶莲娜　您，伊凡·彼得洛维奇，又不成体统了。您何必说什么“永动的书写机器”，招玛丽娅·瓦西列耶芙娜生气呢！今天吃早饭的时候您又和亚历山大争吵起来。这多不好！

沃依尼茨基　但我憎恨他！

叶莲娜　没有必要憎恨亚历山大，他和大家都一样。他不比您坏。

沃依尼茨基　如果您能看到自己的面孔，自己的举止……您生活得多么懒散！哎嘿，多么的懒散！

叶莲娜　哎嘿，又是懒散，又是无聊！所有的人都骂我的丈夫，所有的人都可怜我：她有一个年老的丈夫，她是不幸的女人！这种对于我的怜悯，我太理解了！就是刚才，阿斯特洛夫说：你们都在丧失理智地毁坏森林，很快大地将变成荒漠。你们同样地在丧失理智地毁坏人，由于你们的过失，大地上将不再存在忠诚、纯洁和自我牺牲的精神。为什么你们不能坦然地看待一个并不属于你们的女人？因为正像这位医生所说的，在你们身上都有一种破坏的本能。对于森林，对于鸟类，对于女人，对于你们的同类，你们都没有怜悯之心……

沃依尼茨基　我不爱听这种高谈阔论！（停顿）

叶莲娜　这位医生的面孔是疲倦的，是神经质的，但也是有魅力的。很显然，索尼娅已经爱上了他，我也能理解索尼娅。自从我到了这里，他来访过三次，只因为我有点羞怯，所以我一次也没有好好跟他说过话，给他一点快慰。他一定以为我是个很凶的女人。伊凡·彼特洛维奇，我们之所以能成为好朋友，是因为我们都是非常沉闷的、乏味的人！沉闷的人！您别这样看我，我不喜欢这样。

沃依尼茨基　如果我爱您，我难道不能用另一种眼光来看您？您是我的

沃依尼茨基　幸福，我的生命，我的青春！我知道我获取您同样的感情的可能性极小，等于零，但我也没有这样的奢望，只是请允许我能看着您，能听到您的声音……

叶莲娜　小声点，他们听得见您说的话！（向屋子走去）

沃依尼茨基　（跟着她）请允许我倾诉自己的爱情，请您别把我赶走，对于我来说，这是最大的幸福……

叶莲娜　这很痛苦的……（两人走进屋子）

[捷列金拨动着琴弦，弹奏着一首波尔卡舞曲。玛丽娅·瓦西列耶芙娜在小册子上写着些什么。

[幕落。

第二幕

[谢列勃里雅科夫家的餐厅。夜里。听得到巡夜人在花园里打更。谢列勃里雅可夫坐在敞开的窗户前的一把圈椅上，他在打盹。叶莲娜·安德列耶芙娜坐在他旁边，也在打盹。

谢列勃里雅科夫　（醒来）谁在这里？是索尼娅？

叶莲娜　是我。

谢列勃里雅科夫　是你，叶莲娜……痛得要命！

叶莲娜　你的毯子掉下来了。（给他的腿重新用毯子盖上）亚历山大，我来把窗子关上。

谢列勃里雅科夫　不要，我闷得慌……我刚刚睡着了，梦见我的一条左腿是别人的。我是痛醒的。不，这不是痛风，这是关节炎。现在几点？

叶莲娜　十二点二十分。（顿）

谢列勃里雅科夫　早晨你到书房去找找巴丘什科夫的书。我们家大概有他的书。

叶莲娜　啊？

谢列勃里雅科夫　早晨你去找找巴丘什科夫的书。记得我们家里有他的

谢列勃里雅科夫　书。但为什么我呼吸这么困难？

叶莲娜　你累了。两个晚上都失眠。

谢列勃里雅科夫　听说，当年屠格涅夫因为痛风病而发展成心绞痛。我担心我也会这样。讨厌的年老体弱，讨厌极了。我年纪大了，连自己都讨厌自己。你们所有的人，大概也都讨厌我。

叶莲娜　你用这样的腔调来谈论自己的衰老，好像你老了都是因为我们的过错。

谢列勃里雅科夫　你是头一个讨厌我的人。

[叶莲娜·安德列耶芙娜坐得离他远了些。

当然，你有道理。我还没有糊涂，我理解。你年轻、健康、漂亮，你想享受生活，而我一个老头，快要进坟墓了。怎么的？难道我不明白？当然，很愚蠢的是，我现在还活着，但你们可以稍稍耐心一些，我很快就会把你们全都解放的。我活不了几天了。

叶莲娜　我受不了啦……求你别说了。

谢列勃里雅科夫　好像是因为我，你们都受不了啦，烦闷死啦，青春被毁灭啦，独有我一个人享受着生活而且心满意足。当然是这样！

叶莲娜　别说了！你在折磨我！

谢列勃里雅科夫　我折磨了所有的人。当然是这样。

叶莲娜　（含着眼泪）我忍受不了啦！你需要我什么，你倒说啊？

谢列勃里雅科夫　什么也不需要。

叶莲娜　那么别说了。我请求你了。

谢列勃里雅科夫　真是奇怪，要是伊凡·彼特洛维奇或是那位老神经病——玛丽娅·瓦西列耶芙娜发表议论，全都好好听

谢列勃里雅科夫　着；而只要我一开口说话，那么你们全都愁眉苦脸了。甚至我的说话声音也讨厌。好了，就算我是个让人讨厌的人，我自私，我专横——但难道我甚至到了老年的时候还没有表现一点自私的权利吗？我要问，难道我没有安度晚年的权利？没有得到大家关心的权利？

叶莲娜　谁也不会剥夺你的这些权利。（风吹得窗子发出声响）起风了，我去把窗子关上。（关窗）马上就要下雨。谁也不会剥夺你的这些权利。（停顿）

［巡夜人在花园里打更、唱歌。

谢列勃里雅科夫　我一生都为科学服务，我对自己的书房，自己的课堂，自己的那些可敬的同事都已经习惯了，突然间不知为什么我来到了这么个鬼地方，每天都要见到一些没有教养的人，听到一些不文明的言语……我要生活，我喜欢成功，喜欢名声、喝彩，而这里简直像是在过流放生活。我无时无刻不在追怀过去，注视别人的成功，害怕死亡……我受不了啦！而且还有人因为我的年老而不肯体谅我！

叶莲娜　忍耐一下，过了五六年，我也老了。

［索尼娅上。

索尼娅　爸爸，是你自己把阿斯特洛夫医生请来的，而他来之后，你又拒绝接待他。这很不礼貌。白白麻烦了人家一趟……

谢列勃里雅科夫　你的阿斯特洛夫对我有什么用？他的医学知识就等于我的天文学的知识。

索尼娅　为了治你的痛风病，也不可能把整整一个医学系都请到这里来。

谢列勃里雅科夫　我不想和这个不学无术的人打交道。

索尼娅　随你便。（坐下）我无所谓。

谢列勃里雅科夫　现在几点了？

叶莲娜　快一点了。

谢列勃里雅科夫　好闷啊……索尼娅，把桌子上那瓶药水给我拿来！

索尼娅　马上拿给你。（给他药水）

谢列勃里雅科夫　（生气）不是这个！什么事都求不了你们！

索尼娅　请你别耍性子。也许有人喜欢这样，但我受不了！我不喜欢这个。而且我也没有工夫，明天我要早起，我要去割草。

[沃依尼茨基穿着睡衣、拿着蜡烛上。

沃依尼茨基　快来暴风雨了。（闪电）瞧！叶莲娜和索尼娅，你们睡觉去吧，我来替换你们。

谢列勃里雅科夫　（恐惧地）不，不！别让我单独地跟他在一起！不，他的谈话会把我折磨苦的！

沃依尼茨基　但应该让她们休息一下！她们已经有两个晚上没有睡好觉了。

谢列勃里雅科夫　让她们去睡觉好了，但你也离开这里。我求求你了。看在我俩过去的交情上，你别固执。以后我们再交谈。

沃依尼茨基　（淡淡一笑）过去的交情……过去的……

索尼娅　万尼亚舅舅，你别说了。

谢列勃里雅科夫　（向妻子）亲爱的，别让我单独跟他在一起！他的谈话会把我折磨苦的。

沃依尼茨基　这有点可笑。

[玛丽娜拿着蜡烛上。

索尼娅　奶妈，你去睡觉吧。已经很晚了。

玛丽娜　　茶炉还没有收拾好。还不想睡觉。

谢列勃里雅科夫　　都不睡觉，都累得筋疲力尽，唯有我一个人在享清福。

玛丽娜　　（走近谢列勃里雅科夫，亲切地）老爷，怎么啦？腿痛？我的腿也有毛病。（给他裹好毯子）您这是老毛病了。死去的维拉·彼特洛芙娜，索尼娅的母亲，常常通宵不睡觉，把她折磨苦了……她太爱您了……（停顿）老年人和小孩子一样，希望有人可怜他，但老年人偏偏得不到人家可怜。（吻他的肩）老爷，咱们走吧，您该上床睡觉了……走吧，亲爱的……我给您泡杯菩提茶，我给您暖暖腿……我为你祈祷上帝……

谢列勃里雅科夫　　（感动地）玛丽娜，咱们走。

玛丽娜　　我的腿也有毛病！（和索尼娅一起扶着他走）把维拉·彼特洛芙娜折磨苦了，她一个劲儿地哭……你，索尼娅，那时还小，还傻……走，走，老爷……

［谢列勃里雅科夫、索尼娅和玛丽娜下。

叶莲娜　　他把我折磨苦了，我都支持不住了。

沃依尼茨基　　他折磨您，我呢，自己折磨自己。我已经第三个晚上不能入眠。

叶莲娜　　这所房子不安宁。您的母亲除了自己的小册子和教授之外，憎恶其他的一切，她不信任我，她害怕您；索尼娅恨他爸爸，也恨我，她已经有两个星期不同我说话了；您憎恨我丈夫，公开地对自己的母亲表示不敬；而我难过得控制不了自己啦，今天我自己已经哭了二十次……这所房子不安宁。

沃依尼茨基　　何必说得这么玄！

叶莲娜　您，伊凡·彼特洛维奇，是个有文化有智慧的人，大概您应该明白，世界不是毁于大火，不是毁于强盗之手，而是毁于人与人之间的憎恶和仇恨，毁于所有这一切渺小的纷争……您不应该牢骚满腹，而是应该让大家和睦相处。

沃依尼茨基　那您先把我和我自己和睦起来！我亲爱的……（吻她的手）

叶莲娜　别的！（抽出手来）走开！

沃依尼茨基　马上就要来一场大雨，大自然里的一切都会抖擞起精神来，呼吸也会变得更轻快。但只有我一个人，是不会被这场雷雨抖擞起精神来的。无论是白天，还是黑夜，有一个想法，就像一个小鬼压迫着我：我的生活已经无可挽回地丧失了。我没有过去，我的过去愚蠢地耗费在区区小事上了，而我的现在又荒唐得可怕。这就是我的生命，我的爱情。我拿它们怎么办？我该如何对待它们？我的感情白白地消失了，就像一道阳光消失在黑坑里一样。我要完蛋啦。

叶莲娜　当您跟我说起爱情，我一下子变傻了，不知道说什么好。请原谅，我不能对您说什么。（欲走）晚安。

沃依尼茨基　（拦住她去路）要是您能知道，在同一所房子里，在我的身边，另一个生命——您的生命也在毁灭着。这个想法是多么使我痛苦！您在期待什么？是哪一种可恶的哲学在妨碍着您？您要明白，您要明白…

叶莲娜　（凝望着他）伊凡·彼特洛维奇，您醉了！

沃依尼茨基　可能，可能……

叶莲娜　医生在哪儿？

沃依尼茨基　他在……在我房里睡觉。可能，可能……一切都是可能的！

叶莲娜　今天也喝酒了？为什么？

沃依尼茨基　总要有点过日子的样子……叶莲娜，别妨碍我。

叶莲娜　以前您从不喝酒，也从不这样滔滔不绝地说话……去睡吧！我和您一块挺乏味的。

沃依尼茨基　（吻她的手）我亲爱的……美妙的人儿！

叶莲娜　（不快地）放开我。这有点不像话。（离去）

沃依尼茨基　（一人）她走啦……（停顿）十年前，我在死去的姐姐那儿见到她。她那时十七岁，而我三十七岁。我为什么那时没有爱上她，没有向她求爱呢？要知道这是很可能的啊！要不她现在就是我的妻子了……是的……现在我们两人就会一起被这雷雨惊醒；她会害怕雷电，我会把她抱在怀里，轻声说："别怕，我在这儿。"嘿，多美妙的想法，想想我都要笑起来……但，我的上帝，我的头脑糊涂了……我为什么变老了？她为什么不能理解我？她的言辞，她的懒散，她的关于世界末日的那些没有道理的想法，都让我气愤。（停顿）噢，我受了多大的欺骗！我曾经把这个教授，这个痛风病患者奉若神明，为他像牛一样地劳作过！我和索尼娅从这个庄园里榨取最后的油水，我们像富农一样斤斤计较地出售素油、豆角和奶酪，自己省吃俭用，一个戈比一个戈比地积累起来，凑成成千上万的卢布寄给他享用。我曾经为他，为他的科学成就感到骄傲，我陶醉在他的事业里！他所写的一切，所说的一切，我都以为是天才的……上帝，可现在呢？现在他退休了，现在他生活的结局一目了然：他没有留下一页著作，他是无名之辈，他等于零！是个肥皂泡！而我受骗了……看来，大大地受骗了……

[阿斯特洛夫上，他穿着上衣，但没有穿背心，没有系领

带，略有醉意；捷列金带着吉他随他上。

阿斯特洛夫　弹一曲！

捷列金　都在睡觉！

阿斯特洛夫　弹一曲！

[捷列金轻轻地弹奏。

（向沃依尼茨基）就你一个人？没有女士？（双手叉腰，轻声唱）“房子来，炉子来，主人没有地方睡……”是雷雨把我闹醒的，雨好大，现在几点？

沃依尼茨基　鬼知道。

阿斯特洛夫　我好像听到了叶莲娜·安德列耶芙娜的说话声。

沃依尼茨基　她刚刚在这儿。

阿斯特洛夫　一个富贵的女人。（端详桌子上的玻璃瓶）是药。应有尽有！哈尔科夫生产的，莫斯科生产的，还是图拉生产的……他的痛风病把所有的城市惊动了。他是真有病还是装病？

沃依尼茨基　真病。（停顿）

阿斯特洛夫　你今天为什么这样忧伤？是可怜教授，还是怎么的？

沃依尼茨基　别纠缠我。

阿斯特洛夫　也许是爱上了教授夫人了？

沃依尼茨基　她是我朋友。

阿斯特洛夫　已经？

沃依尼茨基　“已经”是什么意思？

阿斯特洛夫　女人成为男人的朋友必须经过以下几个阶段：先是熟人，然后是情妇，再后来才是朋友。

沃依尼茨基　庸俗哲学。

阿斯特洛夫　怎么？是的……应该承认，我变得庸俗了。你瞧，我喝醉了。我一般一个月喝醉一次。一喝醉就变得厚颜无耻，就

阿斯特洛夫　无所顾忌！喝醉了，我可以接受最困难的手术，而且做得很好；喝醉了，我可以描绘最宏大的远景。在这种时候，我已经不觉得自己是可怜的说大话的人，而且相信我真能够给人类做出大的贡献……大的贡献！在这种时候，我有我自己的哲学体系，而你们在我眼中就渺小得像细菌一般……（向捷列金）麻糕，弹吧！

捷列金　朋友，我衷心愿意为你效劳，但你要知道，家里有人在睡觉！

阿斯特洛夫　弹你的！

[捷列金轻轻地弹奏。

得喝点酒。走，我们好像还有瓶白兰地。天一亮，就到我们家。兴吗？我有个男护士，他永远不说“行”，而是说“兴”。他是个可怕的骗子。那么，兴吗？（见随后进来的索尼娅）请原谅，我没有结领带。（匆匆下，捷列金跟下）

索尼娅　万尼亚舅舅，你又和医生一起喝酒了，一对儿志同道合的朋友。但医生本来就是个贪杯的人，而你犯得着吗？这和你这把年纪不相称。

沃依尼茨基　年纪在这里没有意义。没有了真正的生活，人就只好生活在幻梦中。这总比什么也没有强。

索尼娅　干草我们都收割下来了，现在连阴天，草都要烂了，而你还在做梦。你完全把这产业丢下了……就我一个人在干活，我也支持不了啦……（一惊）舅舅，你眼睛上有眼泪！

沃依尼茨基　什么眼泪？什么也没有……胡说……你现在看着我，神情像你死去的妈妈一样。我亲爱的……（贪婪地吻着她的手和面孔）我的姐姐……我可爱的姐姐……你在哪里？如果

沃依尼茨基　你能知道！哎嘿，如果你能知道！

索尼娅　什么，舅舅，知道什么？

沃依尼茨基　很痛苦，不好受……没有什么……过去了……没什么……我就走……（离去）

索尼娅　（敲门）米哈依尔·列沃维奇！您还没有睡？请来一下！

阿斯特洛夫　（门内）就来！（稍过一会出来，他已穿上背心、系上领带）有什么吩咐？

索尼娅　如果您自己愿意，您自己喝酒，但我求你不要让舅舅喝酒。喝酒对他有害。

阿斯特洛夫　好的。以后我们不喝了。（停顿）我马上就回家。这是决定了的。备好马，天也亮了。

索尼娅　正在下雨。等到天亮再说。

阿斯特洛夫　雷雨过去了，不碍事。我走。还有，以后不必为了您父亲再去请我。我对他说是痛风，而他说是关节炎；我请他卧床，他要坐着。而今天他干脆不理我了。

索尼娅　他给惯坏了。（朝碗柜里看）想吃点什么吗？

阿斯特洛夫　好的，拿来吧。

索尼娅　我喜欢在晚上吃点东西。碗柜里好像还有点儿什么吃的。据说，他在生活中很讨女人的欢心，他的女人们把他惯坏了。吃点干酪吧。（两人站在碗柜旁，吃着。）

阿斯特洛夫　我今天什么也没有吃，就喝了点酒。您父亲的性格不好。（从碗柜拿出一个杯子）可以吗？（喝了一杯）这里没有旁人，可以把话说开。您知道吗，我觉得在你们这个家里，我连一个月也住不下去，我会在这个空气里喘不过气来的……您的父亲就关心自己的书和自己的痛风病，万尼亚舅舅又成天愁眉苦脸，还有您的外婆，还有您的继母……

索尼娅　　继母怎么啦?

阿斯特洛夫　人身上的一切都应该美丽的，无论是面孔，还是衣裳，还是心灵，还是思想。她很漂亮，这不假，但……要知道她只是吃饭、睡觉、散步，用自己的美貌来迷惑我们，仅仅是这样。她没有一点责任感，都是别人在为她工作……难道不是这样?而闲散的生活不可能是干净的。（停顿）也许，我的要求太严格了。我和您的万尼亚舅舅一样，都不满意生活，因此我们两人都成了爱发牢骚的人。

索尼娅　　您不满意生活?

阿斯特洛夫　原则上说，我是热爱生活的，但我们的生活，俄罗斯的生活，小城镇的小市民生活，我简直无法忍受，而且全身心地厌恶它。至于我个人的生活，那么说实在的，没有什么值得一谈的。您也知道，当一个人深夜里走在树林子里，如果在那个时候看到了远处的灯火，那么他就不会感觉到疲乏，也不会顾及黑暗，甚至感觉不到扫到你面孔上来的树枝……您也知道，这个家里没有一个人像我这样不倦地工作，命运不停地用鞭子抽打着我，我常常苦不堪言，但我看不见远方的灯火。我已经别无所求，我也不爱其他人……我早就不爱任何人了。

索尼娅　　任何人也不爱?

阿斯特洛夫　任何人也不爱。由于久远的记忆，我只是对您的奶妈心怀几分柔情。庄稼人全都一样，他们缺乏教养，不干不净，而和知识分子也很难打交道。这使我厌倦。我的所有的善良的熟人，思想很渺小，情感也渺小，他们见不到自己鼻子以外的东西，真是愚蠢啊。而那些比较聪明、也比一般人高明的人呢，又都是很神经质的人，想入非非的人……他们叹息不断，互相仇恨，病态地造谣生事，他们

阿斯特洛夫　对人不会以诚相待，他们斜眼看人，一语把人盖棺论定：“这是神经病！”或者：“这是牛皮大王！”而当他们还不知道该在我的额头上贴什么标签的时候，就说：“这是个古怪的人！”我爱森林，这古怪，我不吃肉，这也古怪。那种对于自然与人的单纯、纯洁和自由的情感，现在已经不存在了……不存在了！（想喝酒）

索尼娅　（不让他喝）不，我求您别再喝了。

阿斯特洛夫　为什么？

索尼娅　这与您不相称！您是个优雅的男人。您的嗓音多么柔和……在我认识的人里头，您是最美的。平常的人都要喝酒、打牌，您为什么要和他们一个样子！噢，别这样，我求您啦！您常常说，人们不从事创造，反倒毁坏上帝赋予的东西。您为什么要毁坏自己？别这样，别这样，我求您了，我恳求您了。

阿斯特洛夫　（向她伸出手去）我再也不喝了。

索尼娅　向我保证。

阿斯特洛夫　向您保证。

索尼娅　（紧握他的手）谢谢！

阿斯特洛夫　好了！我又清醒了。您瞧，我已经完全清醒了，我这样清醒到我的最后一天。（看表）好吧，让我们继续我们的谈话。我说，我的日子已经过去了，我已经来不及了……我变老了，劳累过度了，变得庸俗了，感觉也迟钝了，看来，我再也不会依恋什么人了。我谁也不爱……不爱任何人。只有美丽才能吸引我。我不能对美无动于衷。我想，如果是叶莲娜·安德列耶芙娜愿意的话，倒能让我头脑发昏一天的……但这不是爱情，也不是依恋……（用手挡眼，抖动了一下）

索尼娅　您怎么啦？

阿斯特洛夫　没有什么……我的一个病人在我给他用麻药的时候死了，那天刚好是大斋戒。

索尼娅　该忘记这件事了。（停顿）米哈依尔·列沃维奇，请告诉我……如果我有个女友，或者是我的妹妹，如果您知道，她……比如说，她爱你，那么您将如何对待？

阿斯特洛夫　（耸肩）不知道。大概是没有可能。我会让她知道，我不会爱她的……而且我根本不考虑这个。我也该走了。亲爱的，再见了，要不我们到天亮也谈不完。（握她的手）如果可以的话，我从客厅出去，我怕您的舅舅把我拦住。（离去）

索尼娅　（一人）他什么也没有对我说……他的心灵依然没有向我打开，但为什么我现在感到自己是个幸福的人？（因幸福而笑）我对他说了：您很优雅，您很高尚，您有那么柔和的嗓音……难道我说得不是时候？他的声音颤抖着，多么悦耳……我现在还能在空气中感觉它的存在。而当我向他说起我的妹妹，他也没有听懂……（拧自己的手）噢，我长得不美，这多么可怕……上个礼拜天，当我走出教堂的时候，我听到有人在议论我，有个女人说：“她很善良，很大度，可惜她长得不漂亮……”不漂亮……

[叶莲娜·安德列耶芙娜上。

叶莲娜　（打开窗子）雷雨过去了。空气多么新鲜！（停顿）医生在哪儿？

索尼娅　他走了。（停顿）

叶莲娜　索尼娅！

索尼娅　什么？

叶莲娜　你要跟我闹别扭闹到几时？我们谁也没有对不住谁的地

叶莲娜　方。为什么我们要彼此作对？够了……

索尼娅　我自己也想……（拥抱她）别生气了。

叶莲娜　好极了。（两人都很感动）

索尼娅　爸爸还睡着？

叶莲娜　不，他坐在客厅里……我们已经有整整一个星期彼此不说话了，天知道这是因为什么……（看到碗柜开着）这是怎么回事？

索尼娅　米哈依尔·列沃维奇吃晚饭来着。

叶莲娜　有葡萄酒……我们喝杯感情酒吧。

索尼娅　好呀。

叶莲娜　从一个杯子里喝……（倒酒）这样更好。那么现在以你、我相称了？

索尼娅　对。（两人喝酒，接吻）我早就想与你和解了，但总不好意思……（哭）

叶莲娜　你为什么哭了？

索尼娅　没有什么。我就是这样。

叶莲娜　啾，别哭了，别哭了……（哭）这是个怪女人，自己哭了……（停顿）你生我气，一定是因为认为我嫁给你爸爸是另有打算……如果你相信誓言，那我就向你发誓：我嫁给他是因为爱他。他作为一个学者，一个名人，我被他吸引。这个爱情不是真正的，是矫情的，但我那时可认为这爱情是真正的。我没有过错。而打从我们结婚之后，你就用你那聪明而怀疑的眼睛来折磨我。

索尼娅　好了，讲和了，讲和了！忘记这一切。

叶莲娜　别这样看我，这与你不相称。应该相信别人，否则无法生活。（停顿）

索尼娅　像个朋友那样对我说句良心话……你幸福吗？

叶莲娜　不。

索尼娅　这我也知道。还有一个问题。你坦白说，你是否希望自己有一个年轻的丈夫?

叶莲娜　你还是孩子。当然，是想的。（笑）你再问点什么吧……

索尼娅　你喜欢医生吗?

叶莲娜　是的，很喜欢。

索尼娅　（笑）我样子一定很傻……是吗?你看他已经走了，但我还能听到他的嗓音和脚步声，我瞧着黑黑的窗子——我觉得那里有他的面孔。让我把话说完……但我不能放大嗓子来说，我感到难为情。到我房间里去吧，我们在那里再聊，你觉得我傻吗?承认吧……跟我谈谈他的情况……

叶莲娜　讲什么呢?

索尼娅　他很聪明……他什么都会，无所不能……他既看病，又种树……

叶莲娜　问题不是在森林和医学……我亲爱的，你要明白，是才华!而你知道什么叫才华吗?是勇气、自由思想、大刀阔斧的气魄……他栽上一棵树，已经想到一千年之后将是如何，已经意识到人类的幸福，这样的人不多，但这样的人值得爱……他喝酒，有时有点粗鲁，但这有什么大不了的?俄罗斯的有才华的人不可能是洁白无瑕的。你自己想想，这位医生过的是什么日子?路上的泥泞，大冷天，暴风雪，路途遥远，粗俗的人群，到处是贫困和疾病，而就是在这样的条件下，他一天一天地劳作着、奋斗着，很难在四十岁的时候保持住洁白无瑕和头脑清醒……（吻她）我衷心祝你幸福，你应该得到这幸福……（站起）而我是个乏味的次要人物……无论是在音乐上，在丈夫的家里，在情人的怀里，一句话，在一切场合里，我都是个次要人物。说实在的，索尼娅，如果认真想想，我是个非常非常不

叶莲娜　幸的人！（激动地来回走动）在这个世界上没有我的幸福，没有！你笑什么？

索尼娅　（捂着脸，笑）我多么幸福……幸福……

叶莲娜　我想弹琴……我想现在弹奏个什么曲子。

索尼娅　弹吧。（拥抱她）我睡不着了……弹吧！

叶莲娜　你爸爸睡不好觉。他病着的时候，不爱听音乐。你去问问，如果他不反对，我就弹，你去。

索尼娅　我去。（离去）

[更夫的打更声。

叶莲娜　我好久没有弹琴了，我要一边弹，一边哭，哭得像傻女人。（看窗外）叶菲姆，这是你在打更？

[更夫的声音：是我！

别打了，老爷身体不舒服。

[更夫的声音：我马上走！（吹口哨）小狗米契卡！小狗玛里奇都到这边来！（停顿）

索尼娅　（回来）不让弹！

[幕落。

第三幕

[谢列勃利雅科夫家的客厅，三个门：一个右边，一个左边，一个居中。白天。

[沃依尼茨基、索尼娅坐着，叶莲娜·安德列耶芙娜来回踱步，若有所思。

沃依尼茨基　教授先生表示了一个愿望，要求我们今天中午一点钟聚集到这个客厅来。（看表）差一刻一点。他想向世界宣布什么。

叶莲娜　大概有什么事。

沃依尼茨基　什么正经事也没有。除了写点废话，说点怨言和嫉妒他人之外，什么也没有。

索尼娅　（责备地）舅舅！

沃依尼茨基　好，好，我的不是。（指指叶莲娜·安德列耶芙娜）欣赏欣赏：一边走，一边懒散地摇动着。很可爱！很可爱！

叶莲娜　您整天唠叨，唠叨不停，这难道不厌倦！（愁苦地）我无聊死了，我不知道该做些什么。

索尼娅　（耸耸肩）事情还少吗？只要你想做。

叶莲娜　比如？

索尼娅　干点儿农家活儿，教教书，看看病人，还少吗？你和爸爸不在这里的时候，我和万尼亚舅舅自己到市场上去出售麦粉。

叶莲娜　我不会，也没有兴趣。只有在理想主义的小说里才有人给农民教书、看病，而我能无缘无故突然之间去给他们看病和教书吗？

索尼娅　我还是不明白，为什么不能去教书？去一阵子就会习惯的。（拥抱她）亲爱的，别烦闷啦。（笑）你烦闷，找不到自己的位置，但烦闷和闲散是有传染性的。你瞧万尼亚舅舅现在什么都不干，像影子一样地跟在你的后边；而我也放下了自己的工作，跑来跟你聊天。我也变懒了，真没有办法！医生米哈依尔·列沃维奇从前很少来我们这里，一个月也就来一次，请他很难，而现在他每天都来，把自己的森林和医学都抛到了一边。你该是个女巫吧。

沃依尼茨基　干吗烦闷？（活泼地）我亲爱的，做一个聪明的女人吧！在你的血管里流着美人鱼的血，那就做一次美人鱼！一辈子里哪怕有一次露露本性，一头扎进深渊，去疯狂地爱上一个水神，使得教授先生和我们所有的人只好望洋兴叹！

叶莲娜　（火冒）别惹我！这太残酷了！（欲走）

沃依尼茨基　（不放她走）啜，我的好人儿，原谅我……我道歉。（吻手）和解啦。

叶莲娜　就是天使也有失去忍耐的时候。

沃依尼茨基　为了表示和解，我送给你一束玫瑰花，早晨我就给预备好了……秋天的玫瑰是美丽的玫瑰，也是感伤的玫瑰……（离去）

索尼娅　秋天的玫瑰是美丽的玫瑰，也是感伤的玫瑰……（看着窗外）

叶莲娜　已经是九月份了。我们大概要在这里过冬！（停顿）医生在哪儿？

索尼娅　在万尼亚舅舅的房间里。在写什么东西。我很高兴万尼亚舅舅走了，我要跟你说几句话。

叶莲娜　说什么？

索尼娅　说什么？（把头靠在她胸上）

叶莲娜　行了，行了……（抚摸她的头发）行了。

索尼娅　我不漂亮。

叶莲娜　你的头发很漂亮。

索尼娅　不！（在镜子里端详自己）不！要是女人长得不漂亮，就对她说："你的眼睛很漂亮，你的头发很漂亮。"我已经爱了他六年了，爱他甚过爱自己的母亲；我每一分钟都能听到他的嗓音，感觉到他的手的触摸；我看着门口，期待着，感到他可能马上就进到门里来。你瞧，我常到你这里来谈论他。现在他每天都来这里，但对我他却视而不见……这是多么痛苦！我已经毫无希望了，毫无希望！（绝望地）我的上帝，请给我点力量，我祈祷了整整一夜……我常常走到他跟前，自己和他说话，看着他的眼睛……我已经没有自尊，我无法控制自己……昨天忍受不了啦，就向万尼亚舅舅承认我爱医生……所有的仆人都知道我爱他。全都知道。

叶莲娜　那么他呢？

索尼娅　没有，他猜不着我的心思。

叶莲娜　（沉思）他真是个奇怪的人……这么吧，我去跟他谈谈……我小心翼翼地，用暗示来探问……（停顿）怎么到现在还蒙在鼓里……我去！

[索尼娅肯定地点点头。

也好。爱还是不爱——这不难了解到。我亲爱的，不要不好意

叶莲娜　思，不要担心，我小心地盘问他，他不会在意的。我们只是要知道：行还是不行？（停顿）如果不行，就请他少来这里，是吗？

[索尼娅肯定地点点头。

看不见人，还轻松一些。不必拖延时间了，现在就向他问个明白。他想给我看几张图……你去说，我想见他。

索尼娅　（十分激动）你会把全部实情都告诉我？

叶莲娜　当然啦。我认为，不管是什么样的事实，总要比一无所知好。亲爱的，把这事交给我啦。

索尼娅　是的，是的，……我对他说，你想看他的图片……（走着，又在门口停住了脚步）不，还是一无所知的好……这样毕竟还有希望…

叶莲娜　你怎么啦？

索尼娅　没有什么。（离去）

叶莲娜　（一人）当你知道了别人的秘密，又无法提供帮助，再没有比这更糟糕的了。（思索）医生不爱她，这是明摆着的，但为什么就不能跟她结婚呢？索尼娅不漂亮，但对一个上了年纪的乡村医生来说，她是个很理想的妻子。她那么聪明，那么善良，那么纯洁……不，不是这么回事……（停顿）我理解这个可怜的姑娘。在绝望的寂寞中，周围全是些灰色的、猥琐的人群，他们只知道吃饭、喝酒、睡觉，这时候出现了他，他和其他人不一样，他漂亮、有教养、有魅力，他的出现，就像在黑暗的夜空中升起了一轮明月……于是陶醉在这个人的魅力之中，不能自拔……也许，我自己也有点陶醉了。是的，没有他我也感到寂寞，我一想到他，我也露出微笑……这位万尼亚舅舅说，好像在我的血管里流着美人鱼的血液。“一辈子哪怕有一次露露本性……”怎么的？也许，真需要这样……像一只自由的小

叶莲娜　鸟从你们这儿飞开，远离这些昏昏欲睡的面孔，这些闲言碎语，忘记你们所有的人还生存在这个世界上……他每天都来这里，我猜得到他为什么到这里来，而且感到我自己是有过错的，我愿意跪在索尼娅跟前，哭泣着请她原谅……

阿斯特洛夫　（拿着一张图纸上）白天好！（握手）您想看看我的画？

叶莲娜　您昨天答应让我欣赏您的画……您有空吗？

阿斯特洛夫　当然有空。（在桌子上展开图纸，并用图钉将它按住）您出生在哪里？

叶莲娜　（帮助他）彼得堡。

阿斯特洛夫　在哪儿上的学？

叶莲娜　音乐学院。

阿斯特洛夫　您对这肯定不会感兴趣。

叶莲娜　为什么？当然，我不太了解农村，但我读过不少关于农村的书。

阿斯特洛夫　这里有我一张桌子……在伊凡·彼得洛维奇的房间里。当我心力交瘁的时候，就抛开一切，跑到这里来，用画图来消遣一两个小时……伊凡·彼得洛维奇和索菲娅·亚历山德洛芙娜在算账，我就坐在自己的桌子前涂抹——这样我感到温暖，安宁，还有一只蟋蟀在叫。可这种乐趣，我也不能常常享受，一个月也就那么一次……（指着图纸）看看这里。这是我们县在五十年前的图形。深浅蓝色画出来的是森林；那时有一半的地域是森林。在绿色中用红格划出的地方，那时有驼鹿和野山羊……我把动植物种群都标明出来了。在这片湖水里，生活过很多天鹅、野鸭，就像老人们说的，这儿的各种各样的鸟禽多不胜数，它们飞在天空就像一片乌云。除了一些大大小小的村庄之外，还有

阿斯特洛夫　一些零星的农舍、修道院和磨房……那时牛马成群。这由蓝颜色板块标明着。比如，这一区域蓝色更深，是盛产马群的地方，那时每一户都能养三匹马。（停顿）现在再往下边看。这是二十五年前的景象。这时森林只占三分之一的总面积了。野山羊已经没有了，但驼鹿还有。绿颜色和蓝颜色也不那么深了。诸如此类，可想而知。现在再看图的第三部分：今天的图形。绿色还能看到，但只是呈散点形状而不能成片；驼鹿、天鹅、大雷鸟也绝迹了……从前的零星农舍、修道院和磨房也不见了。总的来说，这是一幅自然退化的图景，尽管这种退化是缓慢的，但却是毫无疑问的，看来，再过十年、十五年，就会完全不可收拾了。您可以说，这是文化的影响，旧生活总是要给新生活让路的。是的，我理解，如果在被砍伐的森林里，修建起公路和铁路，如果能有工厂、学校应运而生，人民会变得更健康、更富足、更聪明，但情况并非如此！在这个县里，照样是遍地沼泽、蚊子成群，照样是没有好路、普遍的贫困、火灾不断，还有天花、白喉病的流行……这种退化是力不从心的生存竞争的结果，这种退化来自保守、愚昧和完全丧失责任感。当饥寒交迫、贫病交加的人为了拯救就要熄灭的生命，为了保护自己的子女，便下意识地、失去理智地抓住可以用来充饥御寒的一切，把一切都破坏了，毫不顾及明天……几乎一切都毁坏了，但新的没有创造出来。（冷冷地）从您的脸色看，您对这不感兴趣。

叶莲娜　关于这个，我了解得很少……

阿斯特洛夫　问题不在了解或不了解，不过是不感兴趣罢了。

叶莲娜　坦率地说，我的心思不在这里，请原谅。我要向您问个小问题，但我有点不好意思，不知该怎么开始。

阿斯特洛夫　是盘问？

叶莲娜　是盘问，但……很善意的。让我们坐下！（两人坐下），事情关系到一个年轻的姑娘。让我们像诚实的人，像朋友那样开诚布公地谈。说过了就把它忘了，好吗？

阿斯特洛夫　好。

叶莲娜　事情涉及到我的继女索尼娅。您喜欢她吗？

阿斯特洛夫　我尊重她。

叶莲娜　她作为一个女人，您喜欢吗？

阿斯特洛夫　（稍稍迟疑一下）不。

叶莲娜　还问一两句就完……您什么也没有觉察？

阿斯特洛夫　没有。

叶莲娜　（拉住他的手）我从您的眼睛里就看得出，您不爱她……她在痛苦……要明白这点……别再到这里来。

阿斯特洛夫　（站起）我的时间已经到了……也没有功夫……（耸耸肩）我哪有时间？（他局促不安）

叶莲娜　嗯，多么不愉快的谈话！我是那么地紧张，像是挑千斤重担。谢天谢地，总算谈完了。忘记这个，就像我们没有谈过这个……您就走吧。您是个聪明人，您应该理解……（停顿）我甚至都脸红了。

阿斯特洛夫　如果您在一两个月前谈起这个，我可能要考虑考虑，但现在……（耸耸肩）如果她痛苦，那么当然……只是有一点我不明白：为什么要由您来提出这个问题？（看着她的眼睛，用手指指着她）您是个狡猾的女人！

叶莲娜　这什么意思？

阿斯特洛夫　（笑着）狡猾的女人！就算是索尼娅痛苦，我愿意信，但为什么由您来提出问题？（不许她说话，热烈地）别故作惊讶，您自己知道得很清楚，我为什么每天都到这里

阿斯特洛夫　来……我为什么来，为谁来，您知道得一清二楚。可爱的野兽，您别这么看我，我也见过世面的……

叶莲娜　（不解）野兽？我一点不懂。

阿斯特洛夫　一只美丽的、毛茸茸的黄鼠狼……您需要牺牲品！我已经整整一个月不干工作，丢开一切，狂热地追寻您——这使您欣喜不已……这又怎么的？我被您战胜了，不用盘问您也知道（交叉着两臂，低下了头）我屈服了。您把我吃了吧！

叶莲娜　您发疯了！

阿斯特洛夫　（冷笑）您难为情了……

叶莲娜　嗯，我比您想像得更美好，更高尚！我向您发誓！（想走开）

阿斯特洛夫　（挡住她的去路）我今天就走，以后也不到这里来了，但是……（握住她一只手，端详着）我们将在哪里见面？快点说在哪里？有人会到这儿来的，快点说（激动地）多么美妙的、美丽的女人……一个吻……我只要吻吻您那芳香的头发……

叶莲娜　我向您发誓……

阿斯特洛夫　（不让她说）为什么要发誓？不必发誓。不必说多余的话……嗯，多么美丽的女人！多么美丽的手！（吻手）

叶莲娜　别这样……您走吧……（抽出手来）您忘乎所以了。

阿斯特洛夫　您倒是说呀，我们明天在哪儿见面？（搂住她的腰）你看，这是不可避免的，我们需要见面。（吻她；这时沃依尼茨基手捧一束玫瑰花上，他停在门口）

叶莲娜　（没有发现沃依尼茨基）可怜可怜我……别碰我……（把头靠在阿斯特洛夫的怀里）不！（想离开）

阿斯特洛夫　（抱住她的腰）明天到林场去……两点钟……去吗？去

阿斯特洛夫　吗？你会去的？

叶莲娜　（看见沃依尼茨基）放开我！（非常不好意思地向窗户走去）这太可怕了。

沃依尼茨基　（把花束放到一把椅子上，非常激动，用手帕擦脸上和脖子上的汗）没有关系……没有关系……

阿斯特洛夫　（不悦地）尊敬的伊凡·彼得洛维奇，今天天气很好，早上天空阴沉沉的，像是要下雨，而现在阳光灿烂，说实在的，今年秋天的天气很好，秋播也不坏。（卷起地图放进一个筒子里）只是日子变短了……（离去）

叶莲娜　（迅速走近沃依尼茨基）您尽可能地利用您的一切影响，今天就让我和我丈夫离开这里！听到了吗？今天就走。

沃依尼茨基　（擦脸上的汗）啊？是的……好……叶莲娜，我全都看到了……

叶莲娜　（神经质地）听到了吗？我今天就要离开这里！

[谢列勃里维科夫、索尼娅、捷列金和玛丽娜上。

捷列金　尊贵的先生，我身体不太舒服，已经病了两天了，有点晕……

谢列勃里雅科夫　其他人在哪儿？我不喜欢这所房子，像个迷宫。二十六个大房间，四通八达，谁也找不到谁。（按铃）请把玛丽娅·瓦西里耶芙娜和叶莲娜·安德列耶芙娜请到这里来。

叶莲娜　我在这里。

谢列勃里雅科夫　先生太太们，请坐下。

索尼娅　（走近叶莲娜·安德列耶芙娜，迫不及待地）他是怎么说的？

叶莲娜　等一会儿。

索尼娅　你在发抖？你很紧张？（盯视着她的面孔）我理解……他说他再也不到这里来了……是吗？（停顿）你说是吗？

[叶莲娜·安德列耶芙娜点头。

谢列勃里雅科夫　（向捷列金）疾病还可以忍受，不能让我容忍的，是这种乡间生活，我有这样一种感觉，好像我从地球上跌到了另外一个什么星球。先生太太，我请你们都坐下。索尼娅！（索尼娅不听他的，她悲伤地低着头，站着）索尼娅！（停顿）听不见。（向玛丽娜）你，奶妈，也坐下。（奶妈坐下，编织袜子）先生太太，我请你们洗耳恭听。（笑）

沃依尼茨基　（不安地）我，也许不需要？我能走吗？

谢列索里雅科夫　不，你在这里比任何人都重要。

沃依尼茨基　您需要我什么？

谢列勃里雅科夫　您……你生什么气？（停顿）如果我在你面前有什么过错，那么请原谅。

沃依尼茨基　别来这一套。有事说事……你需要什么？

[玛丽娅·瓦西列耶芙娜上。

谢列勃里雅科夫　妈妈也来了。先生太太，我现在开始。（停顿）诸位先生，我请你们来是为了向你们宣布一个消息：钦差大臣要到我们这里来。不过，把笑话搁到一边去。事情很严肃。先生太太，我把你们召集来是为了向你们请求帮助和征求意见，因为我知道你们一向对我很好，所以我相信肯定能得到你们的帮助。我是一个做学问的书生，远离实际生活。没有在行的人的指导不行，所以我请你，伊凡·彼得洛维奇，也请您，伊里

谢列勃里雅科夫　亚·伊里依奇，还有您，妈妈……正如一句拉丁话所说：一个夜晚等待着所有的人。意思是说，我们都在上帝下边生活；我老了，也有病，所以我认为，该是整顿一下自己财产关系的时候了，既然这些财产关系与我的家庭有关。我的生活已经完结，我不关心自己了，但我有一个年轻的妻子，一个还是姑娘的女儿。（停顿）我已经不可能再生活在农村。我们生来就不是为了过乡村生活的。但我们从这个庄园得到的收入不够我们在城里的开支。如果，比如说，卖掉森林，那不过是个非常措施，不能每年都采取。需要找到一些办法，使得我们可以经常得到一项多少固定的收入。我想到了一个这样的办法，而且荣幸地提交你们讨论。不说具体细节，我只是说个大致轮廓。我们的庄园平均只有不到二分利息的收入。我建议把它变卖了。如果把这笔款子变成股票，那我们可以有四分到五分的利息，我还估计，几千卢布的余额足够我们在芬兰买一座不大的别墅。

沃依尼茨基　等一等……我好像听错了。你再把你的话重复一遍。

谢列勃里雅科夫　把钱变成股票，余下的在芬兰买别墅。

沃依尼茨基　不是芬兰……你还说了其他什么。

谢列勃里雅科夫　我建议卖掉庄园。

沃依尼茨基　就是这个。你要卖掉庄园，很好，这个想法真妙……那你准备把我和老妈妈还有索尼娅往哪儿安排?

谢列勃里雅科夫　这我们还要讨论。不要急。

沃依尼茨基　等一等。很显然，在这之前我头脑一直糊涂着，到现在为止，我愚蠢地认为，这座庄园是属于索尼娅的。我的死去了的父亲购置这座庄园，是为我姐姐作陪嫁

沃依尼茨基　的。到现在为止，我还很幼稚，认为我们的法律不是土耳其的法律，我认为，姐姐的这份产业是应该由索尼娅来继承的。

谢列勃里雅科夫　当然，庄园属于索尼娅。有谁反对？没有索尼娅的同意我不会出卖它的。而且我这样做也是为索尼娅好。

沃依尼茨基　不可理解，不可理解，要么是我疯了，要么是……

玛丽娅　伊凡，不要和亚历山大作对。你要相信，什么好什么不好，他知道得比我们多。

沃依尼茨基　不，给我点水。（喝水）说吧，你想说什么就说！

谢列勃里雅科夫　我不明白您为什么这样激动。我没有说我的方案是理想的。如果大家都认为它不好，我也不坚持。（停顿）

捷列金　（很尴尬）我，教授大人，对于科学不仅怀有满腔热忱，而且还有十分亲近的感觉。我哥哥格里戈里·伊里依奇妻子的哥哥，康斯坦丁·特洛菲莫维奇·拉格捷莫诺夫，曾经是个硕士……

沃依尼茨基　麻糕，你别插嘴，我们在说事……等一等……（向谢列勃里雅科夫）你可以问问他，这座庄园是从他叔叔手里买下来的。

谢列勃里雅科夫　我为什么要问呢？有什么必要？

沃依尼茨基　这庄园当时是用九万五千卢布买下的。父亲仅仅支付了七万，欠了两万五千卢布的债。现在听我说……如果不是我为了我深爱的姐姐的利益，放弃了自己应得的遗产，这座庄园是买不下来的。除此之外，我像牛马那样在这里劳作了十年，而且偿还了债务……

谢列勃里雅科夫　我后悔不该提出这个问题来的。

沃依尼茨基　这座庄园之所以能偿还债务而没有破产，全靠了我的

沃依尼茨基　辛苦，现在我老了，就想把我从这里赶走！

谢列勃里雅科夫　我不明白你想要达到什么目的！

沃依尼茨基　这座庄园我管理了二十五年，劳作了二十五年，像个最忠实的仆人给你按时寄钱，而这二十五年来你没有向我说过一句感谢的话，从我年轻的时候起，一直到了现在，我从你手里只能领到五百卢布的年薪——这也算钱！而你一次也没有想到哪怕是给我增加一个卢布也好！

谢列勃里雅科夫　伊凡·彼得洛维奇，我怎么能知道？我是个没有实践经验的人，我什么也不懂。你尽可以给自己加薪，加多少都行。

沃依尼茨基　我为什么没有偷盗？为什么你不因为我没有偷盗而瞧不起我？要是这样的话我现在不至于是个穷光蛋了！

玛丽娅　（严厉地）伊凡！

捷列金　（不安地）万尼亚，我的朋友，别这样，别这样……我都听得发抖了……为什么要把关系搞坏？（吻他）别这样。

沃依尼茨基　二十五年来，我和妈妈就这样像田鼠似的，封闭在四堵墙壁里……我们所有的思想和感情仅仅属于你一个人。白天我们谈论着你，谈论着你的工作，为你感到自豪，怀着敬意呼唤你的名字；晚上我们把时间都消耗在阅读现在我深痛恶绝的那些书籍和杂志上！

捷列金　万尼亚，别这样，别这样……我受不了啦…

谢列勃里雅科夫　（光火）我不知道你需要什么？

沃依尼茨基　在我们的眼睛里，你曾经是至高无上的，我们把你的文章读得倒背如流……但我现在真正把眼睛打开了！我全都看清了！你谈论艺术，但对艺术全然无知！你

沃依尼茨基	的所有我曾经为之倾倒的著作，分文不值！你欺骗了我们！
谢列勃里雅科夫	先生太太！你们让他住嘴吧！要不我要走了！
叶莲娜	伊凡·彼得洛维奇，我要求您住嘴！您听到了吗？
沃依尼茨基	我要说！（挡住谢列勃里雅科夫的去路）等一下，还没有说完！你毁坏了我的生活！我没有真正地生活过！由于你的过错，我丧失了我生命中最美好的年华！你是我最可恶的敌人！
捷列金	我受不了啦……受不了啦……我就走……（非常激动地离去）
谢列勃里雅科夫	你需要什么？你有什么权利用这种口吻跟我说话？小人一个！如果庄园是你的，那你就把它拿走，我不需要它！
叶莲娜	我现在就离开这个地狱！（大叫）我再也不能忍受了！
沃依尼茨基	我的生活完结了！我有天赋，有智慧，有胆量……如果我有正常的生活，那么我有可能成为叔本华、陀思妥耶夫斯基这样的人物……我控制不住自己了！我要发疯了……妈妈，我绝望了，妈妈！
玛丽娅	（严厉地）听亚历山大的话！
索尼娅	（跪在奶妈面前，紧靠着她）奶妈！奶妈！
沃依尼茨基	妈妈！我怎么办？您不必说！我自己知道该怎么办！（向谢列勃里雅科夫）你会记得我的！（走进中间一个门）
	[玛丽娅·瓦西列耶芙娜跟他下。
谢列勃里雅科夫	先生太太，怎么会弄成这个样子？把这个疯子从我身边赶走！我不能与他生活在同一个屋顶下！他的住房

谢列勃里雅科夫　（指指中间的门）几乎与我紧挨着……让他搬到厢房去，搬到村子里去，或者我从这里搬走，反正不能和他住在一个房子里……

叶莲娜　（向丈夫）我们今天离开这里！现在就准备行装。

谢列勃里雅科夫　小人一个！

索尼娅　（跪着把脸转向父亲，含着眼泪）爸爸，应该做个仁慈的人！我和万尼亚舅舅是多么不幸！（被克制着的绝望）应该做个仁慈的人！你回忆回忆，当你还年轻的时候，万尼亚舅舅和外婆整夜整夜地为你翻译书，为你抄搞子……整夜整夜的呀！我和万尼亚舅舅拼命地劳作，省吃俭用，把钱都寄给了你……我们没有白吃面包！我没有说到点子上，但你应该理解我们，爸爸。应该做个仁慈的人！

叶莲娜　（激动地，向丈夫）亚历山大，看在上帝的分儿上，和他作作解释……我求你了。

谢列勃里雅科夫　好的，我和他作作解释……我没有责备他什么，我也没有生气，但你们要承认，他的行为至少是奇怪的。我这就去找他。（走进中间的门）

叶莲娜　跟他和气一些，安慰安慰他……（跟他走下）

索尼娅　（靠着奶妈）奶妈！奶妈！

玛丽娜　没有关系，孩子，公鸡斗够了就安静了……斗够了就安静了……

索尼娅　奶妈！

玛丽娜　（抚摸她的头）你在发抖，像是挨了冻！好了，好了，可怜的孩子，上帝是仁慈的。吃点菩提茶或者吃点果酱就会好的……可怜的孩子，别难过……（关切地瞧着中间的门）瞧这些公鸡，真该死！

[舞台后听到枪声；叶莲娜·安德列耶芙娜大叫；索尼娅发抖。

玛丽娜　这还了得！

谢列勃里雅科夫　（跑上，因为恐惧而摇摇晃晃）拉住他！拉住他！他发疯了！

[叶莲娜·安德列耶芙娜和沃依尼茨基在门口搏斗。

叶莲娜　（竭力从他手中夺手枪）给我！把枪给我！

沃依尼茨基　放开我，叶莲娜！放开我！（挣脱开来，跑着寻找谢列勃里雅科夫）他在哪儿？嗯，在这里！（朝他开枪）砰！（停顿）没有打着？又打空了？！（愤怒地）啊，见鬼了，见鬼了……（用枪敲打地板，猛然坐到椅子上。谢列勃里雅科夫惊恐万状；叶莲娜·安德列耶芙娜靠着墙，她感到很不舒服）

叶莲娜　把我从这里领走！领走，杀了我吧……我再不能待在这里！

沃依尼茨基　（绝望地）嗯，我干了什么啊！我干了什么啊！

索尼娅　（轻声地）奶妈！奶妈！

[幕落。

第四幕

[伊凡·彼得洛维奇的房间，这既是他的卧室，也是庄园的会计室。在窗子旁边有张大的桌子，上面放着帐簿和各种文件。一张写字台，几个柜子，一台磅秤，为阿斯特洛夫预备的桌子要小一些，上边放着绘图用具、颜料和画稿夹。鸟笼里养着一只椋鸟。墙上挂着一张看来谁也不需要的非洲地图。一张漆布大沙发。左边，有一门可通内室；右边也有一门可通前室，在右边的门口放着一个专供农民擦鞋底的长条垫子。秋天的晚上，一片寂静。

[捷列金和玛丽娜面对面坐着缠毛线。

捷列金　玛丽娜·季莫菲耶芙娜，您快点儿，说话就要叫我们告别，已经吩咐备马了。

玛丽娜　（想缠得快一点儿）快缠完了。

捷列金　他们到哈尔科夫去。在那儿定居。

玛丽娜　这样好。

捷列金　把我吓坏了……叶莲娜·安德列耶芙娜说：“一个小时也不想再待在这里……我们走，我们走……到哈尔科夫去，先去看看环境，然后再来取行李……”他们是轻装上路。玛丽娜·季

捷列金　莫菲耶芙娜，这么说，命中注定他们不在这里生活。命中注定……

玛丽娜　这样好。那天闹得多厉害，还开了枪……真丢脸！

捷列金　可以请画家阿瓦佐夫斯基把这个场面画下来。

玛丽娜　我看也不想看。（停顿）又要像从前一样地生活。早上七点早饭，十二点午饭，晚上再坐下吃晚饭，和别人家的规矩一样……（叹息）我这个造孽的老太婆，已经好久没有吃面条了。

捷列金　是的，我们已经很久不做面条了。（停顿）已经很久了……玛丽娜·季莫菲耶芙娜，今天早上我在村里走，一个开杂货店的在我背后说："哎，你这个食客！"我听了心里好苦！

玛丽娜　老爷，你别放在心上。所有的我们都是上帝的食客。无论是你，还是索尼娅，还是伊凡·彼得洛维奇，没有一个是游手好闲的人，我们都在劳动！所有的人……索尼娅在哪儿？

捷列金　在花园里，和医生一起在找伊凡·彼得洛维奇，怕他寻短见。

玛丽娜　他的手枪在哪儿？

捷列金　（轻声）我把它藏在地窖了！

玛丽娜　（微笑）罪过！

[沃依尼茨基和阿斯特洛夫从院子上。

沃依尼茨基　离开我。（向玛丽娜和捷列金）请你们从这里走开，哪怕让我独自在这儿待一个小时！我受不了监督。

捷列金　我马上走，万尼亚。（蹑手蹑足地下）

玛丽娜　公鸡：喔—喔—喔！（收拾起毛线，下）

沃依尼茨基　躲开我！

阿斯特洛夫　我很愿意躲开你，我早就应该离开这儿，但我要重说一遍，你不把从我这儿拿走的东西交还给我，我就不走。

沃依尼茨基　我没有拿你什么东西。

阿斯特洛夫　我严肃地对你说，别耽误我。我早就该离开这儿了。

沃依尼茨基　我没有拿你什么东西。（两人坐下）

阿斯特洛夫　是吗？那么我再等一等，然后就请你原谅，我要诉诸暴力。我要把你捆起来搜身。我是很严肃地谈这个的。

沃依尼茨基　随便你。（停顿）我真蠢，打了两枪，一枪也没有打中！我永远不会原谅这个！

阿斯特洛夫　既然有了射击的愿望，那么不妨也朝自己的额头打一枪。

沃依尼茨基　（耸耸肩）真奇怪。我犯了杀人罪，但没有人来逮捕我，没有人把我送上法庭，这就是说，都认为我是疯子。（冷笑）我是疯子，而那些在教授学者的招牌下掩盖着自己的平庸、古怪与冷酷的人倒不是疯子；那些嫁给了老头子之后又公开背叛他们的人不是疯子。我看见了，看见你是怎么拥抱她的！

阿斯特洛夫　是的，我拥抱了她，而你呢。（作戏弄状）

沃依尼茨基　（看着门）不，是这个容我们生活在它上面的地球发疯了！

阿斯特洛夫　这是蠢话。

沃依尼茨基　那有什么办法，我是个不明事理的疯子，我有权说蠢话。

阿斯特洛夫　这个玩笑不新鲜。你不是个疯子，而是个怪人，是爱胡闹的小丑。以前，我把所有的怪人都当成不正常的病人，而我现在的想法是：人的正常状态就是个怪人。所以你完全正常。

沃依尼茨基　（用手掩脸）羞愧！如果你知道我是多么地羞愧！什么样的痛苦也比不上这种尖锐的羞愧感。（痛苦地）无法忍

沃依尼茨基　受！（趴在桌子上）我该怎么办？我该怎么办？

阿斯特洛夫　没有关系。

沃依尼茨基　给点我什么！嗯，我的上帝……我现在四十七岁，如果我能活到六十岁，那么我还有十三年的时间。时间很长！我怎么活过这十三年？我做点什么，我用什么去填补它们？嗯，你要明白……（神经质地握着阿斯特洛夫的手）你要明白，我真想用一种新的姿态去度过我的余生。我真想在一个明丽的早晨醒来，感觉到我在开始重新生活，而过去的一切已经烟消云散。（哭）开始新的生活……你告诉我，怎么开始……从什么开始……

阿斯特洛夫　（失望地）瞧你！哪有什么新生活！我们的处境，我的，你的，都是没有希望的。

沃依尼茨基　是吗？

阿斯特洛夫　我对此坚信不疑。

沃依尼茨基　给我点儿什么……（指指心脏）这里堵得慌。

阿斯特洛夫　（生气地喊道）够了！（缓和语气）那些将生活在我们之后一两百年的人们，会因为我们生活得那么粗俗和平庸而瞧不起我们，他们也许会找到办法成为幸福的人，而我们……我和你，只有一个希望：希望躺在自己的棺材里面做个梦，那兴许还是个好梦呢。（叹息）是的，兄弟。在整个这个县里，以前只有两个正派的、有文化的人，那就是我和你。但就那么十年光景，这平庸的可憎的生活就淹没了我们，它的腐朽的气息毒害了我们的血液，我们也变得和其他的人一样的庸俗了。（快速地）但你不要打断我的话。你把从我这儿拿走的东西还给我。

沃依尼茨基　我没有拿你任何东西。

阿斯特洛夫　你从我的药箱里拿走了一瓶吗啡。（停顿）你听着，如果

阿斯特洛夫　你一定想要自杀，那么到森林里去开枪自杀，吗啡可得还给我，要不会有人说，这是我给你的……我也不想以后给你解剖……你以为这有趣？

[索尼娅上。

（向索尼娅）索菲娅·亚历山德洛芙娜，您的舅舅从我药箱里取走了一瓶吗啡不肯还给我。您告诉他说，这样做很不理智……我也没有时间再等，我该走了。

索尼娅　万尼亚舅舅，你拿走了吗啡？（停顿）

阿斯特洛夫　他拿走了，我深信不疑。

索尼娅　拿出来。你为什么要吓我们？（温柔地）拿出来，万尼亚舅舅！我，也许比你还不幸，但我没有绝望。我忍受着，将来也要忍受着，一直到我的生命自然地结束……你也要忍受。（停顿）拿出来！（吻他的手）我亲爱的舅舅，可爱的舅舅，把吗啡拿出来！（哭泣）你是善良的，你可怜可怜我们，把吗啡拿出来。舅舅，忍受着吧！忍受着吧！

沃依尼茨基　（从桌子里取出一个瓶子，交给阿斯特洛夫）你拿去吧！（向索尼娅）应该赶紧工作，赶紧做点什么事，否则我受不了啦……

索尼娅　是的，是的，工作。我们把他们送走了，就坐下来工作……（慌乱地翻找桌上的文件）都乱了套了。

阿斯特洛夫　（把瓶子放进药箱，结上皮带）现在该上路了。

叶莲娜　（上场）伊凡·彼得洛维奇，您在这里？我们现在就走……您到亚历山大那里去一下，他想跟您说点什么。

索尼娅　万尼亚舅舅，去吧。（拉着沃依尼茨基的手）我们走，爸爸和你应该和解。必须这样。

[索尼娅和沃依尼茨基离去。

叶莲娜　我要走啦。（把手递给阿斯特洛夫）再见！

阿斯特洛夫　要走了？

叶莲娜　今天您答应我的，您要离开这里。

阿斯特洛夫　我记得，我现在就走。（停顿）害怕了？（拉住她的手）这难道这么可怕？

叶莲娜　是的。

阿斯特洛夫　要不留下来！好吗？明天到林区去……

叶莲娜　不……已经决定了……我之所以能够这么勇敢地看着您，是因为已经决定离开这里……我只要求您：把我想得好一些。我希望能得到您的尊重。

阿斯特洛夫　哎！（不耐烦的手势）我请求您留下。您要明白，在这个世界上不必做什么，您没有什么生活目标，您也无需动什么脑筋，因此，您早晚要顺从您的感情的。这样，你与其选择哈尔科夫或库尔斯克的什么地方，不如就在这个大自然的怀抱里……这里至少更有诗意，秋天也美……这里有林区，有屠格涅夫味道的破旧别墅……

叶莲娜　您多么可笑……我要生您气了，但毕竟……我将来会愉快地记起您的。您是个有趣的、有独特个性的人。以后我们再也不会见面了，所以，有什么必要掩饰呢？我甚至有些喜欢您了。好了，让我们握握手，像朋友一样地分手。不要记住我的坏处。

阿斯特洛夫　（握手）是的，您走吧……（思索地）您好像是个很好的人，很诚恳的人，但在你的身上又好像有一种很奇怪的东西。您和丈夫到了这里来，原先在这里劳作着的、创造着的人，就抛开了自己的工作，整个一个夏天仅仅惦记着您以及您的丈夫的痛风病。您和您丈夫，你们俩人将自己的闲散传染给了我们所有的人。我被您吸引了，整整一个月什么也不干，而在这一个月里，有人在生病，在我的森林

阿斯特洛夫　　里，农民的牲口在啃我的树苗……所以，不管您和您的丈夫走到哪里去，你们都会把灾难带过去……我是开玩笑，但毕竟有点奇怪……而且我深信，如果您留下不走，那么灾难会更大。我会毁灭，而您……也不可能逃避灾难。好了，您走吧。一场喜剧结束了！

叶莲娜　　（从他的桌上拿起一支铅笔，很快把它藏了起来）我把这支笔留下作纪念。

阿斯特洛夫　　真有点奇怪……已经彼此相识了，但突然间不知因为什么……我们将永远不会重逢。世上的事就是这样……趁现在没有什么人，趁万尼亚舅舅没有拿着鲜花过来……请允许我……吻吻您……作为告别……好吗？（吻她的面颊）好……太好了。

叶莲娜　　祝您一切顺利。（环顾四周之后）顾不得许多了，一生中也就一次！（激动地拥抱他，两人随即又分开）应该走了。

阿斯特洛夫　　快点走。如果马已备好，那就走。

叶莲娜　　好像，有人来了。（两人倾听）

阿斯特洛夫　　完结了！

[谢列勃里雅科夫、沃依尼茨基、手拿书本的玛丽娅·瓦西列耶芙娜、捷列金和索尼娅上。

谢列勃里雅科夫　　（向沃依尼茨基）谁也别再记住旧日的恩怨。在经历了所发生的事情之后，在这几个小时里我有很多感受，我也想了很多，大概可以写一本关于应该如何生活的书，供我们的后人学习。我很愿意接受你的道歉，我自己也要向你表示歉意。再见了！（吻了沃依尼茨基三次）

沃依尼茨基　　你以前收到多少钱，以后照样能定期收到，一切照旧。

[叶莲娜·安德列耶芙娜拥抱索尼娅。

谢列勃里雅科夫　（吻玛丽娅·瓦西列耶芙娜的手）妈妈……

玛丽娅　（吻他）亚历山大，再去照张相，然后把您的照片寄给我。您要知道，您对于我非常珍贵。

捷列金　再会了，教授先生！别忘了我们！

谢列勃里雅科夫　（吻女儿）再见了……原谅一切吧！（向阿斯特洛夫伸过手去）谢谢您的光顾……我尊重您的思想方式，您的执着，您的激情，但允许我在向您告别的时候提一条意见：先生，应该做点事情！应该做点事情！（向大家鞠躬）再会了！

[教授离去；玛丽娅·瓦西列耶芙娜和索尼娅跟着下。

沃依尼茨基　（热烈地吻叶莲娜·安德列耶芙娜的手）再见了……请原谅……我们再也见不了面啦。

叶莲娜　（感动地）亲爱的，再见了。（吻他的头，离去）

阿斯特洛夫　（向捷列金）麻糕，你去关照一下，让他们一起也把我的马备好。

捷列金　知道了，朋友。（离去）

[只留下阿斯特洛夫和沃依尼茨基。

阿斯特洛夫　（从桌子上收拾起颜料，整进皮箱里）你怎么不去送送他们？

沃依尼茨基　让他们走吧，而我……我受不了啦。我很难过。应该赶紧做我的工作……工作，工作！（在桌子上翻找文件）

[停顿，听到马铃声。

阿斯特洛夫　他们走了。大概教授很高兴！他说什么也不会再到这里来了。

玛丽娜　（上）他们走了。（坐到圈椅上织毛袜）

索尼娅　（上）他们走了。（擦拭眼睛）但愿一切都顺利。（向舅舅）好了，万尼亚舅舅，让我们做点什么。

沃依尼茨基　工作，工作……

索尼娅　我们已经好久好久没有一起坐到这张桌子跟前了。（点亮桌上的灯）墨水好像用完了……（拿着墨水瓶走向柜子，灌墨水）他们走了，我心里挺难受的。

玛丽娅　（慢慢地走上）他们走了！（坐下来埋头读书）

索尼娅　（坐下来翻阅账本）万尼亚舅舅，我们先把账单写出来，我们积压了太多了，今天又有人来要账单。写吧。你写一张，我写另一张……

沃依尼茨基　（写）“账单……先生”（两人默默地写账单）

玛丽娜　（打哈欠）困了……

阿斯特洛夫　好静。笔尖在沙沙作响，蟋蟀在歌唱。很温暖，很舒适。真不想离开这里。（听到马铃声）在给我备马了……我的朋友，现在该和你们告别了，也和我的桌子告别了！（把画图放进画夹）

玛丽娜　忙什么？再坐一会。

阿斯特洛夫　不行。

沃依尼茨基　（写）“尚欠两个卢布七十五戈比……”

［长工上。

长工　米哈依尔·列沃维奇，马备好了。

阿斯特洛夫　知道了。（交给他药箱、皮箱和画夹）把这拿好。注意，别把画夹搞坏了。

长工　是。（离去）

阿斯特洛夫　好了……（与他们告别）

索尼娅　什么时候我们再见面？

阿斯特洛夫　大概不会早于明年夏天。也许是冬天……自然，如果有什么事情就通知我……我会来的。（握手）谢谢盛情款待，谢谢一番好意……一句话，谢谢一切。（走向奶妈，吻她的头）老妈妈，再见了。

玛丽娜　不喝茶就走？

阿斯特洛夫　不想喝了，奶妈。

玛丽娜　或者，喝点酒？

阿斯特洛夫　（犹豫不决）也好……

[玛丽娜离去。

（沉默之后）我那匹马走路有点瘸，昨天彼得鲁什卡给它喂水的时候才发现的。

沃依尼茨基　得重新给它换个掌子。

阿斯特洛夫　只好到罗日杰斯特文村去找铁匠。没有别的办法。（走近那张非洲地图，凝望着）想必现在非洲很热——真可怕！

沃依尼茨基　大概是的。

玛丽娜　（拿着托盘上，上边放着一个酒杯和一块面包）吃吧。

[阿斯特洛夫喝酒。

老爷，祝您健康。（深深一鞠躬）你可以再吃点面包。

阿斯特洛夫　不了，我这样就行……再会！（向玛丽娜）奶妈，不必送我，不必。

[阿斯特洛夫下；索尼娅为了送他，拿着蜡烛跟下；玛丽娜坐在圈椅上。

沃依尼茨基　（写）"二月二日，素油二十磅……二月十六日，又是素油二十磅……荞麦……"（停顿）

[听到马铃声。

玛丽娜　他走了。（停顿）

索尼娅　（回来，把蜡烛放到桌上）他走了……

沃依尼茨基　（算帐和记帐）……十五……二十五……

[索尼娅坐下，写。

玛丽娜　（打哈欠）嗯，我们的罪过……

[捷列金踮着脚尖上场，坐在门口，轻声弹奏吉他。

沃依尼茨基　（向索尼娅，抚摸着她的头发）我的孩子，我多么痛苦！噢！如果你能知道我是多么痛苦！

索尼娅　有什么办法，应该生活下去！（停顿）万尼亚舅舅，我们要活下去，我们要度过一连串漫长的夜晚；我们要耐心地承受命运给予我们的考验；无论是现在还是在年老之后，我们都要不知疲倦地为别人劳作；而当我们的日子到了尽头，我们便平静地死去，我们会在另一个世界说，我们悲伤过，我们哭泣过，我们曾经很痛苦，这样，上帝便会怜悯我们。舅舅，亲爱的舅舅，我们将会看到光明而美丽的生活，我们会很高兴，我们会怀着柔情与微笑回顾我们今天的不幸，我们要休息。舅舅，我相信，热烈地、坚定地相信……（跪在他面前，把头靠在他的手上，疲倦的声音）我们要休息！

[捷列金轻声弹奏吉他。

索尼娅　我们要休息！我们将会听到天使的声音，我们将会看到镶着宝石的天空，我们会看到，所有这些人间的罪恶，所有我们的痛苦，都会淹没在充满全世界的慈爱之中，我们的生活会变得安宁、温柔，变得像轻吻一样的甜蜜。我相信，我相信……（给他用手帕擦眼泪）我的可怜的万尼亚舅舅，你在流泪……（含着眼泪）你不曾知道在自己的生活中有过欢乐，但你等一等，万尼亚舅舅，你等一等……我们要休息……（拥抱他）我们要休息！

[打更。捷列金轻声弹奏着；玛丽娅·瓦西列耶芙娜在小

册子上记着什么；玛丽娜在织毛袜。

索尼娅　我们要休息！

[大幕徐徐落下。

——剧　终

（童道明　译）

三姐妹

人　物

安德烈·谢尔盖耶维奇·普拉佐洛夫	
娜塔丽亚·伊万诺芙娜	其妻。
奥尔加	其妹。
玛莎	其妹。
伊林娜	其妹。
费多尔·伊里奇·库雷根	中学教师，玛莎的丈夫。
亚历山大·伊格纳季耶维奇·维尔希宁	中校，炮兵连长。
尼古拉·李沃维奇·图森巴赫	男爵，中尉。
瓦西里·瓦西里耶维奇·萨廖内	二等上尉。
伊万·罗曼内奇·契布德金	军医。
阿列克谢·彼德洛维奇·费多吉克	少尉。
符拉季米尔·卡尔洛维奇·路德	少尉。
费拉波特	地方参议会听差，老头儿。
安菲莎	保姆，八十岁老太太。

[故事发生在一个外省小城。

第一幕

[普拉佐洛夫的家。在一间装饰着圆柱的客厅里，大厅堂在柱子后面清晰可见。时值正午；阳光洒满院落，欢乐祥和。厅堂里早餐已经备下。

[身穿女中教员蓝制服裙的奥尔加，无论是坐着还是站着，都在不停地批改学生的作业本；玛莎穿黑裙，帽子盖在双膝上，她在坐着读书；伊林娜穿白裙，她在站着沉思。

奥尔加　父亲去世整整满一年，就在今天，五月五日，正好是你的命名日，伊林娜。那天下了雪，寒冷。我觉得自己快活不成，你躺在沙发上不省人事。可瞧啊，过了一年，咱们就轻松地回想这件事，你已经把白裙子穿上了，喜气洋洋。（钟打十二下）那天钟声也是这样的。（停顿）记得父亲下葬时，军乐演奏着，墓地里还朝空放枪。他生前是指挥一个旅的将官，但参加葬礼的人寥寥无几。顺便说一句，当时下了雨，特别大的雨夹雪。

伊林娜　别回忆伤心事了！

[图森巴赫男爵、契布德金和萨廖内在柱子后面出现，他们在大厅堂里的桌子旁边。

奥尔加　今天暖和，窗户可以完全敞开了，可白桦树还没发芽儿呢。

奥尔加　十一年前父亲带了一个旅的兵，和咱们从莫斯科出发，那天我记得特别清楚，才刚五月初，莫斯科的花就全开了，万物复苏，阳光普照。别看过了十一年，我记得那里的一切，就好像昨天才离开似的。天啊！今早醒来，看到遍地阳光，看到春天，快乐让我的心激动起来，真想回故乡去！

契布德金　不可能！

图森巴赫　当然了，无稽之谈。

[玛莎对着书，若有所思，轻轻吹口哨，吹着一支歌的旋律。

奥尔加　别吹口哨了，玛莎。不像话！（停顿）因为我一整天待在中学里，直到晚上都上课，常头痛，还常想，我已经见老了。是真的，教这四年书，我感觉体力与青春一天天、一点点被耗尽了。只是有一个梦想在不断生长着、越来越强烈……

伊林娜　到莫斯科去。卖掉房子，结束这里的一切，到莫斯科……

奥尔加　对！尽早到莫斯科去。

[契布德金和图森巴赫在笑。

伊林娜　哥哥将来有可能成为教授，反正他是不会长久待在这里。我们还不能走的原因在于可怜的玛莎。

奥尔加　玛莎将会每年都去莫斯科和我们度过整个夏天。

[玛莎轻轻地用口哨吹一个曲调。

伊林娜　上帝保佑，一切自会有安排。（看窗外）今天天气好。不知道为什么我的心里也是这样明朗！今早刚一想到我的命名日，一下子感觉快乐了，还想起童年时妈妈活着的日子。我还领悟了那么美妙的思想，那么美妙的思想！

奥尔加　今天你整个人容光焕发，好像天仙一样。玛莎也是美女。安德烈曾经很漂亮来着，现在发福，显不出他的气质了。只有我又老又瘦，可能是总跟女学生们生气的缘故。难得今天自

奥尔加　由，家待着头也不痛，感觉比昨天年轻一些。我二十八，如果……一切都好，一切是上帝所赐。可我觉得如果能嫁了人，整天待在家里的话，会更好些。（停顿）我会爱我的丈夫。

图森巴赫　（对萨廖内）您在胡诌。我听不下去了。（进客厅）忘了告诉你们，新到任的炮兵连长今天要来拜访。（坐在钢琴前）

奥尔加　是啊！我非常高兴。

伊林娜　他是老头吗？

图森巴赫　不，一点儿不老。大概四十、四十五，到头了。（轻声弹奏）外表看着——相当英俊，不笨——这是肯定的。就是话多。

伊林娜　一个有趣的人吗？

图森巴赫　是，还不错。娶了妻子，上有岳母，下有两个女儿。这是他第二次婚姻。爱串门，满世界诉说，不过是诉说他已经有妻子和两个女儿而已。来这儿少不了也要说。他那妻子智力平平，留着小姑娘的长辫子不肯剪，爱用宏大的辞藻没必要地寻根问底，或者谈一些不切实际的问题，还动不动寻死觅活呢，把丈夫搞得焦头烂额。要是我，早离开这种女人了，但他容忍，只抱怨罢了。

萨廖内　（和契布德金一起进入客厅）我单手只能举起半普特，可双手能举五普特，甚至六普特呢。由此我得出一个结论：两个人的力量远非一个人的两倍，而是三倍，甚至更多……

契布德金　（边走边读报）脱发的时候……把八克樟脑放在半瓶酒精内，溶解，每日服用……（在一个小本本上记录）记下来！（对萨廖内）那么我跟您说，一个瓶塞被插入小瓶子，再用一根小玻璃管穿过瓶塞……然后你再拿一把最简单、最普通的明矾……

伊林娜　伊万·罗曼内奇，亲爱的伊万·罗曼内奇！

契布德金　什么事，我的女孩，我的欢乐？

伊林娜　您告诉我，今天我为什么这么幸福？好像我正在海面上扬帆行驶，一抬头看到宽广的蓝天，白色的海鸟绕着船舷飞。这为什么？为什么？

契布德金　（吻她的双手，温柔地）我白色的海鸟……

伊林娜　今天早上醒了，起床，洗了脸，突然间感觉，我把这世上一切想清楚了，知道该怎样生活了。亲爱的伊万·罗曼内奇，一切我都明白了。人，不管他是谁，就应该劳动，应该辛辛苦苦地工作、谋衣食，他生活的意义和目标、他的幸福、他的欢乐只在于这一点。当工人有多好，天刚亮就起床，在街上凿石头，或者当一个牧人，当一个老师教孩子念书，或者当铁路上的火车司机……我的天，不要说当一个工作的人了，就是做一头牛，当一匹普普通通的马，只要它工作，都远远强过那些大白天十二点钟才起床的年轻女人们，她们在床上喝完咖啡，然后再用两个小时梳妆打扮……啊，这太可怕了！真想工作啊，像大热天里有时想喝杯凉水解渴一样。要是我以后不早起去工作的话，您就不要再理我好了，伊万·罗曼内奇……

契布德金　（温柔地）我不理，不理……

奥尔加　父亲教会我们七点起床。可伊林娜七点醒，至少得躺到九点，而且还在想着什么，表情严肃！（笑）

伊林娜　你习惯把我当小女孩看，我严肃起来你当然奇怪。我二十了！

图森巴赫　对劳动的渴望，我的天啊，她竟然是我知己！从小到大我是饭来张口，衣来伸手的。出生在寒冷、游手好闲的彼得堡，我的家人不知劳动和操劳为何物。记得每次从士官中学回到

图森巴赫　家，那仆人得费劲儿地给我把皮靴脱下来，这时候我经常耍脾气，可妈妈在一旁极恭敬地看着我，当别人用另一眼光瞧我时，她会大吃一惊。我被精心呵护起来，远离了劳动。可难道能永远得到呵护吗？能吗！如今时辰已到，山一样高大的云头正向我们靠近，清新、猛烈的暴风雨正在酝酿中，它前进着，已经距我们不远，很快就要扫除我们社会的懒惰、冷酷、对劳动的鄙视和腐朽的沉闷！我要去工作，过不了二十五年，要么三十年，人人都将去做工。人人！

契布德金　我不去做工。

图森巴赫　不算您。

萨廖内　因为二十五年后，您已不在人世，感谢上帝。再过个三年五载，您将死于中风，或者哪天我性子上来了，把一个枪子儿射进您的脑袋里，我的天使……（从衣袋里掏出一瓶香水，往胸前、手上洒）

契布德金　（笑）可我其实任何时候、任何事都没做过。一出大学门就不出一点儿力，一动也不动地旁观，一本书也不读了，只看报……（从衣袋里掏出另一张报纸）瞧……比方说，从报上知道曾经有一个杜勃洛留波夫，至于他写了什么书——不知道……天晓得……（倾听，有人在敲底下一层楼的地板）瞧……下边在叫我，有人找我了。马上回来……稍等片刻……（急匆匆地下，梳理着胡子）

伊林娜　想出了新花样。

图森巴赫　是啊，瞧他郑重其事的，要送一件命名日礼物了。

伊林娜　好没意思！

奥尔加　对，简直可怕。他总办傻事。

玛莎　“海湾有棵绿橡树，金色链子锁橡树”……（站起来，轻声唱着一段曲调）

奥尔加　今天你不快乐，玛莎。

玛莎　（唱着一段音调，戴上帽子）

奥尔加　你去哪儿？

玛莎　回家。

伊林娜　奇怪……

图森巴赫　在命名日这一天离开！

玛莎　都一样。晚上我来。再见，好妹妹……（吻伊林娜）再一次祝你健康幸福。从前父亲在，每一次命名日都有三十到四十个军官来，热热闹闹的，可今天就这么一个半个的，冷清的像在沙漠……走了……今天心里烦，你别听我说了。（破涕为笑）待会儿聊吧，暂时分别，亲爱的，我还是出去散散心的好。

伊林娜　（不满）真是的，你多……

奥尔加　（噙着泪）我理解你，玛莎。

萨廖内　如果一个男人在高谈阔论，那么这是讨论深奥的问题，如哲学，或者是什么诡辩术；如果一个女人或者两个女人在高谈阔论，那么，这真的是——拉起我的手指吧。

玛莎　您用这话想说什么，可怕至极的人？

萨廖内　没什么。他还来不及“哎哟”一声叫——一只熊就把他扑倒。（停顿）

玛莎　（对奥尔加，生气地）别哭！

[安菲莎和捧着大馅饼的费拉波特上场。

安菲莎　这里来，我的天啊。进来，你脚不脏吧。（对伊林娜）参议会的，普拉波波夫送来的，米哈伊尔·伊万诺维奇……大馅饼……

伊林娜　谢谢。感谢。（接过馅饼）

费拉波特　啥？

伊林娜　（大声些）感谢！

奥尔加　奶妈，分给他一块儿馅饼。费拉波特，去吧，到那边她给你馅饼吃。

费拉波特　啥？

安菲莎　我们走……费拉波特·斯比里多维奇。我们走吧……（和费拉波特下）

玛莎　我不喜欢普拉波波夫，这个米哈伊尔·波塔本奇或者伊万内奇。不该邀请他。

伊林娜　我没邀请。

玛莎　那太好了。

[契布德金上场，身后跟着一个抱着银制茶炊的士兵；人们纷纷发出惊讶和不满的声音。

奥尔加　（以手掩面）银茶炉！可怕！（走到大厅堂的餐桌旁）

伊林娜　亲爱的伊万·罗曼内奇，您在做什么！

图森巴赫　（笑）我和您说过了吧！

玛莎　伊万·罗曼内奇，亏您想得出！

契布德金　亲爱的好人们，你们姐妹三个是我唯一的、我在世上最宝贵的。马上我就六十了，一个老头儿，微不足道的孤老头儿……我一无是处，除了对你们的爱。如果不是你们，我可能早就不在这世上活了……（对伊林娜）亲爱的，我的女孩儿，你刚出生我就认识您……抱过您……我还爱过您去世的妈妈……

伊林娜　可谁叫您总是送大礼！

契布德金　（噙着泪，生气地）“总是送大礼”……这是哪儿的话！（向勤务兵）把茶炉子抬那边去……（戏弄）“总是送大礼”……（勤务兵把茶炊炉拿到大厅堂里去）

安菲莎　（穿过客厅）亲爱的孩子们，来了一个生人，上校！他已经

安菲莎　脱了大衣过来了。孩子们，阿丽努什卡，你在客人面前要亲切有礼貌。（下）早饭早就该开始了……天啊……

图森巴赫　可能是维尔希宁。

[维尔希宁上场。

维尔希宁上校！

维尔希宁　（对玛莎和伊林娜）荣幸地自我介绍：维尔希宁。我很高兴，特别高兴，终于见到你们了。长大成人了！哎呀！哎呀！

伊林娜　请坐。我们也感到愉快。

维尔希宁　（快乐地）多高兴，多高兴呀！你们是三姐妹。我记得你们——三个女孩子。模样想不起来了，可你们的爸爸，上校普拉佐洛夫家有三个小女孩儿，这我记得很清楚，我还亲眼见过你们呢。日子过得多快！日子过得飞快哟！

图森巴赫　阿列克谢·伊格纳季耶维奇从莫斯科来。

伊林娜　莫斯科？您是从莫斯科来的？

维尔希宁　是，从那儿来。你们已故的父亲曾在那里任炮兵大队指挥员，我也在同一个大队里当军官。（对玛莎）我好像还能模糊想起您的模样儿。

玛莎　可我怎么——想不起您来了！

伊林娜　奥丽亚！奥丽亚！（朝大厅堂喊）奥丽亚，快来呀！

[奥尔加从大厅堂走进客厅。

维尔希宁上校原来从莫斯科来。

维尔希宁　您大概就是奥尔加·谢尔盖耶芙娜吧，大姐……那您是玛丽亚……您是伊林娜——最小的妹妹……

奥尔加　您从莫斯科来？

维尔希宁　是的。在莫斯科上了士官中学并开始服兵役。服役的年头很长，终于接到指挥此地炮兵连的命令，就过来上任了。我对

维尔希宁　您没特别的印象，只记得你们是三姐妹。您去世的父亲在我记忆里，闭上眼睛就看到他的样子。在莫斯科我常到您家做客……

奥尔加　我以为过去的一切都记得，可突然间……

维尔希宁　我的名字是亚里山大·伊格纳季耶维奇……

伊林娜　亚里山大·伊格纳季耶维奇，您从莫斯科来……真想不到！

奥尔加　因为我们要搬到那儿去。

伊林娜　我们打算着，秋天来之前我们就已经在那儿生活了。我们的故乡，出生地……老巴斯马尔街……（两个人都高兴地笑了）

玛莎　没想到先遇见了同乡。（活跃）现在可想起来了！记得吗，奥丽亚，我们那里当时常有人议论："热恋中的少校"如何如何。您那时是中尉，正谈恋爱呢，可大家都不知为什么用"少校"来打趣您……

维尔希宁　（笑）就是，就是……"热恋中的少校"，可不是嘛……

玛莎　那时您还留着小胡子呢……啊，您可老了！（噙着泪）您可老了！

维尔希宁　是的，大家叫我"热恋中的少校"的时候，我还年轻，闹恋爱，此一时，彼一时。

奥尔加　白发还没一根呢。您老了一些，可不显。

维尔希宁　可已经四十三了。你们从莫斯科搬来很久了？

伊林娜　十一年。怎么了，玛莎，哭什么，怪人……（噙着泪）我也要哭……

玛莎　我没事儿。您住哪条街上？

维尔希宁　老巴斯马尔街……

奥尔加　我们也住那儿……

维尔希宁　我还在德国街住过。经常从德国街步行到兵营。半路上有一

维尔希宁　座凄凉的小桥，听得见河水在脚下轻轻发出声响。一个人站桥上，心就变孤单凄凉了。（停顿）这里的河流多宽阔，水量多大噢！好美的河流！

奥尔加　是啊，就是这儿太冷，蚊子多……

图森巴赫　您说什么！这儿的斯拉夫式气候最利于健康。有森林、大河……并且这儿也有白桦。白桦树可爱又谦逊，所有树木里我最爱的就是它。居住此地的感觉很好。只是铁路修在二十里之外很怪……谁也不知道为什么。

萨廖内　我知道为什么。（大家都看着他）因为火车站要是近了呢就不远，要是远了呢就不近。

[难堪的沉默。

图森巴赫　真滑稽，瓦西里·瓦西里耶维奇。

奥尔加　我现在也想起了您。我记得您。

维尔希宁　我还认识你们的母亲。

契布德金　她很美。愿她在天国安息。

伊林娜　妈就葬在莫斯科。

奥尔加　新圣女公墓……

玛莎　想一想吧，我已经有点儿忘了她长什么样子了。我们也要这样给人忘掉。忘掉。

维尔希宁　要忘掉的。没办法，这是命。我们心中那些庄严、有意义、非常重要的东西——终有一天——后人轻易就忘掉了，或者说，变得无关紧要了。（停顿）有趣的是，现在我们根本没法儿知道哪些到后来会变成崇高、重要的事物，而哪些会变得渺小、可笑。从前的人不是还把哥白尼的学说，或者说哥伦布的发现看成奇谈怪论，又有谁当它们是真理了？那也说不定，我们现在过惯的生活，未来的人会觉得它费解、别扭、不明智、不够纯洁，甚至也许是有罪的……

图森巴赫　谁知道呢？可也许，我们今天的生活在后人眼中是高尚的，他们会怀着敬意想起我们的。如今虽说没了酷刑，没了绞架，也没了外敌的侵袭，但是此外呢，我们依然感到痛苦不堪！

萨廖内　（细声）咕咕咕，咕咕咕……不用给男爵吃，他不饿，他只要高谈阔论就可以了。

图森巴赫　让我安静吧……（换一个地方坐）简直无聊。

萨廖内　（细声）咕咕咕，咕咕咕……

图森巴赫　（对维尔希宁）现在我们所见的痛苦——它们那么多！——但也说明社会所达到的道德水准普遍提高了……

维尔希宁　对，对，当然了。

契布德金　您刚刚说，男爵，我们的生活将被称为崇高的；但人还是渺小……（站起来）看，我就是渺小的。可为自我安慰，得说什么生活高尚，明摆着。

［后台有人在拉提琴。

玛莎　安德烈在拉小提琴呢，我们的哥哥。

伊林娜　他是我们家的学者。以后可能当教授。父亲是军人，他的儿子倒愿意做学问。

玛莎　那是爸爸的愿望。

奥尔加　今天要捉弄捉弄他。似乎他有点儿迷上某人了。

伊林娜　本地的一位小姐。今天很可能来我们家。

玛莎　哎呀，光瞧她那身打扮就够了！倒不是说不漂亮，不时髦，而是让人觉得怪可惜的。穿的什么稀奇古怪的、料子说不清是发光还有点儿发黄的裙子，裙边还挂着俗里俗气的流苏，上半身还披着一件大红短袄。脸也不知她是怎么洗的！怎么洗的！安德烈才看不上她——我不允许，起码他还有品位吧，安德烈只是吓唬我们几个一下，寻开心。昨天还听说她

玛莎　要嫁给参议会主席呢。太好了……（朝侧门喊）安德烈，到这儿来！亲爱的，就一分钟！

[安德烈上场。

奥尔加　这位是我们的哥哥，安德烈·谢尔盖耶维奇。

维尔希宁　维尔希宁。

安德烈　普拉佐洛夫。（擦拭脸上的汗）您是作为炮兵连的指挥官来我们这里的？

奥尔加　想象一下，亚里山大·伊格纳季耶维奇是从莫斯科来的！

安德烈　是吗？瞧，祝贺您，这下我的妹妹们该缠住您不放了。

维尔希宁　我已经让您妹妹厌烦了。

伊林娜　瞧，安德烈今天送我的镜框多漂亮！（展示镜框）他自己做的。

维尔希宁　（看着镜框，不知说什么好）是啊……挺好……

伊林娜　还有那个镜框，钢琴上面的，也是他自己做的呢。

[安德烈挥挥手，走到一边。

奥尔加　又是我们家的大学者，又会拉琴，会各种木匠活儿，一句话，他样样行。安德烈，别走！他就是这习惯——就想走开，自己一人待着。到这里来！

[玛莎和伊林娜抓住他的手臂往回拉，放声大笑。

玛莎　来吧，来吧！

安德烈　请放开我。

玛莎　多可笑啊！从前别人给亚里山大·伊格纳季耶维奇起外号，叫他“热恋中的少校”，他倒一点儿不生气。

维尔希宁　一点儿也不！

玛莎　我想叫你：热恋中的小提琴手！

伊林娜　或者叫“热恋中的教授”也行！

奥尔加　恋爱了！安德烈恋爱了！

伊林娜　（鼓掌）好啊！好啊！再来一次！安德烈恋爱了！

契布德金　（走到安德烈身后，用双手搂住他的腰）上天就是因为爱情造出我们这些人来的！（哈哈大笑，他时时刻刻拿着报纸）

安德烈　闹够了，够了没有啊……（擦着脸）我一夜没睡，现在有点儿，正如常言所说，不太舒服。看书直看到夜里四点，躺下睡吧，又一点儿也不困了。胡思乱想的一直到早晨，阳光都照进卧室里，还没睡着呢。如果夏天还在这里的话，我要翻译一本英文书。

维尔希宁　您会看英文书？

安德烈　是的。父亲，愿他在天国安息，从前强迫我们受教育。我承认这说法愚蠢可笑，就是自从他去世后，我就发胖，胖的原因似乎就是这一年我的身体终于从压迫中解放出来了。因为父亲、我和几个妹妹都懂法、德、英语，伊林娜还懂意大利语。但是，得到这些知识付出了什么样的代价啊！

玛莎　在这么个小城里懂三门外语太奢侈了。奢侈都谈不上，就像用不着又丢不掉的附属品，像人手的第六指儿。我们学会了太多没用的。

维尔希宁　真想不到！（笑）学会了太多没用的！我觉得，现在没有也不可能有这样的城市：乏味、死气沉沉，不需要聪明而有教养的人士。假定这座城里的居民——它总得有十万人吧——全是落后愚昧、没受教育；假定像你们这样的就三个。毫无疑问，三人之力不足以战胜周围愚昧无知的大众；生活中你们一点一点地妥协让步，隐没在成百上千的人群中间。虽然被生活压制，但你们是不会消失，不会没有影响的；毕竟在你们身后，也许会有像你们这样的六个、十二个，等等等等。直到有一天像你们一样有知识、有教养的人士成为这城里的大多数。想想两百年、三百年后，那世上的生活将变得

维尔希宁　难以想象的美好和惊人啊。人需要这种文雅的生活，如果目前它还没来，那我们可以预先感觉、幻想、准备去追求，为了这生活，人要比他们的祖父辈见多识广才对。（笑）而您还抱怨学会了太多没用呢！

玛莎　（摘了帽子）我留下吃早饭了。

伊林娜　（叹口气）的确，所有这些话本应该记录……

[安德烈不在场上，趁人不注意时溜走了。

图森巴赫　您说多少年后世上的生活会变得美好、惊人。这是真话。不过为了现在就参与这个生活，哪怕远远地和它靠上边儿，我们应该为之做出准备、应该工作……

维尔希宁　（站起来）对！不过您们家的花儿真多！（端详）房间布置得雅致温馨，羡慕啊！我一辈子晃悠的家里只能放着两把椅子、一个沙发、一个火炉了，炉子还总灭火、冒烟。我家缺少的正是这些花儿……（不时搓手）哎！怎么好呢！

图森巴赫　对，应该工作，您大概想着：德国人容易感动、心肠软，说实话我是一个俄国人，德语甚至不会说。我的父亲是东正教徒……（停顿）

维尔希宁　（在台上走着）我常想：如果重新开始生活，有意义的生活，会怎样呢？如果说以前经历过的，正如常言所说的，是草率的、马马虎虎的生活；而另一种未来生活是干净纯正的！那么每一个人，我认为，应该尽力首先不重复从前的自己，至少要创造一种新的生活环境，让自己的房间里鲜花盛开，充满阳光……我有妻子，两个女儿，妻子身体还不太好，等等等等。哎，假如我重新开始生活，那一定不要什么婚姻……不，不要！

[身着中学教师制服的库雷根上场。

库雷根　（走近伊林娜）亲爱的妹妹，祝贺你的好日子，发自内心地

库雷根　真诚祝愿你——健康，以及和你同龄的女孩儿所应当受人祝愿的一切……并且之后给你一本书做礼物。（给她书）我编写的我们学校的五十年史。闲来无事随便写的一本拙作，但你读一读吧。早上好，先生们！（向维尔希宁）库雷根，中学教师，七等文官。（向伊林娜）在这本书里可以查到这五十年里我们学校所有毕业生的名姓。（用拉丁文）竭尽全力，以待来者。（吻玛莎）

伊林娜　可你在复活节已经送过我这样一本了。

库雷根　（笑）不可能！那样的话，还给我吧，或者最好送上校，您收着，上校，将来某个时候看看消磨时间。

维尔希宁　感谢。（打算告辞）特别愉快，认识……

奥尔加　您要走？不，不！

伊林娜　请留在我们家吃早饭！

奥尔加　求您了！

维尔希宁　（鞠躬）看来我赶上命名日了。对不起，事先不知道，没祝贺您……（和奥尔加走进大厅堂）

库雷根　先生们，今天是星期天，休息日。休息、放松、娱乐；罗马人说：按照各人的年龄、身份、地位——行乐吧。地毯冬天用，夏天藏……别忘记把波斯粉或樟脑丸撒上去……罗马人之所以健康，因为他们会劳动，也会休息，他们从前还有句格言说得好：“健全的思想寓于健全的身体。”他们的生活以著名的形式进行着，校长说：在一切生活中最重要的是——它的形式……失掉了自己的形式的事物，也行将终结——连我们一天日常生活也得有形式。（搂住玛莎的腰，笑着）玛莎爱我。我妻子爱我。窗帘也和地毯一起收藏起来吧……今天快活，心情好极了。玛莎，今天下午四点去校长家。教师和家属要去郊游。

玛莎　我不去！

库雷根　（惊慌失措）亲爱的玛莎，为什么？

玛莎　以后再说……（生气）好吧，去就去，就是别缠着我了……（走开）

库雷根　然后我们再到校长家开晚会。校长尽管自己身体有病，可仍努力首先为社会公益做事。正人君子，昨晚毕业典礼结束的时候，他对我说：

“真累啊，费多尔·伊里奇！真累啊！”（望望墙上的钟，又看看自己的表）你们的钟快了七分钟。他是说真累啊！

[舞台后面有人拉小提琴。

奥尔加　先生们，欢迎，吃早饭吧！有大馅饼！

库雷根　哎哟，我亲爱的奥尔加，我亲爱的！昨天我从一早一直工作到晚上十一点，累坏了，今天觉得自己很幸福。（离开客厅，朝大厅堂的桌子走去）亲爱的……

契布德金　（把报纸放到衣袋里，梳理着胡子）馅饼，好极了！

玛莎　（很严厉地向契布德金）您注意：今天别喝。听见吗？酗酒对您的健康有害。

契布德金　嘿！那是从前。我已经两年没喝高过了。（迫不及待地）哎，玛杜什卡，还不都一样吗！

玛莎　还是绝对不许喝酒。绝对不许。（生气，但不让他丈夫听见）见鬼，晚上又该在校长家受罪了！

图森巴赫　我是您的话就不去……很简单。

契布德金　不去，我亲爱的。

玛莎　对，不去……这该诅咒的生活，受不了了……（到大厅堂里去）

契布德金　（跟着她走）好啦！

萨廖内　（朝大厅堂里走过去）咕咕咕，咕咕咕……

图森巴赫　够了，瓦西里·瓦西里耶维奇。算啦！

萨廖内　咕咕咕，咕咕咕……

库雷根　（快活地）祝您健康！上校！我是一个教师，在这家里也不是外人，我是玛莎的丈夫……她心地善良，特别善良……

维尔希宁　我要喝下这杯忧郁的白酒……（饮酒）祝您健康！（向奥尔加）我在您家里真是好极了！……

[客厅里只有伊林娜和图森巴赫。

伊林娜　玛莎今天情绪不好。十八岁嫁人。当时她觉得这个人是世上最聪明的。现在不这么想了。这个人最善良，可不是最聪明。

奥尔加　（不耐烦地）安德烈，你到底来不来啊！

安德烈　（在舞台后面）马上！（走进大厅堂，向餐桌走去）

图森巴赫　您在想什么？

伊林娜　没什么特别的。不喜欢你们这位萨廖内，怕他。满嘴胡说八道……。

图森巴赫　一个怪人……我也可怜他，也觉得不快，可还是更可怜他。我觉得他羞涩腼腆……只有我们两人在一起时，他极聪明，极温和；可在交际场合中就是一个粗人，为一点小事儿能和人闹到去决斗。别走，让他们在桌子那边坐。让我待在您身旁。您在想什么？（停顿）您二十岁，我还不到三十，在我们前面还有多少年，好多、好多的日子啊，每一天都充满了我对您的爱情……

伊林娜　尼古拉·李沃维奇，请别对我讲爱情。

图森巴赫　（没在听）我渴望生活、奋斗、劳动，心里的这些渴望和对您的爱情结合成一体，伊林娜，偏偏您是这么美好，所以生活，我觉着，也如此美好！您在想什么呢？

伊林娜　您说：生活美好。对，可如果只是您觉着呢！我们姐妹的生

伊林娜　活哪一天美好过，它给我们沉重负担，就像杂草……流泪了。不应该……（很快擦了擦脸，微笑着）应当去工作，工作。因为我们不理解劳动的意义，所以我们成天不快乐，看生活这么黑暗。我们的生身父母都是蔑视劳动的人……

[穿着粉红色连衣裙、系着绿腰带的娜塔莎上场。

娜塔莎　那儿已经要吃早点……迟到了……（迅速瞥一眼镜子，整理自己的头发）发型还过得去……（看见伊林娜）亲爱的伊林娜·谢尔盖耶芙娜，祝贺，祝贺您！（深深的长久的一个吻）您家可来了不少客人，真不好意思……给您请安，男爵。

奥尔加　（进客厅）瞧，这就是娜塔丽亚·伊万诺芙娜，您好，亲爱的！（接吻）

娜塔莎　命名日快乐。您家这么大的交际场面，我特难为情……

奥尔加　用不着难为情，家里都是自己人。（大惊失色，低声说）您怎么系条绿腰带！亲爱的，这很不雅观！

娜塔莎　难道不吉利吗？

奥尔加　不，只是颜色配不到一块儿……不知怎么的有点儿怪……

娜塔莎　（哭腔）是吗？不过这不是绿色，这是无色。（跟着奥尔加进餐厅）

[众人在大厅堂里吃早餐。客厅一个人也没有。

库雷根　祝你，伊林娜，找到一个出色的未婚夫。你都能出嫁了。

契布德金　娜塔丽亚·伊万诺芙娜，也祝您得个好未婚夫。

库雷根　娜塔丽亚·伊万诺芙娜已经有未婚夫了。

玛莎　（用叉子敲碟子）我要喝一杯酒！哎呀，生活太美好了，今天我就豁出来喝它一杯！

库雷根　你的表现得——三减。

维尔希宁　甜酒真爽口。拿什么泡的？

萨廖内　蟑螂。

伊林娜　（哭腔）唉！唉！受不了！……

奥尔加　今天晚饭还有烤鸡、苹果甜点。感谢上帝，今天我在家一整天，晚上——也在……先生们，晚上还有客人来呢……

维尔希宁　请允许我晚上也来吧！

伊林娜　请吧。

娜塔莎　倒是不客气。

契布德金　上天就是为爱生出我们这些人的。（笑）

安德烈　（生气）别说了，先生们！烦不烦呢？

[费多吉克和路德拿着一大篮子花上场。

费多吉克　已然吃上早饭了。

路德　（高声，卷舌音发不清晰）吃上了？是的，已经吃上了……

费多吉克　等一分钟！（照相）一张！再等一下……（照第二张）两张！现在好了！（他们把花篮拿起，到大厅里走去，大厅堂里的人迎接他们，引起一阵喧哗）

路德　（高声）祝贺，祝您一切、一切都顺利！今天天气迷人，简直好极了。今天整个早上都和学生们散步来着。我在中学教体育。

费多吉克　自然一点儿，伊林娜·谢尔盖耶芙娜，可以稍微动一下！（照相）您今天好漂亮。（从衣袋里掏出一个陀螺）瞧，我说，陀螺……声音好听……

伊林娜　好可爱！

玛莎　海湾有棵绿橡树，金色链子锁橡树……金色链子锁橡树……（快要哭了）唉，怎么总念这一句呢？早上起床，这句鬼话就缠住我不放……

库雷根　这一桌坐了十三个人！

路德　（高声）先生，难道您学校里还教迷信课吗？（笑）

库雷根　如果十三个人坐一桌，那么在座的必有一对情人。是您不是，伊万·罗曼内奇？恐怕……（笑）

契布德金　我是一个脸皮厚的老光棍儿了，娜塔丽亚·伊万诺芙娜为什么脸红，绝对搞不明白了。

[众人大笑。娜塔莎从餐厅跑进客厅里，安德烈跟在她后面。

安德烈　够了，别在意！等一等！……站住，我请您……

娜塔莎　没脸在这里待了……天晓得冲动起来会做什么，成了他们解闷的了。跑出来我知道没礼貌，但受不了……我受不了……（以手掩面）

安德烈　亲爱的，请您，求您别激动。我保证他们只是开玩笑，好心要促成咱们嘛。亲爱的，我的好人儿，他们善良真诚，爱我也爱你。到窗户这里来，他们看不到……（四下环顾）

娜塔莎　我本来就不会交际！……

安德烈　噢，青春，奇妙美好的青春！亲爱的，我的好人儿，不要这么冲动！……相信我，相信……我觉得如此好受，心里充满爱情……他们看不见我们，看不见！为什么我这么爱您，恋爱中的人什么事都不明白了。我亲爱的，我的好人儿，纯洁的人儿，做我妻子吧！我爱您，爱您……没有任何人在任何时候能像我这样爱您……（两人接吻）

[两个军官上场，看到接吻的情侣，惊呆了。

[幕落。

第二幕

[晚上八点。舞台后面的街上依稀传来手风琴演奏声。没点灯。穿着睡衣的娜塔丽亚·伊万诺芙娜手持蜡烛上场；她走着，在通向安德烈的房间门口停下。

娜塔莎　安德留沙，你在干什么？看书？没事儿，只来看看……（走到在另一间屋门口，打开门，往里张望，把门关上）点灯了没有……

安德烈　（手拿着书进来）什么事，娜塔莎？

娜塔莎　我在看点灯了没有……眼下正值谢肉节，女仆不是自家人，你得四处巡视，别出事。昨天半夜我从饭厅过，那里还点着蜡烛。谁点的，就是搞不清楚。（放下蜡烛）几点了？

安德烈　（看一眼钟）八点一刻。

娜塔莎　奥尔加和伊林娜到现在还没回来。没下班。都在劳动呢，倒霉的人们。奥尔加开教务会，伊林娜在电报局……（叹气）今天早上我和你小妹妹说："得保重自己，伊林娜，亲爱的。"她不听。你说，八点一刻了吗？我怕我们的宝贝生病了。他怎么这么冰凉呢？昨天他发热，今天又浑身冰凉……我吓得什么似的！

安德烈　没事儿，娜塔莎，孩子很健康。

娜塔莎　还是叫他吃清淡点儿。我害怕。听说今天九点跳舞的人要来咱家，最好别让他们来，安德留沙。

安德烈　真不知道。已经叫了人家。

娜塔莎　今天早上孩子醒了，看见我忽然微笑了一下；就是说，他都认识我了。我说："宝宝，早上好！早上好，亲爱的！"他就笑。小孩子都明白，明白得很。这么着，安德留沙，我告诉说不要接待那些穿化装衣服的人。

安德烈　（犹豫不决）这得看妹妹们。她们才是家里的主人。

娜塔莎　她们也是主人，我去跟她们说。她们人好……（走着）晚饭我吩咐备了酸奶。医生说你就喝酸奶，不然没法儿减肥。（站着）孩子身体凉，他大概在房间里觉得冷。可我还想给他换一间屋，哪怕就是在天暖和起来之前呢。像伊林娜的房间就适合宝宝住，干燥，全天都见阳光。该和她说，先和奥尔加一起住……反正她整天不着家的，就夜里睡个觉……（停顿）你不说句话？

安德烈　想个事……反正我没话说……

娜塔莎　是的……可我要和你说什么来着……啊，对了，参议会的费拉波特来了，请求见你。

安德烈　（打哈欠）叫他来吧。

[娜塔莎下场；安德烈趴在她忘记拿走的蜡烛下看书；费拉波特上场，穿着破旧大衣，领子立起来围着双耳。

你好，我的手下，有何公干？

费拉波特　会长让我给您送一本书和一份什么文件。这不是……（给书和纸包）

安德烈　谢谢。好。可你怎么不早点儿来？已经八点多了。

费拉波特　啥？

安德烈　（高声些）说你来晚了，已经八点多了。

费拉波特　可不是。我到您这里天还亮着，可所有人都不让我进。说老爷忙。那么，没法子。您忙您的好了，反正我也不着急上哪儿。（以为安德烈在问他什么问题）啥？

安德烈　没什么。（细看那本书）明天星期五，不办公，但我还要去……上班。家里闷……（停顿）亲爱的老爷子，奇怪的变化，生活真骗人！今天因为郁闷，没事可干，拿起了这本——大学的旧讲义，我觉得好笑……我的天，我是参议会的秘书，普拉多波波夫当会长的参议会，我是秘书，能指望的顶多是——当上参议会的会员！夜夜里梦见能成为莫斯科大学的教授，一个学者，替俄国增光——可我却要当地方参议会的会员！

费拉波特　听不清楚……耳朵聋得很。

安德烈　您耳朵好使的话，兴许我还就不和您说了。得和谁聊聊，妻子不理解我，妹妹们呢，不知为什么我有点怕她们，怕她们取笑，怕她们让我羞愧得找地缝钻进去……我不喝酒，不爱泡小饭馆，可如果我现在能够在莫斯科的豪华大饭店里坐一坐，那该是多大的享受啊，亲爱的。

费拉波特　莫斯科，前几天在参议会，有一个承包人说几个商人吃烧饼，有一位吃了四十个，好像撑死了。不是四十个，就是五十个。记不清了。

安德烈　莫斯科，坐在那高大宽敞的饭店大堂里面，你不认识谁，谁也不认识你，可你不觉得自己是异乡人。在这里，你和所有人都认识，所有人都认识你，可你是异乡、异乡……异乡的、孤独的人。

费拉波特　您说啥？（停顿）还是那个承包人说——也许他在撒谎呢——好像要把整个莫斯科用大粗绳子横着隔开。

安德烈　为什么？

费拉波特　我哪儿知道。这是那承包人说的。

安德烈　胡扯。（看着书）你从前去过莫斯科吗？

费拉波特　（几番停顿之后）没去过。老天爷没让我去。（停顿）可以走了吗？

安德烈　可以走了，祝你健康。（费拉波特下）祝你健康。（读书）明天早上你还来，把文件拿走……走吧……（停顿）他走了。（铃声）是啊，我得做事儿了……（伸懒腰，慢慢地走回自己房里）

[在舞台后面，奶妈在唱催眠曲，摇孩子入眠。玛莎和维尔希宁上场。在他们后来谈话的时候，一个女仆点上灯和几只蜡烛。

玛莎　不知道。（停顿）不知道。反正习惯成自然。比如父亲去世后我们没有勤务兵，好长时间我们适应不了，别扭。可不仅仅是习惯的原因，我觉得，是我的正义感得不到满足。可能，也许别的地方也不这样，在我们这小城里，最正派、最高尚、最有教养的就数军人了。

维尔希宁　我想喝点什么。喝茶吧。

玛莎　（看过一眼钟）马上就送上来了。我十八岁出嫁，敬畏丈夫，因为他是教师，我刚修完中学课程。那时觉得他真太有学问、聪明、职位那么高。可惜现在满不是那么回事。

维尔希宁　不错……是的。

玛莎　不说我丈夫了，已经习惯他了。可在文官里确实有许多愚蠢、不礼貌、没教养的人。他们说的蠢话、干的蠢事刺激我，伤我的自尊心，见到不体贴、不温柔、不讲礼貌的人我就感到痛苦。当我在那些教师——我丈夫的同事们中间时，我简直就是痛苦。

维尔希宁　就算是吧……但我觉得，那些无聊的官员也好，至少在这座小城里唯一有趣的军人们也好，反正一样，反正都一样！如果您要听听本地知识分子发的怨言——不管是文官还是军人，那都是为妻子受折磨，为房子受折磨，为财产受折磨，为车马受折磨……上等的俄罗斯人本来都有很高尚的思想意识的，但是请问，为什么他们在生活里得到的如此不堪？为什么？

玛莎　为什么？

维尔希宁　为什么他为儿女受折磨，为妻子受折磨？为什么儿女妻子为他而受折磨？

玛莎　您今天心情很糟。

维尔希宁　也许。今天没吃午饭，从早起就一点儿东西没吃。女儿生了点儿小病，每次女儿们生病，我就特别焦虑，她们的妈是那个样子，我的良心都难受。唉哟，您要是今天看到她！什么叫毫无价值的人。早上七点，我们开始吵架，九点我摔门离开家。（停顿）我从来没对人说过这话，奇怪，我只和您一个人抱怨过。（吻她的双手）别生我的气。除了您一人，我什么人都没有，没有……（停顿）

玛莎　炉子里发出那么大声响。我们父亲临终的时候，就是和现在一样，烟囱里发出不祥的声响。

维尔希宁　您相信命运吗？

玛莎　是的。

维尔希宁　真奇怪。（吻她的双手）您多么了不起，女神一样。了不起的女神！这里黑，但我看到您眼里有光。

玛莎　（坐到另一张椅子上）这儿亮一点儿……

维尔希宁　我爱您，爱您，爱您……爱您的一双眼睛，您的一举一动都在我梦里……特别好的女子，我的女神啊！

玛莎　（轻轻地笑着）您说这话，我忍不住笑，其实我害怕。别再说了，求您。（低声）嗨，您说，我没关系。（以手掩面）我没关系。不过有人来了，您说别的吧……

[伊林娜和图森巴赫穿过大厅堂上场。

图森巴赫　我的姓氏由三部分组成。图森巴赫——科洛尼——亚特夏乌艾尔男爵，但我是俄国人，像您一样的东正教徒。德国气质大概只剩下能忍耐和固执了，所以我让您厌烦。天天晚上送您。

伊林娜　好累啊！

图森巴赫　可我还会天天送您去电报局，再送您回家，十年——二十年，直到有一天您撵我……（看见玛莎和维尔希宁，高兴地）你们在这儿？你们好。

伊林娜　总算到家了。（向玛莎）刚才有个女人来了，在电报局给她在萨拉托夫的兄弟拍一份电报，她儿子今天死了，怎么也想不起地址来。所以就往萨拉托夫拍了一封没有地址的电报。哭得什么似的。我呢，无缘无故地对她来了一句粗话："告诉您，我没工夫。"真蠢！今天晚上那些穿化装服的人来吗？

玛莎　是的。

伊林娜　（坐在圈椅里）休息一会儿，累了。

图森巴赫　（笑容满面）您上班回来的时候，我觉得您还这么年少，可怜……（停顿）

伊林娜　累了。不，我不喜欢电报局。不爱那个地方。

玛莎　你瘦了……（用口哨吹曲调）变年轻了，看你的脸都和男孩子一样了。

图森巴赫　发型的原因。

伊林娜　该找找其他的职位，这个不适合我。我要的、幻想的——这

伊林娜　里都没有。没有诗意、没有意义的工作。（有敲地板的声音）这是军医在敲地板呢。（向图森巴赫）亲爱的，您敲敲地板吧，我没劲儿，累了……

[图森巴赫敲地板。

他马上就来。应当采取措施才好。昨天军医和我们的安德烈在俱乐部又输钱了。据说安德烈输了二百卢布。

玛莎　（漠然）那现在又有什么办法！

伊林娜　两星期前输过一次，十二月输过一次。很快他就要把一切都输光了。也许，我们就能离开这个城市。我的天啊，了不得，我每夜梦见莫斯科，完全疯了似的。（笑）六月我们会搬过去，可离六月还有……二、三、四、五月，差不多半年呢！

玛莎　不能让娜塔莎知道输钱的事儿。

[契布德金刚刚从床上起来——他有睡午觉的习惯——来到大厅里，梳理着胡子，坐在桌旁，从衣袋里掏出一张报纸。

来了……房租交了没有？

伊林娜　（笑）没有。八个月了，一分没交过。没准儿忘了。

玛莎　（笑）瞧他正襟危坐的样儿！

[大家都笑了起来；停顿。

伊林娜　怎么您不说句话啊，亚里山大·伊格纳季耶维奇？

维尔希宁　不知道。就想喝茶，一杯茶让我苦等半辈子！从早起到现在还什么都没吃呢……

契布德金　伊林娜·谢尔盖耶芙娜！

伊林娜　有事？

契布德金　请到这儿来。（用法语）到这里来。（伊林娜走过去在桌旁坐下）我没您不行啊。

[伊林娜摆牌阵。

维尔希宁　那茶不给喝，让我们高谈阔论，抽象地议论一番吧。

图森巴赫　“高谈阔论”吧。关于什么？

维尔希宁　关于什么？幻想一下……比如我们死后，再过二三百年，生活会是个什么样子。

图森巴赫　什么样？以后人都会坐着汽球在天上飞，服装样式也改变了，人的第六感觉也许被发现了，并且发达了，但生活还一样艰辛，一样充满了神秘与幸福。再过一千年，人还会这样唉声叹气：“唉，活着真沉重啊！”到那时也还和现在一样，怕衰老，不愿死。

维尔希宁　（想了一会儿）怎么跟您说呢？我觉得，世上的一切都要渐渐地改变，甚至这些改变已经被我们亲眼看见了。再过二百年、三百年，以至一千年后——不在时间长短——幸福的新生活反正就来了。当然，享受和参与这生活我们赶不上。可我们现在就来为它而活着，为它工作，嗯，为它受苦，也就是在创造它了。——只有这才是我们生存的唯一目的，也就是我们的幸福。

［玛莎轻轻地笑着。

图森巴赫　您怎么了？

玛莎　不知道。今天我从一早就爱笑。

维尔希宁　和您一样，我在同一所士官中学毕业，没上大学；看书不少，可不会选择，也许全是无用闲书，但年纪越大，想知道的事越多。头白了，差不多可以说是老头了，可知道的太少！唉，太少。可我还觉得，最主要和最真实的我已经知道得清清楚楚。我多么想向您证明：我们的幸福现在没有，不可能有，将来也不会在前头等我们……我们只是该工作、工作，至于幸福嘛——后代子孙们才能分享。（停顿）幸福不属于我，那么会属于我的后代子孙们。

[费多吉克和路德出现在大厅堂里，他们坐下，弹着吉他低声唱。

图森巴赫　依您说，幸福连想都不用想了！可如果我幸福呢？

维尔希宁　不可能。

图森巴赫　（两手一拍，笑着）显然，我们彼此不了解。嗯，我怎么说服您呢？

[玛莎低声笑着。

（用手指着她）笑吧！（对维尔希宁）别说两三百年，就是再过一百万年以后，那生活还得跟原先一样，不会变，保持常态，依照的法则与我们无关，至少我们永远不可能知道。迁徙的鸟儿，比如仙鹤吧，一直不停地飞着。不管在它们脑子转的念头是崇高或渺小，反正它们要飞，不知道为什么飞，也不知飞向哪里。他们就是要去飞，并且将来仍旧要飞；不管在它们中间产生什么样的哲学家，随便它们发什么议论，只要飞就是了……

玛莎　可意义在哪儿呢？

图森巴赫　意义……现在下着雪。这有什么意义？（停顿）

玛莎　我觉得，人应该有信仰，或者说应该寻找信仰，不然他的生活一片空虚、空虚……活着却不知道仙鹤为什么飞，孩子为什么出生，星星为什么在天空闪烁……要么知道人为什么活，要么一切原本无意义、根本无所谓的。（停顿）

维尔希宁　可惜青春过去了……

玛莎　果戈理有句话：活在这世上真无聊，先生们！

图森巴赫　我要说：和你们争论真无聊。你们完全是……。

契布德金　（读报）“巴尔扎克在别尔季奇沃结婚了。”

[伊林娜轻声唱一段音调。

为自己记到本本里。（记录）“巴尔扎克在别尔季奇沃结婚

契布德金　了。”（读报）

伊林娜　（摆纸牌阵，若有所思）“巴尔扎克在别尔季奇沃结婚了。”

图森巴赫　命运已经注定。玛丽亚·谢尔盖耶芙娜，您知道我提出退伍申请了。

玛莎　听说了。我看不好。不喜欢文官。

图森巴赫　一样……（站起身）我又不英武，从军干什么？嗯，但也没关系，顺便说一句……我要去工作了。哪怕在我生活里做一天的工呢，晚上回家，筋疲力尽地倒在床上，马上就睡着了。（走向大厅堂）工人应该睡得很香甜！

费多吉克　（向伊林娜）刚才在莫斯科街给您买了彩色铅笔和铅笔刀……

伊林娜　您总习惯把我当小孩儿。可我已经长大了……（拿铅笔和铅笔刀，高兴地）好可爱啊！

费多吉克　我给自己买的是小刀……您看……一把，还有一把，第三把，掏耳朵的，小剪刀，是修脚的……，

路德　（高声）军医，您多大了？

契布德金　问我？三十二。（笑声）

费多吉克　马上给您另算一卦……（摆牌阵）

[一只茶炊被抬进来；安菲莎在茶炊旁边站着；稍后娜塔莎上场，她也在桌子旁边忙来忙去；萨廖内上场，和大家问好，在桌边坐下。

维尔希宁　这里的风真是大啊！

玛莎　可不是，我厌烦冬天了。已经记不得夏天是个什么样。

伊林娜　成了，我看到了！我们要去莫斯科。

费多吉克　不，成不了。瞧见没有，黑桃八在黑桃二后面！（笑）这就是说，你们不会去莫斯科。

契布德金　（读报）齐齐哈尔天花流行。

安菲莎　（走近玛莎）玛莎，喝茶吧，玛杜什卡。（向维尔希宁）请吧，先生……对不起，我的大人……忘了您的名字、还有父称……

玛莎　拿到这里来吧，奶奶，我不过去了。

伊林娜　奶奶！

安菲莎　来——！

娜塔莎　（向萨廖内）吃奶的孩子都能听大人说话。我说："你好啊，宝贝，你好啊，乖乖！"他用很特别的眼神看我一眼。您觉得我是母亲才这样说，不是，不是，我能让您相信！真不是一般的孩子！

萨廖内　这孩子要是我的，就把他下锅煮着吃了。（端着茶杯到客厅，在墙角里坐下）

娜塔莎　（以手掩面）没教养的野人！

玛莎　是冬是夏，对此浑然不觉的人就是幸福的。如果在莫斯科，那么哪种气候对我都一样。

维尔希宁　前几天读了一个法国部长的狱中日记。他因官商勾结的大案子而获罪。谈到透过监狱窗子看到的几只飞鸟时，是带着何等的着迷和狂喜啊，这几只小鸟，他从前当部长时没在意过。自然现在把他释放，他还和从前一样不去在意，您将来住莫斯科，也就不会在意莫斯科。我们没有幸福，而且将来也不会有，我们只不过希望着它罢了。

图森巴赫　（从桌子拿起一只盒子）糖在哪儿？

伊林娜　萨廖内吃了。

图森巴赫　全给吃了？

安菲莎　（端茶）您的信，我的爷。

维尔希宁　我的？（拿信）女儿写的。（阅读）对，当然……玛丽亚·谢

维尔希宁　尔盖耶芙娜，对不起，得悄悄走了，茶不喝了。（激动地站起）永远是这样……

玛莎　怎么回事？是秘密吗？

维尔希宁　（小声）我妻子又服毒自杀了。得走了。悄悄走掉。这一切真让人受不了。（吻玛莎的手）亲爱的，美好的女人啊……我悄悄走过去……（下）

安菲莎　他去哪儿了？我给他拿了茶……这人怎么这个样儿。

玛莎　（生气）我躲开你……（端着茶杯走开）唠叨个没完，你让我们烦死了，老太婆。

安菲莎　怎么生气了？亲爱的！

[安德烈的声音：安菲莎！

（戏弄地）安菲莎！他在那边坐着……（下）

玛莎　（在大厅堂里桌边，生气地）让我坐下！（把牌阵搅乱）别坐着打牌了！喝茶！

伊林娜　玛莎，你真凶。

玛莎　我凶，别和我说话。别招惹我！

契布德金　（笑着）别招惹她……

玛莎　您六十了，可您说的不过是些鬼才明白的废话。

娜塔莎　（叹气）亲爱的玛莎，为什么在谈话中用这些粗俗的语句呢？凭你美丽的外表，在文明的社交场合，直说吧，要是你不说这些话，你可以说是迷人。（用法语）请原谅，玛丽亚，但您的举止有点儿粗鲁。

图森巴赫　（忍着笑）给我……给我……白兰地酒，大概在那儿。

娜塔莎　（用法语）他今天不舒服。我去看看，失陪……（下场）

伊琳娜　亚里山大·伊格纳耶维奇去哪里了？

玛莎　他回家了。他和夫人又闹出不寻常的故事来了。

图森巴赫　（手持盛着白兰地的细长颈小玻璃瓶，向萨廖内走去）您总

图森巴赫　一个人坐着想心事——不知您想什么？来，咱们和解了吧。喝点儿白兰地吧。（两人喝酒）今天我得通宵弹琴呢，大概是乱弹……由它去！

萨廖内　和解从何说起，我们又没吵架。

图森巴赫　您给我感觉好像我们之间发生了什么事情。您性格古怪。您得承认。

萨廖内　（朗诵）"说我怪，谁又不怪！别生气，阿列克！"

图森巴赫　和阿列克有什么关系……（停顿）

萨廖内　当我和一个人在一起，还可以，我和大家都一样。可在交际时就不自在、害羞……并且胡言乱语。其实我还是比许多、许多的人都诚实、高尚。我可以证明这一点。

图森巴赫　我常生您的气，我们两人出来交际时，您总挑我的毛病，但您总让我觉得挺可爱的，也不知为什么。由它去，今天我要喝个大醉。喝酒吧！

萨廖内　喝酒吧。（两人喝酒）男爵，无论何时我都并不反对您。只是我有莱蒙托夫性格。（轻声）有人还说……我甚至长得都像莱蒙托夫呢……（从衣袋里掏出一瓶香水，往手上洒）

图森巴赫　我打退伍报告了。够了！整整打算了五年，现在终于决定了。我要去工作。

萨廖内　（朗诵）别生气，阿列克……忘掉、忘掉自己的幻想吧……

[他们说话的时候，安德烈拿着书从房里走出来，悄悄进来，走过去，紧靠一只蜡烛坐下。

图森巴赫　我要去工作。

契布德金　（和伊林娜走向客厅）今天的饭也是真正的高加索做法：葱汤，而烤菜呢，叫作"切哈尔特玛"，一种肉食。

萨廖内　"切列木沙"，根本不是肉，是一种植物，有点儿像咱们这里的葱。

契布德金　不对，我亲爱的朋友。“契哈尔特玛”——不是葱，是烤羊肉。

萨廖内　我说的是，切列木沙——是葱。

契布德金　可我说的是：契哈尔特玛——是羊肉。

萨廖内　我说的是：契列木沙——是葱。

契布德金　跟您争辩什么呢？您从来没到过高加索，从来没吃过切哈尔特玛。

萨廖内　没吃过，因为我现在受不了它的味道。切列木沙有蒜味儿。

安德烈　（祈求地）够了，先生们！算我求你们了！

图森巴赫　穿化装服的人什么时候来？

安德烈　答应是九点；马上就要来了。

图森巴赫　（拥抱安德烈）　“啊，你这穿堂，我的穿堂，我的新穿堂……”

安德烈　（跳着舞，唱着）“新的枫木穿堂……”

契布德金　（跳着舞）“带花格子的穿堂！”（笑声）

图森巴赫　（亲吻安德烈）见鬼去吧，我们喝酒。安德留沙，为友谊干杯。咱们改称呼吧。改为“我”和“你”，安德留沙，咱们都去莫斯科上大学吧。

萨廖内　哪一所大学？莫斯科可有两所大学呢。

安德烈　莫斯科就一所大学。

萨廖内　我跟您说——两所。

安德烈　三所也行啊。更好。

萨廖内　莫斯科就两所大学！（不满地嘟囔并做嘘嘘声）莫斯科两所大学：一新一旧。你们不想听，嫌我说话冒犯了你们，那我可以不说。我都可以去另一间屋……（走进一个门内）

图森巴赫　好啊！好啊！（笑着）先生们，开始吧，我坐下来弹琴！这位萨廖内真够可笑的……（坐在钢琴前，弹着华尔兹舞曲）

玛莎　（独自跳着华尔兹）男爵醉了！男爵醉了！男爵醉了！

[娜塔莎上场。

娜塔莎　（向契布德金）伊万·罗曼诺维奇！（向契布德金耳语了一下，然后静悄悄地出去，契布德金在图森巴赫肩上拍了一下，向他耳语）

伊林娜　怎么了？

契布德金　我们该走了。祝您健康。

图森巴赫　晚安。该走了。

伊林娜　请问，穿化装服的人来了怎么办？

安德烈　（局促）家里不能来穿化装服的人。看到没有，亲爱的，娜塔莎说宝贝不太舒服，因为……一句话，我不知道，我完全无所谓。

伊林娜　（耸肩）宝宝不舒服！

玛莎　人家赶，咱们就走。（对伊林娜）不是宝宝有病，是她自己……这里的病！（用手指点额头）小市民！

[安德烈从右门走回自己房间了，契布德金在他后面跟着；在大厅堂里大家互相道别。

费多吉克　多遗憾！宝宝不生病的话，指望在这里度过一个良宵，那么，当然，我明天给他带玩具来……

路德　（高声）今天午觉算白睡了，以为跳一夜的舞呢。可现在刚九点！

玛莎　走到街上再说该怎么办吧。

[可听见“再见！”、“祝您健康！”等话语，可听见图森巴赫愉快的笑声。大家都走了。安菲莎收拾桌子，熄灭蜡烛。可以听见奶妈的催眠曲。安德烈穿着大衣、戴着帽子和契布德金悄悄地上场。

契布德金　我没来得及结婚，因为我的生活像闪电，一闪而过；再说也

契布德金　因为你母亲，我深爱她，可她已结婚……

安德烈　结什么婚。没必要、乏味。

契布德金　对，可是寂寞呀。不管你怎么说，寂寞可怕，亲爱的……虽然在本质上……当然了，反正一切都一样！

安德烈　快点儿走。

契布德金　急什么？赶得上。

安德烈　我怕我妻子阻止。

契布德金　啊！

安德烈　今天不玩了，只坐一边看一会儿。身体不舒服……伊万·罗曼诺维奇，您说，我这气喘有法儿治吗？

契布德金　问我！忘了，亲爱的……不知道……

安德烈　我们从厨房走。（下场）

[门铃响，又是一声；听见喧哗声、笑声。

伊林娜　（上）什么声音？

安菲莎　（小声）那些穿化装衣服的人。（门铃声）

伊林娜　奶妈，你和他们说，房里一个人也没有。和他们道个歉吧。

[安菲莎下场；伊林娜沉思着在房间里走来走去，她很激动；萨廖内上场。

萨廖内　（困惑地）一个人也没有……大家在哪儿呢？

伊林娜　他们回家了。

萨廖内　怪事。现在这里就您一个？

伊林娜　一个。（停顿）再见。

萨廖内　我刚才的举动不够有涵养、有分寸。可您和所有人不同，您高尚、纯洁，您看得出真理在哪里。了解我的只有您一个人。我爱您，深深地、无边地爱您……

伊林娜　再见！请您离开。

萨廖内　没您我活不下去。（跟在她身后）啊，我的快乐！（噙着

萨廖内　泪）啊，幸福！啊，秀美的、奇妙的、了不起的一双眼睛，我从来没见过哪个女人长这么好的眼睛……

伊林娜　（冷淡地）别再说了，瓦西里·瓦西里耶维奇！

萨廖内　头一次向您表白爱情，好像我不在地球上，在别的星球上似的。（用手擦了一下上额）嗯，反正都一样。当然不能去勉强别人喜欢……只是我不应该有幸福的情敌……不应该……当着所有的圣徒发誓，我要杀死我的情敌……啊，真美！

［娜塔莎拿着蜡烛上场。

娜塔莎　（打开一扇门，向内张望，又打开另一扇，探探头，走到她丈夫的门前）安德烈在里面呢，让他看书吧。请原谅，瓦西里·瓦西里耶维奇，我不知道您在这里，所以才穿着睡衣……

萨廖内　随您便。别了！（下场）

娜塔莎　你累了，亲爱的，可怜的女孩儿！（吻伊林娜）你应该早睡。

伊林娜　小孩子睡了吗？

娜塔莎　睡了。可睡不实。真凑巧，亲爱的，一直打算和你说，你老不在家，没机会……我想现在孩子睡的儿童房太冷太潮湿。你的屋子又特适合小孩住。亲爱的，你先临时搬到奥丽亚那边吧。

伊林娜　（没明白）什么地方？

［听得见一辆三套马车行驶的声音，车铃响着驶到窗户跟前。

娜塔莎　请你先和奥丽亚住一个房间，临时的，你的给小孩子住。他真是一个可爱的小婴儿啊，今天我跟他说："小宝贝，你是我的！我的！"他就用那小眼睛瞧我。（门铃声）大概是奥尔加，这么晚才回来。

［女仆走到娜塔莎跟前，向她耳语。

普拉多波波夫？这人奇怪！普拉多波波夫来了，约我跟他一起坐马车逛逛。（笑）男人都怪……（门铃声）有人来了。要是只出去逛一刻钟呢……（向女仆）告诉他，我就来了。（门铃

娜塔莎　声）铃响……该是奥尔加。（下场）

[女仆跑下；伊林娜坐着，若有所思；库雷根、奥尔加上场，后面是维尔希宁。

库雷根　真没想到！都说家里要来穿化装服的人呀。

维尔希宁　怪了，我刚刚才走，半小时前，都还等着那些穿化装服的人呢……

伊林娜　大家都走了。

库雷根　那玛莎也走了吗？到哪儿去了？为什么普拉多波波夫在楼下坐着三套马车等人？他在等谁？

伊林娜　别问……我累。

库雷根　好吧，任性的小丫头……

奥尔加　教务会刚结束。真让我苦恼。女校长病了，我得暂时代理她的职务。啊，我的头，头疼，头……（坐下）安德烈晚上打牌输掉了两百卢 布……全城都在议论这件事……

库雷根　对，我开教务会也累。（坐下）

维尔希宁　我太太刚刚忽然想吓我一下，差一点服毒。现在没事了，我也高兴了，得歇一歇……那么又得走啦？也好，我和你们告别吧。费多尔·伊里奇，咱们一起到哪里去吧！我可不能待在家里，绝对不能……咱们走吧！

库雷根　累了。我哪儿也不去。（站起来）累了。我夫人回家了？

伊林娜　应该是吧。

库雷根　（吻伊林娜的手）别了！明天和后天都全天休息。再见！（往外走）我真想喝杯茶。本来想着在愉快的交际场里消磨一个晚上……（用拉丁语）骗人的希望啊！第四格加惊叹词！

维尔希宁　那我得一个人走了。（轻声打着口哨，和库雷根一起下场）

奥尔加　头疼……安德烈输了钱，满城风言风语的……要去躺一下。

奥尔加　（走着）明天就清闲了……啊，我的天！明天没课，后天也是……头疼，我的头……（下场）

伊林娜　（独自一人）大家都走了。一个人也不在。

[奶妈唱着催眠曲。

娜塔莎　（穿着皮衣，戴着帽子，从大厅堂走过；女仆在后面跟随）过半小时我就回家了。就出去逛一会儿。（下场）

伊林娜　（剩下她一个人，牵肠挂肚地）去莫斯科！去莫斯科！去莫斯科！

[幕落。

第三幕

[奥尔加和伊林娜的房间。左边和右边都是床，都用屏风围住。夜里两点。舞台后面响着失火的警报，已经起火很久了。可以看出整栋房里的人们都还没睡。玛莎躺在沙发上，像往常一样穿着黑裙。奥尔加和安菲莎上场。

安菲莎　都在楼梯下面坐着呢……我说："请上来，我说，可以的。"——她们直哭。"爸爸，她们说，不知道他到哪儿去了。上帝保佑，她们说，可别给烧死了。"真想得出来！院子里还有些人……也是连外衣都没穿。

奥尔加　（从柜子里取出连衣裙）把这件灰的拿着……还有这件……这件短衫也拿着……还有这条短裙，奶妈……这是怎么回事，天啊！季尔萨诺夫斯基街大概全烧了……这件拿走……这件也拿走（把一件连衣裙向她手里抛过去）可怜的维尔希宁一家吓坏了……他们的房子就差一点。让他们在我们家住一夜吧，别让他们回去了……可怜的费多吉克的家全烧了，什么都不剩……

安菲莎　该把费拉波特也叫上来，奥留什卡，不然我拿不动……

奥尔加　（按铃）叫不通……（到门口去）谁在那里，请到这里来！（从那扇开着的门里看得见窗上映的一片通红的火光；传来消

奥尔加　防队员们从房子旁边经过的声音）真可怕。真烦人啊！

[费拉波特上场。

把这些东西拿下去……卡罗季林家的小姐们在楼梯下面等着呢……把这些都给她们……还有这个……

费拉波特　遵命。一八一二年，莫斯科也起了大火，我的天啊！法国人吃了一惊。

奥尔加　走吧，走吧……

费拉波特　遵命。（下）

奥尔加　奶妈，亲爱的，全都给他们，我们什么也不要了，全都给他们吧，奶妈，我累了，都快站不住了……不能让维尔希宁一家回家去……小姑娘们可以在客厅里睡……亚里山大·伊格纳季耶维奇到楼下男爵那里去睡……费多吉克也到男爵那里，或者到我们的大厅堂……军医偏偏今天喝醉了，醉得厉害，他那间屋子今天没法安顿人。还有，把维尔希宁夫人也请到客厅里休息吧。

安菲莎　（疲乏地）亲爱的奥留什卡，你别赶我走！别赶！

奥尔加　你在说蠢话，奶妈。没有人要赶你走。

安菲莎　（把头靠在她胸前）我的亲人，我的金子般的……我劳动，我做活……等到不中用了……所有人都对我说："走开吧！"可我到什么地方去？什么地方去？八十岁了。我八十一岁了……

奥尔加　您坐一会儿，奶妈……您累了，可怜……（让她坐下）歇一会儿吧，我的好奶妈。您的脸惨白！

[娜塔莎上场。

娜塔莎　大家都说要赶快组织社会救济遭火灾的人。怎么呢？想法儿不错。本来就应当赶快帮助穷人，这是富人的责任，小宝贝和苏菲契卡在自己的屋里睡着，好像什么事都没发生似的。

娜塔莎　家里到处是外人，不管你走到哪儿，房子里挤得满满的。现在城里正闹流感，我怕把我的孩子们给传染了。

奥尔加　（没有听她说话）在这间屋里是看不到火光的。这里静得很……

娜塔莎　是的……我大概是披头散发的。（在镜子前）人家都说我胖了……没有！一点儿也没有！玛莎睡着了，又累又乏，可怜……（对安菲莎，冰冷地）在我面前还敢坐着！站起来！滚出去！（安菲莎下，停顿）为什么你们要养着这老太婆，我不懂！

奥尔加　（慌了神）对不起，我也不懂……

娜塔莎　她在那儿白吃饭。她一个农妇，该到乡下住着去……还要把她供奉起来吗！我喜欢家里有规矩！家里不应该有多余的人。（抚摸她的脸颊）你呀，可怜的，还不够累吗！咱们的校长够累了！等我的索菲契卡长大，要上学的时候，我就要怕你了。

奥尔加　我当不了校长。

娜塔莎　选的就是你，奥丽契卡。这是定了的事。

奥尔加　我拒绝。我不能……这是我力不能及的……（喝水）你刚刚对奶妈的态度太粗暴了……请原谅，我不能忍受……眼前直发黑……

娜塔莎　（激动）请原谅，奥丽亚，请原谅……我没想让你不痛快。

[玛莎站起来，拿着枕头下场，怒形于色。

奥尔加　要明白，亲爱的……我们受过教育，可能，这有点儿奇怪，但我受不了这个。这种紧张的人际关系压迫着我……病了似的，我喘不上气！

娜塔莎　请原谅，请原谅……（吻她）

奥尔加　所有的甚至极小的蠢事、粗话都会让我激动……

娜塔莎　我经常说一些不该说的话，这倒是，但你得同意，亲爱的，她可

娜塔莎 以住乡下的。

奥尔加 她在我们家已经三十年了。

娜塔莎 但要知道现在她不能干活！要么我不懂，要么你不想理解我。她丧失了劳动的能力，只能睡觉或者坐着。

奥尔加 那就让她坐着好了。

娜塔莎 （震惊）什么叫就让她坐着？她可是一个佣人。（噙着泪）你让我不能理解，奥丽亚，我们现在有保姆，有奶妈，有女工，有厨师……为什么我们还需要这个老太婆？为什么？

[舞台后面响起警报声。

奥尔加 这一夜我老了有十岁。

娜塔莎 我们得把话说明白了，奥丽亚。你——在学校，我——在家；你有事业，我有家务。如果我说佣人的事，我知道，我——在——说——什——么……明天这个老贼、老东西……（跺脚）这个老巫婆就离开这里！她敢惹我生气！她敢！（忽然想起来了）真的，如果你不搬到楼下住，那我们总有的吵。这太可怕。

[库雷根上场。

库雷根 玛莎在哪儿？她该回家了。据说火被扑灭了。（伸懒腰）只烧掉一个街区，因为开始有风助火势，我开始还以为会把全城都烧了呢。（坐下）又累又乏。亲爱的奥丽契卡……我常常想，如果没有玛莎，那我一定会和你结婚的，奥丽契卡。你非常好……我真是受折磨啊！（倾听）

奥尔加 什么？

库雷根 军医偏偏今天喝高了，醉得厉害，这不是成心添乱嘛！（站起来）瞧他走过来了，好像是的……您听到了吗？是的，是往这里来了……（笑）这个人真够呛……我躲开。（走向柜子，站到角落里）这个强盗。

奥尔加　两年都不喝了，突然一下子喝个烂醉……（和娜塔莎走进房间深处）

[契布德金上场；不像喝醉的人似的东倒西歪，走过房间，停住，看看，然后走到洗脸盆前，开始洗手。

契布德金　（闷闷不乐地）全都见鬼去吧……见鬼去……都以为我是能治百病的医生，可我什么都不知道了，全忘了，从前还知道，但如今什么都不记得了，什么都不记得 。（不在意奥尔加和娜塔莎正要下场）见鬼去吧。上个星期三给一个女人看病——结果她死了，我出了错，她才死的，是的……二十五年前我还懂点儿医术，可现在忘光了。忘光了。可能我不是一个人，只是做出一副人的样子，有手，有脚，有脑袋，也走，也吃，也睡觉。（哭）啊，如果我是不存在的，该多好啊！（止住哭，闷闷不乐地）鬼才知道……前天在俱乐部大家谈什么莎士比亚、伏尔泰……我没看过他们的书，可我脸上的表情，似乎那些书我都看过。其他人也像我一样。庸俗！低贱啊！于是我想起星期三被我误诊的那个女人来了……全都想起来了，心里生出一种扭曲、丑恶、卑鄙的东西来……我跑出去，喝醉了……

[伊林娜、维尔希宁和图森巴赫上场；图森巴赫穿着崭新而时髦的文职装。

伊林娜　在这里坐会儿。这里外人进不来。

维尔希宁　要不是这些当兵的，全城都要化为灰烬了。了不起！（满意地不时擦手）金子般的人民！哎呀，真了不起啊！

库雷根　（走近他）几点了，先生们？

图森巴赫　已经三点了。天快亮了。

伊林娜　所有人都在大厅坐着，没人走。你们这位萨廖内也坐着……（对契布德金）军医，您还是睡去吧。

契布德金　没关系……谢谢……（梳理着胡子）

库雷根　（笑）您喝醉了，伊万·罗曼内奇！（拍了拍他肩膀）您了不起！古人说得好啊，“酒后吐真言”。

图森巴赫　大家都请我为救灾开个音乐会呢。

伊林娜　嗯，那谁来演奏呢....

图森巴赫　如果愿意可以办场音乐会。依我看，玛丽亚·谢尔盖耶夫娜钢琴就弹得极好。

库雷根　弹得好极了！

伊林娜　她已经忘了曲目。三年没摸琴了，也许四年。

图森巴赫　这城里肯定没人懂音乐，没人，只有我，我还懂，实话告诉你们，玛丽亚·谢尔盖耶夫娜不仅弹得好，还是个音乐天才呢。

库雷根　您说得对，男爵。我非常爱玛莎。以她为荣。

图森巴赫　琴弹得如此动听，同时心里又明白，没有知音，一个知音也没有！

库雷根　（叹息）对……但是她参加音乐会合适吗？（停顿）因为我，先生们，什么也不知道。也许很好。应该承认，我们的校长是个很好的人，最明智的人，可他的观点是……当然，不干他的事，但我还是，如果您有这个打算的话，那么我，您瞧，还得和他谈一谈。

[契布德金手拿着瓷钟，细细端详。

维尔希宁　火灾弄得我一身脏，不像样子。（停顿）我昨天听见人说，我们部队要调到很远的地方。有人说去波兰王国，也有人说，好像要去赤塔。

图森巴赫　我也听说一点。是吗？这里该成完全的一座空城了。

伊林娜　我们也要离开这里。

契布德金　（把钟失手打在地上，碎了）粉碎！

[停顿；大家又震惊又局促不安。

库雷根　（捡拾碎片）打碎这样一件宝贝——唉，伊万·罗曼内奇！伊万·罗曼内奇，您的表现得——零减！

伊林娜　这是妈妈生前用的钟。

契布德金　也许……是妈妈的，那就是妈妈的。可能，我没打碎，只是觉得我打碎了。也许我们只是觉得存在，而实际上并不存在。我什么也不知道，什么人什么事也不知道。（在门口）都看我干什么？娜塔莎和普拉波波夫勾搭上了，你们看不见……你们坐那里，什么都看不见，可娜塔莎却和普拉多波波夫勾搭上了……（唱）“您可不可以收下这棵海枣……”（下）

维尔希宁　是的……（笑）其实所有这一切是这么奇怪！（停顿）火着起来的时候，我开始更快地往家跑，快到了一看——我们的房子完好，安全，没有危险。但我的两个女儿只穿着睡衣站在门口哭，她们的妈妈不在，看着大人手忙脚乱，马和狗在四处乱跑，两个女孩子的脸上那种惊慌、恐惧、祈求，我都说不清了。当我看到她们的脸的时候，我心都揪紧了。我的天啊，在漫长岁月里这两个女孩儿还要受多少苦啊！我抱起她们，一边跑一边还在想一件事：在这世界上她们还要受多少苦啊！（警报声；停顿）过来时，才看到她们的妈妈在这里，在叫喊，生气。

[玛莎拿着枕头上场，坐在沙发上。

只穿睡衣的两个女儿在家门前站着，街道被火光映红了，周围净是恐怖的喊叫声，我就想，这场大火和多年前那场外敌突然入侵时发生的大火，有某种相似……但同时，本质上它们之间又有天壤之别！再过许多年，二三百年，我们现在这种生活在我们的后人看来会是笨拙、沉重、不舒适、怪异

维尔希宁　的。啊，将来的生活多美好！（笑）对不起，又在高谈阔论了。请允许我继续吧，先生们。真的想聊一聊，现在正是这样的心境。（停顿）好像大家都睡着了。刚刚说到的：将来会有什么样的美好生活！可以想象到的是，像你们这样的人在这个城里现在只是三个，但在后来的几代人里会越来越多，越来越多，到了那个时代，所有人都变成你们这样，像你们这样生活，然后你们老了，生育出比你们更好的人……（笑）今天我的心情特别好。非常想活得……（唱）“爱情征服所有年龄的人，爱情火焰有益健康……”（笑）

玛莎　特拉姆——哒姆——哒姆……

维尔希宁　拉姆——哒姆……

玛莎　特拉——拉——拉……

维尔希宁　（笑）特拉——哒——哒……（笑）

[费多吉克上场。

费多吉克　（跳舞）烧了！烧了！一切都烧光了！

伊林娜　开玩笑。一切都烧光了吗？

费多吉克　（笑）一切都烧光了，什么也没留。吉他烧了，照片烧了，我的信也都烧了……连我打算送您的日记本——也烧了。

[萨廖内上场。

伊林娜　不，请离开，瓦西里·瓦西里耶维奇。不能到这里来。

萨廖内　凭什么男爵可以，我却不能？

维尔希宁　其实我们都该走了。大火还烧着吗？

萨廖内　据说扑灭了。不，我很奇怪，为什么男爵可以，我却不能？（掏出一瓶香水洒着）

维尔希宁　特拉姆——哒姆——哒姆。

玛莎　特拉姆——哒姆——哒姆。

维尔希宁　（笑起来，对萨廖内）咱们到大厅堂去。

萨廖内　好的，这笔账咱们先记下。这个想法可以弄得更清楚些，可是恐怕还是不要无聊地激怒某些人……（看着图森巴赫）咕咕咕……（和维尔希宁、费多吉克下）。

伊林娜　一屋子都是萨廖内的香水味儿……（莫名其妙地）男爵睡着了！男爵！男爵！

图森巴赫　（神志清醒过来）我累了，但是……砖厂……不是梦话，真是如此，我马上要动身去砖厂，工作就要开始了……已经商量好。（温柔地向伊林娜说）您这么苍白、美丽、迷人……我觉得您的苍白，像一束光芒一样，四周黑暗的空气都清晰了……您悲伤，您不满现在的生活……啊，请和我一起走，一起去工作吧！

玛莎　尼古拉·李沃维奇，离开这里。

图森巴赫　（笑着）您在这儿，我没看见。（吻伊林娜的手）别了，我这就走……我现在看着您，想起很久以前，您命名日那天，您多有朝气、多高兴啊，谈着劳动的快乐……当时我仿佛看到了幸福的生活！可是它在哪儿呢？（吻伊林娜的手）您眼里含着泪。睡吧，天快亮了……又一个早晨开始了……如果您能允许我把这一生献给您多好啊！

玛莎　尼古拉·李沃维奇，走吧！真的……

图森巴赫　走了……（下场）

玛莎　（躺下）你睡着了吗，费多尔？

库雷根　啊？

玛莎　你该回家了。

库雷根　可爱的玛莎，我亲爱的玛莎……

伊林娜　她实在累得不行了，你就让她休息一会儿，费佳。

库雷根　我这就走……我妻子是好人，出色的……我爱你，我唯一的……

玛莎　（生气）我爱，你爱，他爱，我们爱，你们爱，他们爱……

库雷根　（笑）不，真的，她让人惊奇。我们结婚已经七年了，可我觉得昨天才和她举行婚礼似的。真话。不，真的，你是一个奇女子。我很满意，满意，满意。

玛莎　烦死了，烦死了，烦死了……（从床上起身，坐着说）这个念头总在我脑子里……简直让人气愤。它好像钉子似的在我脑子里，我无法沉默。我说的是安德烈……他把这房子押给银行，所有的钱被他妻子取走，可这房子不是属于他一个人的——是我们四个人的呀！他要是一个正派人，该知道。

库雷根　这又何苦呢，玛莎！这对你有什么好处呢？安德留什卡背了一身的债，哎，上帝保佑他吧。

玛莎　不管怎样，这太气人了。（躺下）

库雷根　我们不穷。我有工作，每天到中学去教书……我是一个诚实的人。还朴实……像有句话说的：是家中的顶梁柱。

玛莎　我什么也不需要。但不公平的事让我气愤。（停顿）走吧，费多尔。

库雷根　（吻她）你累了，休息半小时，我在那儿坐一会儿，等等你。睡吧……（走着）我满意，满意，满意。（下场）

伊林娜　是真的，我们的安德烈变化多大，在这个女人身边他变味儿了，变老了！从前他准备当教授，可昨天他终于当上个什么参议会的会员，就自夸起来了。他是参议会会员，普拉多波波夫倒是会长……惹得满城人笑话，议论纷纷的，不过只有他一个人什么也不知道，什么也看不到……刚才所有人都跑出去救火，可他就坐在自己的房间里就好像没事人儿一样。就知道拉琴。（神经质地）啊，可怕，可怕，可怕！（哭）我再也不能忍受了……不能了！

［奥尔加上场，在自己的小桌子旁边收拾。

伊林娜　（放声地、嚎啕大哭）让我离开这个家吧，让我离开这个家吧，我真不能再忍受了！……

奥尔加　（害怕）你怎么了，怎么了，亲爱的？

伊林娜　（大哭）哪儿去了？一切都到哪儿去了？它在哪儿？噢，我的天，我的天！我都给忘了，忘了……我的脑子空了……不知道意大利语的“窗户”是怎么说了，还有“天花板”……全都忘了，每天不停地遗忘，生活一去不返，我们也永远、永远不会回莫斯科的……我看到了，不会回去的……

奥尔加　亲爱的，亲爱的……

伊林娜　（忍住哭声）啊，我不幸啊……不能工作，我不去工作了。够了，受够了！先在电报局，现在又在参议会上班，我恨这个工作，看不起所有让我做的事……我已经二十三岁了，工作的年头也不短了，可头脑在干瘪、枯瘦、愚蠢、老化，没有任何的愉悦感，时间流逝，我总觉得真正的、美好的生活正在离我们而去，越去越远，掉到深渊里去了。绝望之下我都不明白了，为什么直到现在我还活着，为什么我没自杀……

奥尔加　别哭，我的女孩子，别哭，我难受。

伊林娜　我不哭，不哭……够了……你瞧，我已经不哭了。够了，够了！

奥尔加　亲爱的，我作为姐姐，作为朋友，你如果想听我一句劝：嫁给男爵吧！

[*伊林娜轻声哭泣*。

你很尊敬他，器重他……他确实不漂亮，但他多正派，多纯洁啊……要知道结婚并不是出于爱，而是出于责任。至少，我这么看，我可以嫁给一个我并不爱的人。不管谁向我求婚，只要是正派的人，我都会和他结婚，我甚至都可以嫁一个老头儿……

伊林娜　总想着，等咱们搬到莫斯科，我会遇上真正的他，我梦想着、爱着他……但原来这都是胡思乱想，都是胡思乱想……

奥尔加　（拥抱妹妹）亲爱的、美丽的妹妹，我全明白。当男爵尼古拉·李沃维奇辞了职，穿便服来咱们家的时候，我觉得他是这么不英俊，都哭起来了……他问我："您哭什么呢？"可我怎么对他说！但是如果他能娶了你，我就是一个幸福的人。要知道这是另一回事，完全是另一回事。

[娜塔莎拿着蜡烛从舞台后面走过，不出声地从右边的门向左边的门走去。

玛莎　她走路的样子，好像要去放火。

奥尔加　玛莎，你真傻。我们家最傻的人就是你了。请原谅。（停顿）

玛莎　我想忏悔，亲爱的姐姐妹妹。心里堵得慌。我这就要说出来。（轻声）这是我的一个秘密，但你们得知道……不能沉默了……（停顿）我爱着，爱着，爱着一个人……你们刚刚还见着他了……一句话，我爱维尔希宁……

奥尔加　（走向屏风后面自己的床）别说这个。我不要听。

玛莎　有什么办法！（抓住头）一开始我觉得他怪，后来我可怜他……后来就爱上了他，爱他的声音，爱他说的话，他的不幸，他的两个女孩子……

奥尔加　（在屏风后）反正我不听。不管你说什么蠢话，反正我不听。

玛莎　唉，你很傻，奥尔加。我爱，这就是我的命啊。他也爱我……很怪，是吗？这是丑事吗？（拉着伊林娜的手，把她拉向自己）噢，亲爱的……我们不知怎么走完我们的生命，我们要成为怎样的人……在读任何一本小说的时候，好像一切都是旧事物，并且你一切都很明白，可临到自己去爱，你会看到：原来没有人知道任何事情，每个人都应该自己去解决自己的问题……亲爱的，我的好姐妹……我向你们承认了……现在我就

玛莎　沉默……好像是果戈理写的那个狂人……沉默……再沉默……

[安德烈上场，费拉波特跟在后面。

安德烈　（生气）您要干什么？我不明白。

费拉波特　（站在门口，急不可待）安德烈·谢尔盖耶维奇，可我已经说十遍了。

安德烈　第一，我不是你的安德烈·谢尔盖维奇，我是你的大人！

费拉波特　大人，消防队请您允许他们到河里打水的时候从你的花园过去。不然的话老得绕一个大圈子——简直受罪。

安德烈　好，告诉他们：好。（费拉波特下场）真讨厌。奥尔加在哪儿？（奥尔加从屏风后出来）我来找你，借你柜子钥匙用用，我自己的弄丢了。你有一把小钥匙的。

[奥尔加默默把钥匙给他；伊林娜躲到自己的屏风后面不见他。

[停顿。

火好大！现在快灭了。见鬼，这个费拉波特把我惹急了，让我说了蠢话……我说什么我是他的大人……（停顿）你为什么不作声呢，奥丽亚？（停顿）别傻了，生什么闷气……玛莎在这儿，伊林娜在这儿，很好，我们现在就来彻底地、开诚布公地解释解释吧。你们反对我什么？什么？

奥尔加　算了吧，安德烈，明天我们再解释吧。（激动）多痛苦的一夜啊！

安德烈　（很是难为情）别激动。我完全是平心静气地问你们：你们反对我什么？直说。

[维尔希宁的声音：特拉姆——哒姆——哒姆！

玛莎　（站起来，大声）特拉——哒——哒！（向奥尔加）再见吧，奥尔加，上帝与你同在。（到屏风后面，吻伊林娜）安静睡一觉……再见，安德烈。走吧，她们都累坏了……明天

玛莎　再解释吧。（下）

奥尔加　真的，安德留沙，等到明天。（走向屏风后自己的床）该睡了。

安德烈　说了我就走。就是说……第一，不知为什么你们反对我妻子娜塔莎，这在最初我们结婚那一天我就看出来了。娜塔莎是个很出色、很实在、很率直而且很高尚的人——这是我的意见。你们要知道，我爱、我尊重妻子，你们明白吗，我要求别人也这样尊重她。我再说一遍在、很高尚的人，你们对她的不满，对不起，是你们太任性……（停顿）第二，你们似乎生气我没有当教授，不去研究科学。可我是地方参议会会员，在地方参议会做事，我认为我的这种职务同献身科学是一样的神圣高尚。我是参议会的一名会员，对此我很自豪，如果你们想知道的话……（停顿）第三……还要说……没经你们许可就把房子抵押……这是我错了，对，我请你们原谅。走这一步……是欠债所逼迫的，三万七千卢布……我已经不打牌，早戒了，我还有辩护的理由，你们是姑娘，可以领退休金，我没有……薪水……就是这样。（停顿）

库雷根　（对着门站着）玛莎不在这里？（惊慌）那在哪儿？怪了……（下场）

安德烈　她们不听。娜塔莎是非常好的、很诚实正直的女人。（默默在台上走着，然后又站住）结婚时曾想，我们会很幸福……大家都会很幸福……但是天啊……（哭）亲爱的妹妹们，好妹妹们，别信我，别信我吧……（下场）

库雷根　（对着门站着，惊慌地）玛莎在哪儿？玛莎不在这里吗？真是一件稀奇的事……（下场）

[警报声，舞台上空空荡荡。

伊林娜　（在屏风后）奥尔加，谁在楼下敲地板呢？

奥尔加　是军医伊万·罗曼内奇。喝多了。

伊林娜　真是一个不平静的夜啊！（停顿）奥尔加！（从屏风后面探出头，向外看）听说了？部队要开走了，要去很远的地方。

奥尔加　只是传闻。

伊林娜　那时就只剩下我们，孤孤单单……奥尔加！

奥尔加　嗯？

伊林娜　亲爱的，我的好姐姐，我尊敬、敬重男爵，他是一个出色的男人，我要嫁给他，我同意了，但是我们得去莫斯科！求你了，我们去吧！世上再没有比莫斯科更好的地方了！我们去吧，奥丽亚！我们去吧！

[幕落。

第四幕

[普拉佐洛夫家房子旁边的一个古老花园。长长的云杉树林荫道，路的尽头可见一条小河，河的对岸是广袤森林。舞台右边是房子的露台；在这里的一张桌子上摆着细颈玻璃酒瓶和玻璃杯；看得出大家刚喝香槟酒来着。正午十二点；不时有过路人从街上穿过花园到河边去；三五成群的士兵们从舞台上快步走过去。

[契布德金无忧无虑，情绪安乐，在整幕里他的状态都如此，坐在花园中的圈椅里，等待召唤；他戴着军帽，手持拐杖。伊林娜、脖子上挂勋章并刮掉了胡子的库雷根和图森巴赫一起站在露台上，他们送别费多吉克和路德；两个军官身着远行军的制服，正从上边走下来。

图森巴赫　（与费多吉克接吻）您是好人，我们相处得这么友好。（同路德接吻）再亲一下……别了，我亲爱的！

伊林娜　再见！

费多吉克　不是再见，是永别，我们再也见不着面了！

库雷根　谁知道呢！（擦着眼睛，微笑着）我都要哭了。

伊林娜　总有一天会见面的。

费多吉克　您说的是过十年——十五年以后？但那时咱们彼此几乎不认识了，只是冷谈地打招呼。（照相）站好……最后再来一张。

路德　（拥抱图森巴赫）我们再也不能见面了……（吻伊林娜的手）谢谢您的一切，一切！

费多吉克　（懊丧地）您等一等！

图森巴赫　上帝会保佑我们再见面的。请给我们写信，一定写信。

路德　（扫视花园）别了，树林。（叫喊）快啊，快啊！（停顿）别了，回声！

库雷根　您恐怕得在波兰结婚了……您的波兰妻子拥抱着您说："亲爱的"。（笑）

费多吉克　（看一眼表）还剩不到一小时了。我们炮兵部队只有萨廖内坐驳船走，其余都和大部队一起。今天开走三个连，明天又走三个连——这城里将要寂静、安宁了。

图森巴赫　还有可怕的寂寞。

路德　玛丽亚·谢尔盖耶芙娜在哪儿呢？

库雷根　玛莎在花园。

费多吉克　和她道个别去。

路德　别了，该走了，不然我又要哭了……（迅速拥抱一下图森巴赫和库雷根，又吻伊林娜的手）我们在您家过得快乐极了……

费多吉克　（对库雷根）这个给您做纪念……一本日记本和一支铅笔……我们要到河边去……（两人都后退着，四面环顾）

路德　（叫喊）快啊，快啊！

库雷根　（叫喊）别了！

［在舞台深处费多吉克和路德与玛莎相遇，他们同她告别，她跟他们一起下场。

伊林娜　都走了……（在露台的下层台阶坐下）

契布德金　忘了和我告别了。

伊林娜　怎么啦？

契布德金　我不知怎么的也糊涂了。要说，我明天走，不是很快又见到他们了嘛。是的……在这里只剩一天了。一年以后就该让我退休，那个时候我还要来，伴着你们度过余生……还有一年我就可以领退休金了……（将报纸放进到衣袋里，又掏出了一张）将来再到你们这儿来的时候，我的生活要根本改变；我要变成一个很安静……很忠厚、很体面的人……

伊林娜　您的生活是该改变了。亲爱的，想想法子，无论如何该改变了。

契布德金　对啊，我有这感觉。（轻声哼唱）“啦啦啦……砰呼呼……我坐了一个石头墩儿……”

库雷根　改变不了，伊万·罗曼内奇！您无药可救！

契布德金　如果经过您的培训，那我兴许有救。

伊林娜　费多尔把自己的胡子剃了，我都不敢正眼看他！

库雷根　为什么？

契布德金　我本想说说您的脸现在像什么，不过不说。

库雷根　也没什么！这是照习惯上的规矩，一种生活方式。我们校长就剃了胡子，我当上教务长以后，也把胡子剃了；没人喜欢，可对我都一样。满意。有胡子也好，没胡子也好，都满意……（坐下）

[在舞台深处安德烈推着童车走过，车里面睡着婴儿。

伊林娜　伊万·罗曼内奇，亲爱的，我的亲人，我心慌极了。您昨天是在城里的公园待着吧。告诉我，那儿出了什么事？

契布德金　出了什么事？没什么。小事一桩。（读报）反正都一样！

库雷根　人家怎么说，好像萨廖内和男爵昨天在剧院旁边的公园遇见了……

图森巴赫　别说了！真是的……（挥挥手，朝房子走去）

库雷根　在剧院旁边……萨廖内开始无故找男爵的茬儿，那一位呢，没忍住，回敬了他几句……

契布德金　不知道。都是瞎胡说。

库雷根　有位老师在课上给学生作文批了句“胡说”，他本来写的俄文，可学生把它认成拉丁文，按拉丁文读成了“肾脏”……（笑）无奇不有，笑死人。听说萨廖内好像爱着伊林娜，好像恨男爵……也不难理解。伊林娜是个很好的女孩儿。老是一副若有所思的样子，很像玛莎。伊林娜，不过你性格更温柔一点儿。但是玛莎的性格也不错。我很爱她，爱玛莎。

[在舞台后面花园深处的喊声：“喂！快啊，快啊！”

伊林娜　（哆嗦一下）我今天总有点儿怕。（停顿）我一切都准备好了，午饭后送行李。明天和男爵举行婚礼，明天我们还要离开这里到砖厂去，后天我就在学校里了，新生活就要开始了。老天可要帮我啊！通过教师资格考试的时候，我快乐、幸福得眼泪都流出来了……（停顿）不一会儿车就来运行李了……

库雷根　这话不错，可所有这些有点儿不严肃。都是些概念，严肃的东西不多。顺便说一句，我真心祝你成功。

契布德金　（深受感动）我的荣耀，好人儿……金子般的……走得那么远，我赶不上。像一只老的不能再飞的候鸟落在了后面。飞翔吧，亲爱的，和上帝一道飞翔吧！（停顿）费多尔·伊里奇，话都不会说，您白剪胡子了。

库雷根　够了！（叹息）城防军今天开拔，一切又会恢复原样儿。不管怎么说，玛莎是美好、诚实的女人，我非常爱她，并且感

库雷根　谢自己的命运……人各有命……税务所有一个叫卡雷兹廖夫的人，从前和我是同学，五年级被学校开除，因为他永远闹不清拉丁文“结果”是什么意思。现在他穷得一塌糊涂，还有病。每次遇见我总对他说：你“结果”好啊？他答：“结果”，还不就这样吗？边说边咳嗽……我一直走运，生活幸福，甚至还获得圣斯坦尼斯拉夫二级勋章，现在又轮到我教别人“结果”了。当然，我是一个聪明人，比许多人聪明，可幸福并不在于此……

[房子里有人在钢琴上弹奏《少女的祈祷》。

伊林娜　明天我就已经听不到这《少女的祈祷》了，也不会总看见普罗多波波夫……（停顿）普拉多波波夫在客厅坐着；他今天又来了……

库雷根　女校长还没回来？

伊林娜　没有。派人去请了。如果你们能知道，奥丽亚不在家里住，我一个人在这里的日子多难……现在她住校，当校长，整天忙工作，我一个人，寂寞，无事可做，住的房间也可恨……所以我下决心：如果命里注定不能去莫斯科，就这样吧。这是命。没办法……一切在上帝执掌之中，真的。尼古拉·李沃维奇向我求婚了……那怎样呢？考虑了一下，同意了。他是一个好人，我甚至奇怪，这世上怎么会有像他这么好的人……心灵突然间像长了翅膀快乐起来了，感觉轻松，又想着要工作，工作了……只是昨天发生的神秘的事让我心老悬着……

契布德金　胡说。

娜塔莎　（向窗外）女校长！

库雷根　女校长来了！我们走吧。（和伊林娜一起朝房子走去）

契布德金　（读报，低声唱着）“啦啦啦……砰呯呯……我坐了一个石

契布德金　头墩儿……”

[玛莎走向他；安德烈在舞台深处推着童车走过。

玛莎　在这里自己一个人坐一坐。

契布德金　什么事？

玛莎　（坐下）没什么。（停顿）您爱过我母亲吗？

契布德金　很爱。

玛莎　她爱过您吗？

契布德金　（几次停顿之后）这个我已经不记得了。

玛莎　“我的那个人”在这里吗？我们的厨娘曾经称她的警察是：“我的那个人”。“我的那个人”来了吗？

契布德金　还没来。

玛莎　当一个人只能是抽出一点儿工夫一块、一块地拿住幸福，然后把它丢了，像我一样，那么您就慢慢变得粗野，冷酷无情，变成凶狠恶毒的人了。（指着自己的胸膛）这里都在沸腾……（望着她哥哥安德烈，他推着童车）这就是我们的哥哥安德烈……一切希望全落空了。几千人举起一只大钟，已经耗费了无数劳动和钱财，可它忽然掉在地下砸碎了。就一眨眼，工夫都白费了。安德烈就是这样……

安德烈　最后、什么时候家里才能安静下来呢。闹哄哄的。

契布德金　快了。（看表）我的表是带响的旧表……（给表上弦，那只表发出声响）第一、第二和第五炮兵连都要在下午一点准时开走。（停顿）我得明天。

安德烈　再不回来了吗？

契布德金　不知道。或者一年后回来。谁也不知道……反正都一样……

[好像在遥远的地方传来竖琴和提琴的乐音。

安德烈　要变成一座空城了，它就好像被盖在玻璃罩子里。（停顿）听说昨天晚上在剧院旁边发生了一件事，大家都在议论，可

安德烈　我不知道。

契布德金　没什么。蠢事。萨廖内开始无故地找男爵的茬儿，那一位少爷脾气上来了，羞辱了他，最后结局就是萨廖内必须请他去决斗。（看表）好像是时间到了……十二点半的时候，在税务所的小树林里，你们看，从这里看到的河对岸的那片林子……到时候会听见……“砰！”……“叭！”……（笑起来）萨廖内自命莱蒙托夫，他甚至也写诗。玩笑归玩笑，他已经决斗过三次了。

玛莎　谁？

契布德金　萨廖内。

玛莎　那男爵呢？

契布德金　男爵？（停顿）

玛莎　我的脑子全乱了……我说，无论如何，不能让他胡来。他会把男爵打伤，甚至打死的。

契布德金　男爵是好人，可多一个男爵，少一个男爵——反正不都一样吗？让他去吧！反正都一样！（在花园后面有人喊：“喂！快啊！快啊！”）你等一会儿，这是决斗的证人斯可沃尔曹夫在喊；他在小船上坐着呢。（停顿）

安德烈　我觉得那些参加决斗和旁观决斗的人，即使作为医生，都不道德。

契布德金　这不过觉得罢了……我们不存在，世上的一切都不存在；我们不存在，不过是我们觉得我们存在……反正不都一样吗！

玛莎　成天说，成天说啊……（走着）在这样的气候里，眼看着要下雪，可成天还是说这些话……（站住）不到屋里去，不能去那儿……要是维尔希宁来了，请告诉我好了……（沿着林荫小道走去）候鸟已经飞起来了……。（向上边仰望着）天鹅还是大雁呢……我可爱的，我幸福的……（下场）

安德烈　我们家也要空了。军官都走了。您也走了。妹妹也要出嫁，家里将只剩下我一个。

契布德金　那妻子呢？

［费拉波特携带公文上场。

安德烈　妻子就是妻子呗。她正派、体面，嗯，善良，可她身上的某种东西，要她往卑鄙下流的动物的道儿上走。至少她不是一个真正的人。作为朋友，我对您说了，对唯一让我敞开心灵的人。我爱娜塔莎，是这样，可有时候我觉得她的十足的庸俗让我惊慌失措，不明白为什么我这么爱她，或者至少是爱过她……

契布德金　（站起）老兄，我明天要走了，也许我们就永远不能再见面了，那么我要劝您，您知道，戴上帽子，拿起手杖离开吧……离开吧，头也不回地走吧，走得越远越好啊。

［舞台深处，萨廖内和两个军官走着，看见契布德金，转向他。两个军官远去。

萨廖内　军医，时候到了啊！已经十二点半了……（向安德烈问好）

契布德金　马上就去。都让我讨厌。（对安德烈）安德留沙，如果有人问起我，就说我在……（叹息）哎哟——唉——唉！

萨廖内　他还没来得及“哎哟”一声叫，一只熊就把他扑倒了。（和军医并肩走）您哼哼叽叽的干什么，老头子？

契布德金　怎么着！

萨廖内　身体好吗？

契布德金　（生气）像牛奶油。

萨廖内　您这老头子白激动。我也不想过分，像打一只山鹬一样把他打伤就行了。（掏出一瓶香水往双手上洒着）今天把满满一瓶香水都洒上了，可还是有味儿。手上有股死尸的味儿。（停顿）那您还记得这几句诗吗？“而骚动的船帆却在祈求

萨廖内　风暴，似乎只有在风暴中才有安宁……”

契布德金　是的，他还没来得及“哎哟”一声叫——一只熊就把他扑倒。（同萨廖内下场）

[呼喊声：“喂！快呀！快啊！”

[安德烈和费拉波特上场。

费拉波特　在公文上签字吧……

安德烈　（神经质地）别缠我！别缠我！求你！（推着童车走开）

费拉波特　可还得请您在公文上签字呢。（往后台走去）

[图森巴赫戴着草帽和伊林娜进来；库雷根在台上经过，喊着：“喂，玛莎，喂！”

图森巴赫　我想，听到部队开走反倒开心的，全城就他一个。

伊林娜　很自然。（停顿）我们这座城现在该空荡荡的了。

图森巴赫　亲爱的，我这就回来。

伊林娜　你去哪儿？

图森巴赫　我得去城里一趟……送送同志们。

伊林娜　不对，尼古拉。为什么你今天心不在焉呢？（停顿）昨天在剧院旁边出了什么事？

图森巴赫　（不耐烦的动作）过一小时我就回来，就又和您一起了。（吻她的手）看不够得……（细看她的脸）自从我爱上您，五年都已经过去了，我还是不习惯，您在我眼里更美好了。多么优雅、美丽的头发！还有您的眼睛！明天我要带您走，我们去工作，我们会很富足，我们会实现自己的理想。你会幸福。可只有一件事，一件事：你不爱我！

伊林娜　我左右不了自己！我会做你妻子，忠实温柔，可我对您没有爱情，那怎么办！（哭）我一生一次都没爱过。唉，我梦想过爱情，那是很久以前，日日夜夜我都在做的梦。如今呢，我的心像一架贵重的钢琴上了锁，丢了钥匙。（停顿）你的

伊林娜　眼神很不安。

图森巴赫　一夜没睡。这一生我没害怕过什么，就是这把丢的钥匙，它刺着我的心，让我睡不着……和我说点儿什么。（停顿）和我说点儿什么……

伊林娜　什么呢，和你说什么，说什么？

图森巴赫　随便说点什么。

伊林娜　够了！够了！（停顿）

图森巴赫　多小的事，愚蠢的琐碎小事有时获得了生活的意义。尽管你依旧嘲笑它们，依旧认为它们琐碎无聊，你走着，这样感觉着，然而，你无力停住脚步。啊，不再说它了！我很快乐。我好像第一次在生活中看到这些云衫、槭树、白桦，它们都好奇地看我，等待着。多么美丽的树啊，实际上，在它们身旁的生活应该是何等美丽啊！（喊声："喂！快啊！快啊！"）我该走了，是时候了……瞧，这棵树已经死了，可还像其他树一样随风摇摆。我觉得即使我死了，我还是会以某种方式加入到生活里去的。别了，我亲爱的……（吻伊林娜的手）你给我的那些证件在我桌子上，日历下面压着呢。

伊林娜　我和你一起去。

图森巴赫　（慌张）不，不！（快速走去，在那林间小路上站住）伊林娜！

伊林娜　什么？

图森巴赫　（不知该说什么）今天我还没喝咖啡呢。请告诉他们给我煮一杯……（迅速下场）

[伊林娜沉思了一会儿，后来到舞台深处，坐在秋千上；安德烈推着童车上场，里面睡着小宝宝；费拉波特随其后。

费拉波特　安德烈·谢尔盖维奇，公文不是我的，是国家的。不是我想出来的。

安德烈　啊，在哪儿，我的过去跑哪儿去了？当我年轻、快乐、聪明，梦想和思考着崇高事物的时候，我的现在、将来都被希望照耀的时候，都到哪儿去了？怎么刚开始生活，一天天就变得枯燥、灰暗、无味、懒惰、麻木、不幸起来了……别看我们这座城已有二百年历史，十万居民，可从过去到现在，没出一个为理想忘我奋斗的人，没出一个学者，一个艺术家，没出一个稍微有些名气的人让大家羡慕，或是令他们效仿。所有人无一例外。不过是吃、喝、睡觉，然后死去……下一代照样是吃、喝、睡觉，想解闷，就用撒谎、喝酒、赌牌、打官司来调剂生活……妻子欺骗丈夫，丈夫自欺欺人，假装什么也没看见，没听见，卑劣庸俗的家庭压迫着他们的孩子，于是上天的火花在他们眼里生生给熄灭了，可怜巴巴，带着阴森的死气，就像他们的父母……（生气地对费拉波特）你要干什么？……

费拉波特　什么？请签个字。

安德烈　我烦你。

费拉波特　（送公文）刚才公署的门房来说……冬天的彼得堡冷到零下二百多度了。

安德烈　现在真可恶，当幻想未来的时候，那多美满！我变得轻松、自在；远方的天也已破晓了，我看见自由，看见我和我的孩子们从那游手好闲、吃吃喝喝、睡不醒的寄生生活里解脱出来了……

费拉波特　好像冻伤了两千人，他讲，大恐慌。不在彼得堡就在莫斯科——记不清了。

安德烈　（充满温柔情感）我亲爱的妹妹们，我的妹妹们！（噙着泪）玛莎，我的妹妹……

娜塔莎　（在窗口里面）谁在这里大声喧哗呢？你吗，安德留沙？你

娜塔莎　要把索菲契卡吵醒了。别吵，宝宝睡了，狗熊……（生气）你要是这样说话，就请把童车和孩子交给别人。费拉波特，把老爷的童车接过来！

费拉波特　遵命。（接孩子）

安德烈　（难为情）我说话声很小的。

娜塔莎　（在窗户后面抚摸自己的孩子）宝贝！淘气宝贝！坏宝贝！

安德烈　（看公文）好，我看一遍，该签字就签字，你再拿到参议会去……（回屋，看公文　费拉波特把童车推到花园深处）

娜塔莎　（在窗后）宝贝，你妈妈叫什么？亲爱的，亲爱的！这是谁呢？这是姑妈奥尔加。跟姑妈说："您好，奥尔加！"

[一男一女两个流浪琴师演奏着提琴和竖琴；维尔希宁、奥尔加和安菲莎都从屋里出来，静默地听了一会儿；伊林娜上场。

奥尔加　花园简直成过道了；行人车马来来回回地穿行。奶妈，给过路的琴师点儿钱！……

安菲莎　（给钱）走吧，亲爱的人，上帝保佑你们。（艺人们鞠躬，下场）苦命人。吃饱的人不卖艺。（向伊林娜）你好，阿丽莎！（吻她）哎呀！孩子啊，我有地方住！有地方住！在公家的公寓里，和奥尔加一起——上帝看我老了，指派给我的！我一个有罪的老婆子从来没住过……那所大房子，我有单独的房间，单独的铺。是国家的。半夜醒过来，主啊！圣母！世上再没比我更有福的人了！

维尔希宁　（看一眼表）我们马上得走了，奥尔加·谢尔盖耶芙娜，时间到了。（停顿）我祝您一切，一切……玛丽亚·谢尔盖耶芙娜在哪儿？

伊林娜　花园的什么地方……我去找她。

维尔希宁　劳驾。我要赶紧走。

安菲莎　我也找去。

维尔希宁　一切都有尽头。瞧，我们也要分手了。（看表）市里宴请我们，吃早点，喝香槟，市长演讲，我吃着，喝着，可心在你们这儿……（看一眼花园）我习惯你们了。

奥尔加　将来我们还会再见面吗？

维尔希宁　可能不会。（停顿）我妻子和两个女儿还要在这里住两个月；如果出了什么事或有什么需要的话，请您……

奥尔加　好，好，当然。放心。（停顿）城里明天一个军人也没了，一切都成了回忆，但是，当然了，我们会开始新生活……（停顿）一切都不随人愿。本来不想当这个校长，可偏当上了。要知道，在莫斯科没有……

维尔希宁　嗯，谢谢您的一切……如果我有什么差错，请原谅我……我说得太多，太多了。我有什么对不起的地方，请原谅吧。

奥尔加　（把眼睛擦干）这个玛莎怎么还不来？

维尔希宁　分别的时候说点什么？还高谈阔论吗？关于什么……（笑）生活真沉重啊。我们大多数人看它暗无天日，可该认识到，它会越来越变得轻松、明亮。看起来那光明的生活似乎就快来了。（看表）时间到了！从前人类忙于战争！从生到死，全都是出征、逃亡、胜利这些事……现在这种生活已经过去。留下一大片空白，暂时还没的填补；人类正急切寻找，当然，会找到的；唉，只是要快点啊！（停顿）如果——您知道吗——如果人人都能勤劳，再加上有教养；有教养，再加上勤劳。（看一眼表）可我时间到了……

奥尔加　她来了！

[玛莎进来。

维尔希宁　我来向您道别……（奥尔加向一边退后几步，以免妨碍他们告别）

玛莎　（盯着他的脸看）别了……（长久地接吻）

奥尔加　行了，行了……

[玛莎号啕大哭。

维尔希宁　给我写信……别忘了！放开我……没时间了，奥尔加·谢尔盖耶芙娜，抱住她，我已经……没时间……要迟到了……（感动地吻奥尔加的手，然后又拥抱玛莎，急下）

奥尔加　行了，玛莎，别哭了，亲爱的……

[库雷根进来。

库雷根　没什么，让她哭一会儿吧，让她哭一会儿吧……我的好玛莎，善良的玛莎……你是我妻子，我很幸福，不管发生什么……我不抱怨，也不指责你一句……奥丽亚作个证人……我们要开始像从前一样过日子，一句指责的话我都不说……

玛莎　（止住大哭）“海湾有棵绿橡树，金色链子锁橡树”……“金色链子锁橡树”……我疯了……“海滩”……“绿橡树”……

奥尔加　镇静些，玛莎……镇静……给她点儿水。

玛莎　我不会再哭了……

库雷根　已经不哭了……她人善良……

[远处传来一声沉闷的枪声。

玛莎　“海湾有棵绿橡树，金色链子锁橡树”……绿小猫……绿橡树……说错了（喝水）不成功的生活……现在我什么也不要了……平静了……反正一样……“海湾”有什么意思呢？为什么这个字钉在我心里？脑子都乱了。

[伊林娜上场。

奥尔加　平静下来，玛莎，嗯，聪明女人……咱们到屋里去。

玛莎　（生气地）不去。（号啕大哭，即刻又止住）再不愿进这房子，不进……

伊林娜　那咱们就一起坐一会儿，不说话也好。明天我要走了……（停顿）

库雷根　昨天我三年级一个学生手里抢了这把短须和大胡子……（戴上短须和大胡子）真像德语老师……（笑）不是吗？这些孩子真可笑。

玛莎　真的像你们的德国人。

奥尔加　（笑）不错。

[玛莎哭。

别这样，玛莎！

库雷根　非常像……

[娜塔莎进来。

娜塔莎　（向女仆）什么？让普拉多波波夫，就是米哈伊尔·伊万内奇和索菲契卡坐一会儿，让安德烈·谢尔盖维奇推小宝贝转转。孩子的事没个完……（向伊林娜）伊林娜，明天你就走了——真可惜。再住一星期也好啊。（看见库雷根，突然惊叫一声；他笑着解了胡子）您简直吓了我一跳！（向伊林娜）我习惯你了，你以为我会轻松吗？我让安德烈抱着他的琴到你的屋去住——让他在那儿锯木头吧！——他的房间叫索菲契卡住。孩子好啊！真可爱的小女孩儿！今天她用那种眼神看我，并且叫我：“妈妈”！

库雷根　了不起的小孩子，真的。

娜塔莎　就是说，明天这里就我一人了！（叹息）先叫人把路两边的云杉给砍了，然后再砍槭树……一到晚上阴森森的……（向伊林娜）亲爱的，腰带和你的脸太不配了……没品

娜塔莎　位，太素了。我说把这儿到处种上花，将来闻花香……（严厉地）干吗把叉子放在这里的板凳上？（向房子里走去，对女仆）干吗把叉子放到这里的板凳上？我在问你！（叫喊）闭嘴！

库雷根　厉害起来了！

[舞台后面响起进行曲；所有人都在听。

奥尔加　他们走了。

[契布德金上场。

玛莎　我们的人走了。唉，怎么办呢……祝他们一路平安吧！（对丈夫）该回家了。我的帽子和斗篷在哪儿呢？

库雷根　我拿回家了……这就取来。

奥尔加　对，现在都可以各自回家了。时辰到了。

契布德金　奥尔加·谢尔盖耶芙娜！

奥尔加　怎么了？（停顿）怎么了？

契布德金　没什么……我不知道怎么和您说……（和她耳语）

奥尔加　（受惊）不可能！

契布德金　是的……就是这么回事……筋疲力尽了，难受死了，不想再多说了……（懊恼地）顺便说一句，反正都一样！

玛莎　出什么事了？

奥尔加　（拥抱伊林娜）今天是一个可怕的日子……不知道怎么和你说，亲爱的……

伊林娜　什么？快告诉我：什么事？看在上帝的分儿上！（哭）

契布德金　刚才决斗的时候男爵被打死了。

伊林娜　（轻声哭泣）我就知道，就知道……

契布德金　（在舞台深处的板凳上坐下）筋疲力尽了……（从衣袋里掏出一张报纸）让她们哭一会儿吧……（低声哼唱）拉－

契布德金　拉－拉，砰呯呯……我坐了一个石头墩儿……还不都一样嘛！

[三姐妹站立着，互相紧紧依偎。

玛莎　嘿，军乐演奏得多好啊！他们从我们这里走了，有一个人这一走，永远、永远都不会再回来，把我们孤孤单单抛下，开始新生活。应该活下去，应该活下去……你们瞧，候鸟正在我们头上飞呢，千百年，每个春秋，它们就这样不停地飞着，不知道究竟为什么要飞，等飞上数万年后，有一天，上帝给它们最后答案……

伊林娜　（头倚靠在奥尔加胸前）总会有那么一天的，所有人都能懂得这一切都是因为什么，这些痛苦又是为了什么，那时就没有任何秘密可言了，现在应该活着……应该工作，只要工作就行了！明天我一个人走，去学校教书，把自己的全部生命献给那些可能需要它的人。现在是秋天，冬天快来了，就要飘舞起雪花，我要工作，要工作……

奥尔加　（拥抱两个妹妹）军乐演奏得这么欢快、有朝气，真想活着啊！唉，我的天！时间飞逝，我们会永远消失，被人忘了，忘了我们的脸、声音，忘了曾经有我们姐妹三个。但是我们的痛苦会化成后来人的欢乐，幸福、和平会降临，那时候他们会用美好的话语提起和赞扬现在活着的人！唉，亲爱的妹妹们，生命还没终结，要活下去啊！何况这军乐演奏得这么愉快、欢乐，好像再过一会儿，我们就知道究竟为什么活，为什么痛苦……要能知道，要能知道的话，该多好！

[军乐演奏声越来越低；愉快的库雷根抱着帽子和斗篷，微笑；安德烈推童车，小宝宝正坐在里面。

契布德金　（低声唱道）“啦啦……啦……砰呼呼……我坐一个石头墩儿”（读报）反正一样！反正一样！

奥尔加　要能知道，要能知道的话，该多好！

[幕落。

——剧　终

（童宁　译）

樱桃园

人　物

柳苞芙・安德列耶芙娜・拉涅夫斯卡娅	女地主。
安尼雅	其女，17 岁。
瓦丽雅	其养女，24 岁。
列奥尼德・安德列耶维奇・加耶夫	其兄。
叶尔马拉耶・阿列克谢耶维奇・罗伯兴	商人。
彼得・谢尔盖耶维奇・特罗菲莫夫	大学生。
包里斯・包里索维奇・西苗诺夫－彼什克	地主。
夏尔洛塔・伊凡诺芙娜	女家庭教师。
谢苗・潘捷列耶维奇・叶彼霍多夫	管家。
杜尼雅莎	女仆。
费尔斯	男仆，87 岁老人。
雅沙	年轻仆人。
过路人	
火车站站长	
邮局职员	
男女客人	
仆人	

[故事发生在拉涅夫斯卡娅的庄园。

第一幕

[一个一直被称作少儿室的房间。有一扇门通向安尼雅的卧室。黎明时分，太阳即将升起。已是五月，樱桃花开了，但花园里还有点冷，是春天早晨的寒意。房间窗子都紧闭着。

[杜尼雅莎手持蜡烛，罗伯兴手捧一本书上。

罗伯兴　感谢上帝，火车到了。现在几点？

杜尼雅莎　快两点了。（吹灭蜡烛）天亮了。

罗伯兴　火车晚点了几小时？至少两小时。（打哈欠，伸懒腰）我也真是个糊涂虫！特地到这里来，是为了去车站迎接他们，结果睡过了头……坐着坐着就睡着了。不像话……你应该叫醒我才对。

杜尼雅莎　我以为您已经去车站了。（倾听）听，他们像是到家了。

罗伯兴　（倾听）不是……他们先得取行李什么的……（停顿）柳苞芙·安德列耶芙娜在国外住了五年，我不知道她现在是啥模样……她是个好人，平易近人。我记得，那年我才是个十五岁的孩子，我父亲——他已经过世，那时他在村里做小买卖——他朝我脸上打了一拳，我鼻子流血……

罗伯兴　父亲喝醉了酒，不知为什么他把我带到了这个院子里。柳苞芙·安德列耶芙娜，我记得很清楚，那时还年轻，瘦瘦的，她把我领到了洗脸盆跟前，就在这个少儿室。她说："别哭，小庄稼汉，这不会耽误你结婚娶新娘的……"（停顿）小庄稼汉……我父亲倒是个庄稼汉，而你瞧，我现在身穿白色坎肩，脚蹬黄色皮鞋。猪嘴里品尝着高级点心……富了，有钱了，不过细细想想，还是个庄稼汉……（翻书）我读这本书，可一句也没有读懂。读着读着就睡着了。（停顿）

杜尼雅莎　家里的几只狗整夜没有睡，它们也知道主人要回来。

罗伯兴　杜尼雅莎，你是怎么啦……

杜尼雅莎　我的手发抖。要晕倒了。

罗伯兴　杜尼雅莎，你太娇嫩了。穿衣、梳头都学小姐的样子。这样不行。得知道自己的身份。

[叶彼霍多夫拿一束花上，穿西装上衣，皮靴雪亮，走道嘎吱作响；刚走进房门，就失手把花束掉到地上。

叶彼霍多夫　（拾起花束）是花匠让送来的，让摆在餐厅里。（把花束递给杜尼雅莎）

罗伯兴　给我捎杯甜酒来。

杜尼雅莎　好的。（下）

叶彼霍多夫　早上冷，零下 3 摄氏度，可樱桃树开着花。我不喜欢我们这种天气。（叹气）不喜欢。我们这种天气不能让人振作精神。叶尔马拉耶·阿列克谢耶维奇，再说我这双靴子，前天才买的，我敢向您保证，它们嘎吱嘎吱响得我一点没有办法。可以擦点什么油吗？

罗伯兴　别扯了，烦透了。

叶彼霍多夫　我每天都要碰到一样不幸。可我不抱怨，我习惯啦，我甚

叶彼霍多夫　至还能露出笑脸来。

[杜尼雅莎上，递给罗伯兴一杯甜酒。

我这就走。（碰倒一把椅子）您……（很得意）您瞧，原谅我用词不当，这叫机缘巧合……这太妙了！（下）

杜尼雅莎　叶尔马拉耶·阿列克谢耶维奇，我向您坦白，叶彼霍多夫已经向我求婚了。

罗伯兴　什么！

杜尼雅莎　我不晓得该怎么说……他是个很文静的人，只是有时他一开口说话，就不知道他在说什么。说得很好听，很有感情，就是让人听不懂。我好像也喜欢他。他爱我爱得发疯。他是个不走运的人，每天都会遇到点什么麻烦事。我们这里就有人给他起了个外号，叫他"二十二个不幸……"

罗伯兴　（倾听）像是他们到家了……

杜尼雅莎　他们到家了！我怎么啦……全身发冷。

罗伯兴　真是回来了。走，咱们去迎接。她还能认出我吗？五年不见了。

杜尼雅莎　（激动）我快要晕倒了……啊嘿，要晕倒了！

[听到两辆马车驶近房子的声音。罗伯兴和杜尼雅莎迅速离去。舞台空无一人。从邻室传来嘈杂声。

[费尔斯拄杖急匆匆地穿过舞台，他刚去迎接柳苞芙·安德列耶芙娜回来，身穿一件陈旧的仆人制服，头戴一顶高帽；他在自言自语什么，但一个字也分辨不清。

[舞台后边的嘈杂声越来越大。一个人的说话声："咱们这边走……"

[柳苞芙·安德列耶芙娜、安尼雅和牵着一条小狗的夏尔洛塔·伊凡诺芙娜上，都是一身旅行者的打扮；瓦丽雅穿

着大衣，头上戴着围巾；加耶夫，西苗诺夫－彼什克，罗伯兴，杜尼雅莎拿着小包和阳伞，仆人们拎着行李——所有人都在房里穿行。

安尼雅　咱们这边走。妈妈，你还记得这间屋吗？

柳苞芙　（高兴得流泪）少儿室！

瓦丽雅　好冷啊，我手都冻僵了。（向柳苞芙·安德列耶芙娜）妈妈，您那两间房，一间白色的，一间紫色的，照原样保留下来了。

柳苞芙　少儿室，我亲爱的，美丽的房间……我小时候，就睡在这间屋子里……（哭泣）现在，我又返老还童了……（吻哥哥，吻瓦丽雅，然后又吻哥哥）瓦丽雅没有变，还像个修女。杜尼雅莎我也一眼认出来了……（吻杜尼雅莎）

加耶夫　火车晚点两小时。怎么回事？成何体统？

夏尔洛塔　（向彼什克）我的狗还吃核桃呢。

彼什克　（吃惊）有这样的事！

[除了安尼雅和杜尼雅莎，其他人都离去。

杜尼雅莎　让我们好等呀……（替安尼雅脱去大衣和帽子）

安尼雅　一路上我接连四个晚上没有合眼……现在都有点冻僵了。

杜尼雅莎　你们走的时候，正好赶上大斋戒，还下着雪，天寒地冻，而现在呢？我亲爱的！（笑着，吻她）让我们好等呀，我亲爱的……我现在就告诉您一件事，我一分钟也忍不住了……

安尼雅　（疲倦地）又有什么……

杜尼雅莎　管家叶彼霍多夫过了圣诞节向我求婚了。

安尼雅　你又来了……（拢拢头发）我把发针都给丢了……（她很疲惫，身子都有些摇晃）

杜尼雅莎　我不知道该怎么好。他那么爱我！

安尼雅　（看着自己的房间，亲切地）我的房间，我的窗户，我好像

安尼雅　就没有离开过这里，我到家了！明天一早起来，我就跑到花园里去……噢，如果我能睡个好觉就好了！我一路上都没有睡觉，心里不安呀！

杜尼雅莎　彼得·谢尔盖耶维奇前天就来了。

安尼雅　（兴奋地）彼嘉！

杜尼雅莎　在澡堂里睡着，他就住在那里。说是怕打扰人家。（看了看怀表）该把他叫醒了，但瓦尔瓦拉·米哈依洛芙娜不让。她说，别去叫醒他。

[瓦丽雅上，腰间挂上了一串钥匙。

瓦丽雅　杜尼雅莎，快去煮咖啡……妈妈要喝咖啡。

杜尼雅莎　我这就去。（下）

瓦丽雅　呶，感谢上帝，总算回来了。你又到家了。（亲切地）我的宝贝儿回来了！我的美人儿回来了！

安尼雅　罪我也受够了。

瓦丽雅　我可以想象得到！

安尼雅　我是在受难周里出发的，天气很冷。夏尔洛塔一路上不停地说话，变她的魔术。你为什么非得要把夏尔洛塔强加给我……

瓦丽雅　宝贝儿，你不能独自上路，你才十七岁。

安尼雅　我们到了巴黎，那边很冷，下着雪。我法语讲得糟糕极了。妈妈住在楼房的第五层，我去找她，见她屋子里有几个法国人，有男的，也有女的，还有一个老神父在看书，屋子里烟雾腾腾，感觉很不舒服。我突然间怜悯起我的妈妈，我抱着她的头，抱得很紧，松不开手。妈妈居然哭了，显得很慈爱……

瓦丽雅　（含泪）别说了，别说了……

安尼雅　妈妈把在法国蒙当的一处别墅卖了。她已经一无所有。我也

安尼雅　两手空空，好不容易回到了家。但妈妈一点儿也不懂事！我们在火车站吃饭，她点最贵的菜，而且给每个伙计一个卢布的小费，夏尔洛塔也是这样。雅沙也给自己要了一份菜。简直不像话。雅沙是妈妈身边的一个仆人，我们也把他带回来了……

瓦丽雅　我看到那个混蛋了。

安尼雅　现在情况怎么样？利息付清了吗？

瓦丽雅　哪付得起。

安尼雅　我的上帝，我的上帝……

瓦丽雅　八月份这庄园就要拍卖……

安尼雅　我的上帝……

罗伯兴　（从门口探进头来，学牛叫）哞，哞……（下）

瓦丽雅　（含泪）真想教训教训他……（捏着拳头）

安尼雅　（抱住瓦丽雅，轻声）瓦丽雅，他向你求婚了吗？（瓦丽雅摇摇头）他是爱你的……你们为什么不把事儿挑明了呢？你们还等什么？

瓦丽雅　我想我们的事不会有好结果的。他很忙，顾不到我……也不把我放在心上。我见到他就心里不好受……大家都在谈论我们的婚事，向我们道喜，而实际上连影儿也没有，像一场梦……（用另一种腔调）你的胸针像只蝴蝶。

安尼雅　（悲伤地）这是妈妈给我买的。（走向自己的卧室，像孩子一样的高兴）在巴黎我还坐进氢气球里飞上了天！

瓦丽雅　我的宝贝儿回来了！我的美人儿回来了！

[杜尼雅莎拿着咖啡壶回来，煮咖啡。

（站在门旁）宝贝儿，我整天忙着家务事，我一直盼望着，能把你嫁给一个有钱的人，我就能放心了，我就可以出去旅游，到基辅去……到莫斯科去，到很多很多好地方去……在名胜古迹之间走来走去，好享福呀！

安尼雅　鸟儿在花园里叫起来了。现在几点了？

瓦丽雅　两点多了。宝贝儿，你该睡觉了。（走向安尼雅的房间）好享福呀！

[雅沙上，拿着一条毛毯和一个旅行包。

雅沙　（穿过舞台，虚情假意地）能打这边走吗？

杜尼雅莎　雅沙，认不得你了。出了趟国好神气呀。

雅沙　嗯……你是谁？

杜尼雅莎　你离开这儿的时候，我才这么高……（用手比划个高度）我是杜尼雅莎，费德尔·科卓耶道夫的女儿。你忘了！

雅沙　嗯……你这个小丫头！（环顾四周，把她抱住；她大叫一声，掉了个小碟子。雅沙迅速跑下）

瓦丽雅　（在门里，不满的声音）又出什么事了？

杜尼雅莎　（含泪）我把一个小碟子打碎了。

瓦丽雅　这是吉利的。

安尼雅　（从自己的卧室走出）得跟妈妈说一声：彼嘉在这里…

瓦丽雅　我关照过不要去叫醒他。

安尼雅　（沉思地）六年前父亲死了，一个月后我的小弟弟格里沙掉进河里淹死了，他还是七岁的孩子呀。妈妈受不住了，头也不回地走了……（打个寒战）如果妈妈能知道我是多么理解她就好了！（顿）而彼嘉·特罗菲莫夫做过格里沙的家庭教师，他能让妈妈想起……

[费尔斯穿着西装上衣和白色背心上。

费尔斯　（走向咖啡壶，关切地）太太要在这里用餐……（戴上白色手套）咖啡做好了？（向杜尼雅莎严厉地）你啊！奶油呢？

杜尼雅莎　啊嘿，我的上帝……（快步下）

费尔斯　（在咖啡壶旁忙乎）啊嘿，你，这个不中用的东西……（喃喃自语）都从巴黎回来了……我们老爷当年也去过巴黎……

费尔斯　坐马车去的……（笑）

瓦丽雅　费尔斯，你在说些什么？

费尔斯　什么？（高兴地）太太回来了！到底让我等着了！现在死也不怕了……（因为高兴而哭泣）

[柳苞芙·安德列耶芙娜，加耶夫和西苗诺夫－彼什克上。西苗诺夫－彼什克穿料子上好的瘦腰长外衣和灯笼裤。加耶夫上来时，手臂和身躯都做向前倾的动作，像是在打台球。

柳苞芙　这台球是怎么个玩法？让我想想……黄色的球进边角的网兜，红色的球进中间的网兜！

加耶夫　我斜打边角！妹妹，我们曾经在这间少儿室里睡过，而现在我已经五十一岁了，这有点可怕……

罗伯兴　是啊，光阴如箭。

加耶夫　什么？

罗伯兴　我是说，光阴如箭。

加耶夫　这儿有点香精的气味。

安尼雅　我去睡觉了。妈妈，晚安。（吻母亲）

柳苞芙　我的好女儿。（吻她手）你回到家里高兴吗？我还没有回过神来呢。

安尼雅　舅舅，再见。

加耶夫　（吻她的脸和手）上帝保佑你。你多像你妈妈！（向妹妹）柳苞芙，你年轻时和她一个样子。

[安尼雅向罗伯兴和彼什克伸过手去，走进自己卧室，关上门。

柳苞芙　她太累了。

彼什克　这段路程很长呀。

瓦丽雅　（向罗伯兴和彼什克）先生们，怎么的？两点多钟了，该回家了。

柳苞芙　（笑）瓦丽雅，你还是这个样子。（把她拥到自己怀里，吻

柳苞芙　她）现在喝点咖啡，然后大家各自回去睡觉。（费尔斯在她脚下放个垫子）谢谢你，亲爱的。我喜欢咖啡。（吻费尔斯）白天、晚上都要喝点咖啡。谢谢，我的老人家。

瓦丽雅　我去看看，行李是否都拉来了……（下）

柳苞芙　我果真坐在家里？（笑）我想伸开胳膊跳起来。（用手掩脸）不会是在做梦！上帝知道我爱我的祖国，爱得很深，我不敢从车厢里往外张望，我忍不住要流泪，（含泪）不过该喝咖啡了。谢谢你，费尔斯，谢谢你，我的老人家。你还活着，真让我高兴。

费尔斯　前天。

加耶夫　他耳背。

罗伯兴　我四点钟坐火车去哈尔科夫。遗憾！真想再看看您，和您聊聊天……您还是那样光彩照人。

彼什克　（叹息）甚至比以前更标致了……还穿一身巴黎时装……我全部家当都不要了……

罗伯兴　您的哥哥，列奥尼德·安德列耶维奇说我是个流氓，是暴发户，这我不计较。让他这样说好了。我只是希望您还像从前那样信任我，希望您的一双迷人的眼睛还像从前那样看着我。仁慈的上帝！我的父亲曾是您祖辈的农奴，但您以前待我这么好，我会忘记所有的恩怨来爱您，像爱亲人一样地爱您，甚至，胜过爱自己的亲人。

柳苞芙　我坐不住了，坐不住了……（跳起，激动地踱步）我高兴得控制不了自己啦……你们笑话我好了，我多傻……我的亲爱的书柜……（吻书柜）我的小长桌……

加耶夫　你出国期间老奶妈死了。

柳苞芙　（坐下喝咖啡）知道，他们写信告诉我了，愿她的灵魂得到安息。

加耶夫　阿纳斯塔西也死了。彼特鲁什卡离开了这里，现在在城里的警察局里当差。（从口袋取出糖果匣，吃一粒糖）

彼什克　我的女儿，达申卡向您问好。

罗伯兴　我本想给你们说点儿让你们听了高兴的话。（看表）我马上得走，没有时间说了……也好，我长话短说。你们已经知道，你们的樱桃园将要抵债出售，拍卖会定在八月二十二日，可是，我尊敬的太太，您尽管放心，睡您的安稳觉，我们自有办法……我有个方案。请注意听！你们的庄园离城只有二十里，还靠近铁路线，如果把这座樱桃园，连同河边的土地划分出一些地段，租给人家盖别墅，那样你们每年至少有两万五千卢布的进账。

加耶夫　胡言乱语！

柳苞芙　叶尔马拉耶·阿列克谢维奇，我没有完全听懂。

罗伯兴　您从租住别墅的客人那儿每年每亩地至少收取二十五卢布租金，您如果现在就把这个方案公布出去，我保证到秋天您的所有地盘都会被抢租一空。总而言之，我向您道喜，您得救了。这地方多漂亮，这条河多漂亮。不过需要整顿整顿，该拆的得拆了……比如，老房子都不能保留，包括这个房子，毫无用处了，还得把老的樱桃园给砍了……

柳苞芙　把樱桃园砍了？我亲爱的，请原谅，您什么也不懂。如果说在我们这个省里还有什么有价值的，甚至是了不起的东西存在，那就是我们这座樱桃园了。

罗伯兴　这座樱桃园有什么了不起的，不过面积大就是了。樱桃园两年结一次樱桃，没法处理，没有人买。

加耶夫　《百科全书》上都提到过我们这座樱桃园。

罗伯兴　（看表）如果什么主意也不拿，什么办法也不想，那么到八月

罗伯兴　二十二日，这座樱桃园，连同整个庄园都要拍卖掉。你们作个决定吧！我向你们起誓，没有别的出路。没有，没有。

费尔斯　从前，四五十年前，可以把樱桃风干、浸泡，做果子酱……

加耶夫　费尔斯，你别插嘴。

费尔斯　早年间，风干的樱桃一车一车地运到莫斯科和哈尔科夫。能卖好多钱！这樱桃干又软又甜又香……早年间，有风干樱桃的秘方……

柳苞芙　现在这秘方在哪儿？

费尔斯　忘记了。谁也记不起来了。

彼什克　（向柳苞芙·安德列耶芙娜）巴黎怎么样？那边吃田鸡吗？

柳苞芙　我吃过鳄鱼。

彼什克　您瞧瞧……

罗伯兴　在这之前，农村里只有地主和农民，而现在出现了从城里到乡下来住别墅的客人。所有的城镇，哪怕是小城镇，周边都包围着一片片别墅。可以断定，再过二十年，别墅住客会增加许多倍。现在他们还只是在阳台上喝喝茶，但说不定有一天他们会在自己的一亩几分地上经营起来，那时你们的樱桃园会变得多么繁华，多么气派……

加耶夫　（生气地）胡说八道！

[瓦丽雅和雅沙上。

瓦丽雅　妈妈，这里有您两封电报。（从钥匙串里找出一把，带着响声打开旧书柜）就在这里。

柳苞芙　这是从巴黎打来的。（没有读，就把两封电报撕碎）和巴黎的缘分一刀两断了……

加耶夫　柳苞芙，你知道这书柜有多少年的历史了？一个星期前，我拉开底层的抽屉一看，那里刻着年份。这书柜是整整一百年前制造的。怎么样？啊？可以给它开个纪念会了。它虽然是个没有

加耶夫　生命的物件，但它毕竟是老书柜呀。

彼什克　（吃惊）一百年……您瞧瞧！……

加耶夫　是……这是个宝贝……（抚摸书柜）亲爱的，尊贵的书柜！我向你致敬。在一百年的时间里，你一直在为善良和正义的光辉理想服务，你的对于创造性工作的无言的召唤，在一百年的时间里，从没有减弱过，（含泪）你在我们家族的一代又一代的心灵里点燃了对美好未来的信心，你在我的身上培养了善良的美德和社会自觉的理想。（停顿）

罗伯兴　是的……

柳苞芙　哥哥，你还是那个样子。

加耶夫　（有点难为情）白球进右边角的网兜！斜打红球进中间的网兜！

罗伯兴　（看表）好了，我该走了。

雅沙　（递给柳苞芙·安德列耶芙娜药瓶）该吃药了……

彼什克　亲爱的，别吃药……这药对你既无害处也无好处……给我……亲爱的。（取出药片，放在手掌上，吹口气，放进口中，喝一口甜酒吞下）吃下去了！

柳苞芙　（害怕地）您疯了！

彼什克　我把药片全吃下去了。

罗伯兴　好胃口！（众人大笑）

费尔斯　复活节那天来我们这儿吃掉了半桶黄瓜……（嘟嘟囔囔不知说些什么）

柳苞芙　他在说些什么？

瓦丽雅　已经有三年了，他总是这么嘟嘟囔囔，我们习惯了。

雅沙　人老了。

[夏尔洛塔穿行舞台，穿白裙，很瘦，束紧腰带，腰带上系一手持眼镜。

罗伯兴　夏尔洛塔·伊凡诺芙娜，我还没有来得及向您问好。（想吻她手）

夏尔洛塔　（抽开手）如果让您吻了手，您还想吻胳膊，然后还想吻肩膀……

罗伯兴　我今天不走运。（众人笑）夏尔洛塔·伊凡诺芙娜，给我们变个魔术吧！

柳苞芙　夏尔洛塔，变个魔术吧！

夏尔洛塔　不的。我想睡觉。（下）

罗伯兴　过三个星期咱们再见。（吻柳苞芙·安德列耶芙娜的手）再见。（向加耶夫）再见。（和彼什克拥抱）再见。（把手分别伸给瓦丽雅、费尔斯和雅沙）真不想离开这儿。（向柳苞芙·安德列耶芙娜）别墅的事，您要是拿定了主意，就通知我，我会给您弄到五万卢布贷款的。你们好好想想。

瓦丽雅　（气恼地）您到底走不走呀！

罗伯兴　我走，我走……（下）

加耶夫　讨厌的人。不过，请原谅，瓦丽雅要嫁给他，这是瓦丽雅的未婚夫。

瓦丽雅　舅舅，别说废话。

柳苞芙　瓦丽雅，这有什么，我还高兴呢，他是个好人。

彼什克　应当说句实话，他的确是个非常好的人……我的女儿达申卡也这么　说……说了很多。（打鼾，立即又醒过来）尊贵的太太，您得借我二百四十卢布……明天我得付人家利息……

瓦丽雅　（害怕地）不行，不行！

柳苞芙　我手头真没有钱。

彼什克　总会有钱的。（笑）我从不放弃希望。上一回吧，我以为全都完了，必死无疑，结果呢，铁路修到我的地皮上……付给了我一笔补偿金。瞧吧，今天，或是明天，还会发生些什么

彼什克　事儿……达申卡也许会中两万卢布大奖……她手里有彩票。

柳苞芙　喝完咖啡，都回去睡觉。

费尔斯　（用刷子给加耶夫刷衣服，教训的口吻）又把裤子穿错了。我拿你没办法！

瓦丽雅　（轻声）安尼雅睡了。（轻轻打开一扇窗）太阳出来了，不太冷了。妈妈，您看，多么美丽的树木！我的上帝，多么清新的空气！椋鸟在唱歌。

加耶夫　（打开另一扇窗）满园子的白花。柳苞芙，你没有忘记吧？这条长长的小路一直延伸下去，像一根拉长了的皮带，在夜晚的月色下闪着银光。你还记得吗？你没有忘记吧？

柳苞芙　（凝望窗外的花园）噢，我的童年，我纯洁的童年！小时候我睡在这间少儿室，一早睡来，透过窗子看花园的景致，每个早晨醒来，都有幸福伴随着我。那时的花园也是这个样儿，一点也没有改变。（高兴地笑起来）全是白色的花！噢，我的花园！经过阴雨的秋天，寒冷的冬天，你又感到青春焕发，充满幸福，天使没有离开你……啊，如果我能从我的胸中，从我的肩头卸下一块重重的石头，如果我能把我的过去忘掉！

加耶夫　这个花园却要被抵债卖掉……

柳苞芙　你们看，死去的妈妈在花园里走……穿着白裙（高兴得笑起来）这是她。

加耶夫　在哪儿？

瓦丽雅　妈妈，别这样。

柳苞芙　没有人，这是我的幻觉。右边，靠近亭子的地方，有一株白颜色的树，树干弯了，像个女人……

[特罗菲莫夫上，他戴着眼镜，身穿旧的学生制服。

多么美丽的花园！一片白花，一片蓝天……

特罗菲莫夫　柳苞芙·安德列耶芙娜！（他看着她）我向您问个好，然后就走。（热烈地吻她的手）他们让我等天亮之后再来见您，但我等不住了……

[柳苞芙·安德列耶芙娜诧异地望着他。

瓦丽雅　（含着眼泪）这是彼嘉·特罗菲莫夫……

特罗菲莫夫　彼嘉·特罗菲莫夫，您的格利沙的家庭教师……我难道样子变得您都认不出来了？

[柳苞芙·安德列耶芙娜拥抱住他，轻轻地哭泣。

加耶夫　（窘迫地）柳苞芙，别这样，别这样。

瓦丽雅　（哭腔）彼嘉，不是说好了等到明天再来。

柳苞芙　我的格利沙……我的孩子……格利沙……儿子……

瓦丽雅　妈妈，这有什么办法。这是天意。

特罗菲莫夫　（含泪，温柔地）别这样，别这样……

柳苞芙　（轻声哭泣）孩子死子，淹死了……为什么？我的朋友，为什么？（轻声）安尼雅在那边睡觉，而我却大声说话……弄出这么大声响来……彼嘉，你怎么啦？你为什么变丑了？为什么变老了？

特罗菲莫夫　在火车里有个妇女叫我秃顶的老爷

柳苞芙　您那时是个可爱的大学生，完全是个少年，而现在已经谢顶，还带了眼镜。现在还能把您看成大学生吗？（走向房门）

特罗菲莫夫　应该还能，我要做个终身大学生。

柳苞芙　（吻哥哥和瓦丽雅）好了，去睡觉吧……列奥尼德，你也见老了。

彼什克　（跟在她后边）这么说，现在去睡觉……唷，我的痛风病犯了。我就在你们这儿住下了……柳苞芙·安德列耶芙娜，我的心肝儿，明天早上……给我二百四十卢布……

加耶夫　没完没了。

彼什克　二百四十卢布……付我借款的利息。

柳苞芙　亲爱的，我没有钱。

彼什克　我会还的，亲爱的……这不是个大数……

柳苞芙　那好，列奥尼德会给你的……列奥尼德，你给他钱。

加耶夫　我给他钱，想得美。

柳苞芙　有什么法子，给吧……他需要钱……他会还的。

[柳苞芙·安德列耶芙娜、特罗菲莫夫、彼什克和费尔斯下，留下加耶夫、瓦丽雅和雅沙。

加耶夫　妹妹还是那样大手大脚地扔钱。（向雅沙）走开点，伙计，你身上有臭味。

雅沙　（笑）而您，列奥尼德·安德列耶维奇，还是老样子。

加耶夫　说谁呢？（向瓦丽雅）他说什么啦？

瓦丽雅　（向雅沙）你母亲从乡下来了，从昨天起，一直坐在下房里，她想见你……

雅沙　让她见上帝去吧！

瓦丽雅　啊嘿，你真没良心！

雅沙　急什么。她可以明天来。（下）

瓦丽雅　妈妈的性格一点儿也没有改。要是由着她的性子，她会把家当全部奉送给别人的。

加耶夫　是呀……（停顿）如果为了医治一种疾病，推荐了很多药方，那就意味着这是不治之症。我想，我绞尽脑汁地想，我有很多很多办法，这就意味着我没有一个有效的办法。能够继承一笔遗产多好，能够把我们的安尼雅嫁一个有钱人多好，能够到雅罗斯拉夫的姑妈那里去碰碰运气多好，她是伯爵夫人，非常非常有钱。

瓦丽雅　（哭泣）如果能得到上帝的帮助就好了。

加耶夫　别哭。姑妈是很富有，但她不喜欢我们。首先是因为妹妹嫁给了一个律师，不是嫁给了一个贵族……

[安尼雅出现在门口。

没有嫁给贵族不说，她的品行又不能说很端正。她固然很可爱，很善良，很迷人，我很爱她，但不管怎么想为她开脱，毕竟得承认，她在品行上，不很检点，这从一些生活小事上就能看得出来。

瓦丽雅　（轻声）安尼雅站在门口。

加耶夫　谁？（停顿）真奇怪，有个什么东西掉进我右边的眼睛里……看不清东西了。星期四，我到法院去了一趟……

[安尼雅上。

瓦丽雅　安尼雅，你怎么不睡呀？

安尼雅　睡不着。

加耶夫　我可爱的。（吻安尼雅的脸和手）我的孩子……（含泪）你不是我的外甥女，你是我的天使，你是我的一切。请您相信我……

安尼雅　我相信你，舅舅。大家都爱你，尊敬你……但是，亲爱的舅舅，你应该少说话。你刚刚怎么议论你的妹妹，我的妈妈的？你为什么要这么说？

加耶夫　是的，是的……（用安尼雅的手掩住自己的脸）真是这样，这很可怕！我的上帝！上帝，救救我吧！我今天站在书柜前面说的那些话……真愚蠢！只是说完了之后，我才知道，我是在说蠢话。

瓦丽雅　舅舅，真的，您应该少说话。你什么也不说就好了。

安尼雅　你如果不说话，你心里还好过一些。

加耶夫　我不说话了。（吻安尼雅和瓦丽雅的手）我不说话了。但我还要说一件正经事。星期四，我到法院去了一趟，那里有不少

加耶夫　人，大家东拉西扯，聊得很热闹，我从中得到一个启发，可以用期票借一笔款子，再去付银行的利息。

瓦丽雅　如果能得到上帝的帮助就好了！

加耶夫　下星期二我再去和他们聊聊。（向瓦丽雅）别哭。（向安尼雅）让你妈去和罗伯兴说说，他当然不会拒绝她的……而你，歇一阵子之后，到雅罗斯拉夫去找伯爵夫人，你的外祖母。我们从三个方面一起行动，我们就一定能把事情办成。我相信，我们能把利息付清的……（把一块糖放进嘴里）我用我的良心起誓，我们的庄园决不拍卖！（激动地）我用我的幸福起誓！这是我的手，如果我不能阻止住庄园被拍卖，你们叫我是窝囊废好了！我用自己的生命起誓！

安尼雅　（恢复了平静，感到幸福）舅舅，你多么好，多么聪明！（拥抱舅舅）我现在放心了！我放心了！我幸福！

[费尔斯上。

费尔斯　（责备地）列奥尼德·安德列耶维奇，您不怕上帝！什么时候睡觉？

加耶夫　马上，马上。你走，费尔斯。我自己脱衣服睡觉。好了，孩子们，去睡觉吧……明天再说。现在回去睡觉。（吻安尼雅和瓦丽雅）我是八十年代的人……大家都不称赞八十年代，但我还是要说，我为了自己的信念在生活中吃过不少苦头。怪不得农民很喜欢我。需要了解农民！应该了解，从什么样的……

安尼雅　舅舅，你又来劲儿了！

瓦丽雅　舅舅，少发议论。

费尔斯　（生气地）列奥尼德·安德列耶维奇！

加耶夫　我这就走，这就走……你们进去睡吧。绕边击球打进中间网兜！正杆打正球……（下。费尔斯蹒跚地跟着他）

安尼雅　我现在放心了。雅罗斯拉夫那儿我不想去，我不喜欢我外祖

安尼雅　　母，我反正放心了。谢谢舅舅。（坐下）

瓦丽雅　　该睡觉了，我这就走。你不在家的时候，这里闹了点不愉快。你也知道，在下房住的都是老佣人，有叶菲姆什卡、波利亚、叶甫斯捷格涅，还有卡尔等。他们后来放进一些外边的流氓来留宿，我也忍了。可我后来听到他们放出了谣言，好像我关照只给他们吃豌豆。这是说我小气……这都是叶甫斯捷格涅干的……我想这也好。我心想，你既然捣乱，那就等着瞧吧。我把叶甫斯捷格涅叫了来……（打哈欠）他来了……我就说，叶甫斯捷格涅……你这混蛋是怎么回事……（凝望安尼雅）安尼雅！……（停顿）她睡着了……（扶着她走）我的宝贝睡着了！咱们走……（下）

[在花园深处，有个牧童在吹牧笛；特罗菲莫夫走过舞台，见到瓦丽雅和安尼雅，停下脚步。

嘘……她睡着了……睡着了……咱们走，亲爱的。

安尼雅　　（处于半睡眠状态，轻声地）我好累……一片铃铛的声音……等等……亲爱的，妈妈，舅舅……

瓦丽雅　　咱们走，亲爱的，咱们走……（走进安尼雅的卧室）

特罗菲莫夫　　（非常感动地）我的太阳！我的春天！

[幕落。

第二幕

[田野。一座古老的、倾斜的、长年无人光顾的小教堂。它的旁边有一口井，几块巨大的石板，它们显然是旧日的墓碑，还有一张破旧的长椅。看得见通向加耶夫庄园的路。一边，耸立着一片暗黑的杨树：后边就是樱桃园。远处，有一排电线杆，在更远的地平线上，有一个城市的轮廓隐约可见，要把它看清楚只有在晴空万里的日子。太阳快要落山。夏尔洛塔，雅沙和杜尼雅莎坐在长椅上；叶彼霍多夫站在一旁弹吉他，大家都在沉思着什么。夏尔洛塔戴一顶旧的宽边帽，她从肩头卸下一支火枪，摆弄皮带上的搭扣。

夏尔洛塔　（沉思地）我没有真正的身份证，我不知自己确切的年龄，我总觉得我还年轻。当我还是小姑娘的时候，我父母到处赶庙会，表演杂耍。他们的表演很精彩。我也能表演空中飞人和其他的一些杂耍。我父母死了之后，有个德国女人收养了我，这才教我读书。很好。我长大成人了，后来当上了家庭教师。而我是从哪里来的，我是什么人，我却不知道……我的父母是谁，可能他们没有正式结婚……

夏尔洛塔　我不知道。（从口袋里掏出一根黄瓜来吃）我什么也不知道。（停顿）真想找个人说说话，但找不到人……我一个亲人也没有。

叶彼霍多夫　（弹着吉他唱歌）“我不要喧闹的人世间，我不要朋友也不要敌人……”弹曼陀林琴好让人高兴！

杜尼雅莎　这是吉他，不是曼陀林琴。（照着小镜子抹粉）

叶彼霍多夫　对于一个爱得发了疯的人来说，这就是曼陀林琴……（唱）“让爱情的火焰来温暖我的心……”

[雅沙跟着唱。

夏尔洛塔　这些人唱得多难听……嘿！像狼叫。

杜尼雅莎　（向雅沙）能出国当然很幸福。

雅沙　那当然。我不能不同意你的观点。（打哈欠，然后抽烟）

叶彼霍多夫　这是明摆着的事。人家外国，早已丰衣足食了。

雅沙　这当然了。

叶彼霍多夫　我是个很开化的人，读了很多极有趣的书，但我怎么也找不到自己的方向，就这么说吧，我究竟是活下去呢？还是开枪自杀？不管怎么说，我身边永远带上一支手枪。这不……（展示手枪）

夏尔洛塔　完事了。我该走了。（背上火枪）你，叶彼霍多夫，人很聪明，但也很可怕。女人应该发疯地爱你。走你的！（走）这些聪明人蠢得很，我找不到一个能和他说说话的人……我就一个人，一个人，我一个亲人也没有……我是谁？我为什么活着？不知道……（慢慢地走下）

叶彼霍多夫　不说别的，单说我自己，我要说，命运对我很冷淡，就像风暴对待小船一样。如果我这话说得不对，那我今天早上醒来，胸膛上怎么会爬着一个大蜘蛛呢……有这么大（用两手比划）我要是喝杯甜酒，酒杯里总会出现点讨厌的东

叶彼霍多夫　西，比如蟑螂什么的。（停顿）你们读过巴克尔的书吗？（停顿）阿芙道季雅·费多洛芙娜，我想耽误您一下，说几句话。

杜尼雅莎　您说吧。

叶彼霍多夫　我想单独跟您说……（叹气）

杜尼雅莎　（难为情）好的……只是您先去给我把斗蓬拿来……在柜子旁边搁着……这里有点潮湿……

叶彼霍多夫　好的……我去拿……现在我知道该如何处置我的手枪了……（拿起吉他，一边弹一边走下）

雅沙　二十二个不幸！我跟你私下说说，他是个愚蠢的人。（打哈欠）

杜尼雅莎　上帝保佑，别让他开枪自杀。（停顿）我开始提心吊胆了，心里发慌。我从小就被送到了老爷家里，我已经过不惯穷日子了，你瞧我的手多白，白得像小姐的手。我变得很温柔、很文雅、很高贵，胆子也变小了……好可怕。雅沙，如果您欺骗我，我不知道我的神经是否受得了。

雅沙　（吻她）小黄瓜！当然，每个姑娘都应该了解自己，我最不喜欢品行不好的姑娘。

杜尼雅莎　我非常爱您，您有文化，对什么事情都能说出自己的看法。（停顿）

雅沙　（打哈欠）是的……我是这么看的，如果有个姑娘爱上了哪个男人，那么，她就是个不规矩的姑娘。（停顿）在新鲜空气下抽烟真舒坦……（倾听）有人来了……是咱们家主人……

[杜尼雅莎热烈地拥抱他。

回家去，装成去河里洗澡的样子。从这条小路走，否则会碰上他们，他们会怀疑我们在这里幽会。我受不了这个。

杜尼雅莎　（轻声咳嗽）这烟味呛得我头痛……（下）

[雅沙留下，坐在小教堂旁边；柳苞芙·安德列耶芙娜、加耶夫和罗伯兴上。

罗伯兴　得做出最后的决断了——时间不等人。问题其实很简单。同意不同意把土地交出去盖别墅？你们只需回答一个字：是或否？只需一个字？

柳苞芙　谁在这里抽讨厌的雪茄烟……（坐下）

加耶夫　瞧，铁路建成了，这方便多了。（坐下）坐火车进城，吃过早饭……黄球打进中间的网兜！我想进屋去玩一局台球……

柳苞芙　来得及。

罗伯兴　只需一个字！（恳求地）你们倒是给我个回答呀！

加耶夫　（打哈欠）说谁？

柳苞芙　（看看自己的钱袋）昨天还有很多钱，今天就所剩无几。可怜的瓦丽雅为了节约，天天给大家喂牛奶汤，那几个老佣人在厨房里只能嚼嚼豌豆，而我却这样乱花钱……（掉下钱袋，硬币撒落一地）唿，全撒到地上了……（她很为难）

雅沙　让我来捡。（捡硬币）

柳苞芙　雅沙，劳你驾了。我为什么要进城去吃这顿饭……你们的餐厅太次了，放的音乐也很俗，桌布散发着肥皂的臭味……哥哥，你为什么喝那么多酒？为什么吃那么多菜？为什么说那么多话？今天你在餐厅里又高谈阔论，而且说话不分场合，没有分寸。又是谈论七十年代，又是谈论现代派。你是在跟什么人说？是在跟餐厅的大师傅小伙计们谈论现代派！

罗伯兴　是这样。

加耶夫　（摇手）很显然，我改不掉了……（生气地面对雅沙）怎么回事，你老是在我眼前晃来晃去……

雅沙　我一听到您说话就忍不住要笑。

加耶夫　（向妹妹）要么我走，要么他走……

柳苞芙　走开，雅沙，滚开……

雅沙　（把钱包交还给柳苞芙·安德列耶芙娜）我马上走。（好不容易忍住了笑）马上走……（下）

罗伯兴　大财主杰利加诺夫准备买下你们的庄园。据说，那天他会亲自光临拍卖会现场。

柳苞芙　您从哪儿听说的？

罗伯兴　城里人都在这样说。

加耶夫　雅罗斯拉夫的姑妈答应寄钱来，但不知道什么时候寄来和寄多少钱来……

罗伯兴　她能寄多少钱来？十万卢布？二十万？

柳苞芙　哎……能寄上一万或一万五千就了不起了。

罗伯兴　请原谅，我还从没有见过像你们这样不严肃、不讲究实际的怪人。我是用明明白白的俄国话在跟你们说话呀，我对你们说，你们的庄园要被拍卖了，而你们像是听不懂我说的话。

柳苞芙　那我们该怎么办？您指教指教好吗？

罗伯兴　我每天都在指教你们。我每天都在对你们说一件事。你们务必把樱桃园和地产租出去建别墅，而且要尽快去办这件事，因为拍卖会迫在眉睫！你们要明白！你们只要下决心让别墅在这里盖起来，那么你们想要得到多少钱就能得到多少钱，那么你们就得救了。

柳苞芙　别墅呀，别墅客呀，真是俗不可耐，请原谅。

加耶夫　完全同意你的看法。

罗伯兴　我要么号啕大哭，要么大声嚎叫，要么昏倒在地。我受不了

罗伯兴　啦！你们把我折磨得好苦！（向加耶夫）你是个婆娘！

加耶夫　说谁？

罗伯兴　你是个婆娘！（欲离去）

柳苞芙　（恐惧地）别的，您别走，亲爱的，我求您了。也许，我们还能想点什么办法！

罗伯兴　还有什么好想的？

柳苞芙　别走，我求您了。有您在，我心里还松快一些……（停顿）我在等待着什么，好像有个大房子要从我们头顶上倒塌下来。

加耶夫　（沉思地）发球撞边角……弹回进中间网兜……

柳苞芙　我们造了不少孽呀……

罗伯兴　你们造了什么孽……

加耶夫　（把一块糖塞进嘴里）人家说，我吃糖把家产都吃光了……（笑）

柳苞芙　噢，我的罪孽……我像个疯子似的，花钱如流水，我嫁给了一个负债累累的人。我的丈夫喝酒喝得特别凶，他是喝香槟酒喝死的。不幸的我又爱上了一个人，正在这个时候，第一次惩罚就给我当头一棒，就是在这条河里……我的儿子淹死了，我立刻出了国，心想我再也不回来了，为的是再也不要见到这条河……我闭上眼睛，糊里糊涂地跑到了国外，而他追我来了……他是那样粗鲁。我在法国蒙当附近买了别墅，因为他在那儿病了，就这么三年的时间里，我白天黑夜都得不到休息，这病人把我折磨得心都要碎了。到了去年，我把别墅卖了还清了债务，到了巴黎，他在巴黎耗光了我的全部钱财之后，抛开我与另一个女人同居了，那时我真想服毒自杀……是这么愚蠢，这么丢脸……可突然间，我强烈地怀念起俄罗斯来了，我怀念祖国，怀念我的女儿……（擦拭眼泪）上帝，上帝，你仁慈一点吧，原谅我的这些罪孽！别再惩罚我！（从口袋里掏出

柳苞芙　一封电报）今天收到了从巴黎打来的电报，请求原谅，求我回去……（撕毁电报）好像什么地方在奏乐。（倾听）

加耶夫　这是我们有名的犹太人乐团。你还记得吗，四把小提琴，一支长笛和一把大提琴。

柳苞芙　这乐团还在哇？咱们什么时候请他们来一次，开个小型晚会。

罗伯兴　（倾听）我什么也听不见……（轻声哼唱）"为了金钱，德国人把俄国人变成了法国人。"（笑）昨天我到剧院看了出戏，特别可笑。

柳苞芙　大概没有什么可笑的。您需要的不是看戏，而是经常看看自己。您活得多没有味道，您要说多少废话。

罗伯兴　这倒不假。应该承认，我们的生活很愚蠢……（停顿）我父亲是个庄稼汉，傻瓜一个，什么也不懂，他也没有教我读书，只知道喝醉了酒之后用木棍揍我。实际上，我也是那样的一个笨蛋。没有学过文化，我写的字难看得见不得人。

柳苞芙　您应该结婚，我的朋友。

罗伯兴　是的……说得有道理。

柳苞芙　娶我们的瓦丽雅好了。她是个好姑娘。

罗伯兴　是的。

柳苞芙　她也是普通人家出身，现在成天操劳，而主要的是，她爱您。而且您也喜欢她。

罗伯兴　这又怎么的？我不反对……她是个好姑娘。（停顿）

加耶夫　有人替我在银行找了份工作。年薪六千……听说了吗？

柳苞芙　想得美！你还是在家里待着吧……

［费尔斯上，他手里拿着一件大衣。

费尔斯　（向加耶夫）老爷，请把大衣穿上，这里潮湿。

加耶夫　你够烦人的。

费尔斯　拿你没办法……早上不吭一声就走了。（上下打量加耶夫）

柳苞芙　你变得这么老了，费尔斯？

费尔斯　您说什么？

罗伯兴　说你老得不像样子了！

费尔斯　我活得有年头了。他们想给我娶媳妇的时候，你们的父亲还没有出世呢……（笑）要给农奴自由的时候，我已经当上听差。我不要自由，还是留在了老爷身边……（停顿）我记得，大家都挺高兴，但高兴什么呢，谁也不晓得。

罗伯兴　从前多好。至少可以随便拿鞭子打人。

费尔斯　（没有听懂他的话）可不是吗。那时农民靠着老爷，老爷靠着农民，而现在全乱套了，莫明其妙。

加耶夫　费尔斯，住嘴。明天我要进趟城。有人答应介绍我去见一位将军，他可以给出张期票。

罗伯兴　您什么也得不到的。您付不了利息，死了这份心吧。

柳苞芙　他在胡说。一个将军也没有。

[特罗菲莫夫，安尼雅和瓦丽雅上。

加耶夫　嗯，都来了。

安尼雅　妈妈在这里。

柳苞芙　（亲切地）来，来……我亲爱的……（拥抱安尼雅和瓦丽雅）如果你们俩人能知道我是多么爱你们，坐在旁边，这样。（大家都坐下）

罗伯兴　我们这位终身大学生总是泡在姑娘堆里。

特罗菲莫夫　您管不着。

罗伯兴　他快五十岁了，但他还是个大学生。

特罗菲莫夫　少开愚蠢的玩笑。

罗伯兴　你这个怪人，生气了？

特罗菲莫夫　你别纠缠我。

罗伯兴　（笑）请问，您怎么看待我这个人？

特罗菲莫夫　叶尔马拉耶·阿列克谢耶维奇，我是这么认为的，您是个富人，很快就是个百万富翁。从新陈代谢的角度看，自然界需要贪得无厌的猛兽，您这样的人社会也需要。（大家笑）

瓦丽雅　彼嘉，您还是说说行星的故事吧。

柳苞芙　不的，还是让他继续昨天的话题。特罗菲莫夫昨天说什么了？

加耶夫　关于骄傲的人。

特罗菲莫夫　昨天我们谈了很久，但没有得出任何结论来。按照你们的想法，在骄傲的人的身上存在某种神秘的东西。也许你们的想法也有道理，但如果我们不故弄玄虚，而是用简单的方式来考察，既然人类的生理结构这么脆弱，而且大多数人还是那么粗鲁、愚蠢和不幸，那还有什么骄傲可言。别再自我吹嘘了。需要的是工作。

加耶夫　人反正是要死的。

特罗菲莫夫　谁知道呢？而且什么叫死亡？也许，人有一百种感觉，随着人的死亡而死去的，是我们已知的五种感觉，而其余的九十五种感觉还存活着。

柳苞芙　彼嘉，您好聪明呀！

罗伯兴　（嘲讽地）聪明透顶！

特罗菲莫夫　人类在前进，在不断地完善自己的力量。人类现在还不能达到的一切，有朝一日会变成近在眼前的，容易理解的；只是需要工作，需要全力支持那些正在探求真理的人们。在我们俄罗斯，现在只有很少一部分人在工作。就我所知，大部分的知识分子都缺乏探索精神，缺乏工作热情，也缺乏劳动的技能。那些自命为知识分子的人，对仆人毫不尊重，对待农民像对待牲口一样。他们不好好学习，不读严肃的书籍，不做任何正经事，他们空谈科学，对艺术

特罗菲莫夫　一知半解。大家装着一本正经，板着面孔，信口开河，说的都是国家大事，但眼看着工人们在吃猪狗不如的食物，睡觉连枕头都没有，三四十个人挤在一个屋子里，到处都是臭虫、臭气、潮湿和道德上的堕落……很明显，所有这些漂亮的言语不过是自欺欺人的把戏罢了。请问，我们议论了多年的幼儿园在哪儿？我们的图书阅览室又在哪儿？它们仅仅出现在小说里，在生活里根本找不到。有的只是泥泞、庸俗和残暴……我害怕，我不喜欢看这些一本正经的嘴脸，我害怕听这些一本正经的谈话。还是沉默为好！

罗伯兴　你们知道吗？我每天早上五点钟起床，从早上一直工作到晚上，要经手很多自己的钱和别人的钱，所以我能看明白周围都是些什么人。只要着手做点什么事情，你就会知道正经的好人很少。有时夜里失眠，我就想："上帝，你赐给了我们庞大的森林，无边的土地，深远的地平线，我们生活在其间也应该做个顶天立地的巨人呵……"

柳苞芙　您需要巨人……巨人只有在童话里是好的，而实际上很可怕的。

[在舞台深处走过叶彼霍多夫，弹着吉他。

（沉思地）叶彼霍多夫走过去了……

安尼雅　（沉思地）叶彼霍多夫走过去了。

加耶夫　先生们，太阳落山了。

特罗菲莫夫　是的。

加耶夫　嗯，大自然，神奇的大自然，你闪耀着永恒的光芒，你那么美丽，那么超脱，你，我们称之为母亲的大自然，你包容着生死，你能给予生命，也能将它毁灭……

瓦丽雅　（恳求地）舅舅！

安尼雅　舅舅，你又来了！

特罗菲莫夫　您还是去打您的台球，把它打进中间的网兜吧。

加耶夫　我不说话了，我不说话了。

[大家都沉思地坐着。一片寂静。只能听到费尔斯在轻声
[地喃喃自语。突然间传来一个遥远的、像是来自天边外的声音，像是琴弦绷断的声音，这忧伤的声音慢慢地消失了。

柳苞芙　这是什么声音？

罗伯兴　不知道。也许是什么地方矿井里的吊桶断裂了。但那是很远很远的地方。

加耶夫　也许是只什么鸟在叫唤……比如说鹭鸶。

特罗菲莫夫　也许是猫头鹰……

柳苞芙　（抖了一抖）不愉快呀。（停顿）

费尔斯　大难降临之前都有这样的情形出现：猫头鹰叫了，茶炊不断地咕嘟咕嘟地叫唤了。

加耶夫　在什么样的大难降临之前呢？

费尔斯　在农奴解放之前。（停顿）

柳苞芙　朋友们，咱们走吧，天黑了。（向安尼雅）你哭了……女儿，你怎么啦？（拥抱她）

安尼雅　就这样，妈妈。没有什么。

特罗菲莫夫　有个人过来了。

[出现一个过路人，头戴一顶陈旧的白色宽边帽，身披大衣，带着几分醉意。

过路人　请问，我能沿着这条路直接去火车站吗？

加耶夫　可以的，您就顺着这条路走。

过路人　非常感谢您。（咳嗽一下）天气真好……（朗诵腔）我的兄弟，多苦多难的兄弟……在伏尔加河上，谁在呻吟……（向瓦丽雅）小姐，赏给挨饿的俄国人五十戈比吧……

[瓦丽雅惊叫起来。

罗伯兴　（生气地）什么样的厚颜无耻也该有个限度吧。

柳苞芙　（慌张地）给您……（在钱包里摸索）银币没有了……反正一样，给您金币吧……

过路人　非常感谢您！（下）

[笑声。

瓦丽雅　（恐慌）我走了……我走了……哎嘿，妈妈，家里都揭不开锅了，而您还给他金币。

柳苞芙　我有什么办法！到了家我把我所有的钱都交给您。叶尔马拉耶·阿列克谢耶维奇，再借点钱给我！

罗伯兴　遵命。

柳苞芙　先生们，咱们该走了。瓦丽雅，刚刚我们在这里给你把一门婚事定下来了，我要祝贺你。

瓦丽雅　（含泪）妈妈，这种事不能开玩笑的。

罗伯兴　奥梅美丽娅[①]，进尼姑庵吧……

加耶夫　我的手在发抖，我好久没有玩台球了。

罗伯兴　奥梅美丽娅，女神，在你的祈祷之中，不要忘记替我们忏悔。

柳苞芙　先生们，咱们走，该吃晚饭了。

瓦丽雅　那个过路人把我吓坏了。我的心还在跳。

罗伯兴　先生们，我提醒你们注意：八月二十二日，樱桃园要拍卖。考虑考虑这个！考虑考虑！……

[除了特罗菲莫夫和安尼雅外，都离去。

安尼雅　（笑）多谢那个过路人，把瓦丽雅吓跑了，现在就剩我们两个人。

特罗菲莫夫　瓦丽雅怕我们突然相爱，就整天盯着我们。她那偏狭的脑

① 戏剧《哈姆莱特》里的奥菲丽娅，罗伯兴把她说成了奥梅美丽娅，参看第三幕第一场。

特罗菲莫夫　袋无法理解，我们高于爱情。我们的生活的目标和意义，是在于要摆脱掉一切渺小的、虚幻的东西，它们妨碍我们成为一个自由而幸福的人。前进！我们要奋不顾身地走向那颗闪闪发光的星星，它闪耀在遥远的天际！前进！朋友们，不要停止你的步伐！

安尼雅　（挥舞着手臂）你说得多好！（停顿）今天这里太美了！

特罗菲莫夫　是的，多好的天气。

安尼雅　彼嘉，你给我影响好大呀，我为什么不像从前那样地爱樱桃园了呢。我以前是那样地爱着它，心想世上再没有比我们的花园更美的地方了。

特罗菲莫夫　整个俄罗斯都是我们的花园。世界大得很，美得很，美丽的地方有的是。（停顿）安尼雅，您倒是想想您的祖父、曾祖父和您的所有的祖先，都是占有活的灵魂的农奴主，人的精灵难道不是从花园里的每一棵樱桃树上，从每一片树叶上，从每一个树干上向您张望，您难道没有听到他们的声音……占有活的灵魂——这件事把所有的你们——过去活着的和现在活着的人都给腐蚀了，您的母亲，您，您的舅舅没有意识到你们欠着别人的债，你们是靠着别人，靠着那些你们不容许走进自家内院的穷人过活的。噢，这很可怕，你们的樱桃园很可怕，当黄昏时分或深夜里走过花园，那樱桃树的粗老的树皮发出幽暗的光，好像樱桃树在梦中看到了一二百年前的情景，沉睡的恶梦压抑着它们。是的，我们落后了，落后了至少两百年，我们一事无成，对历史的过去没有明确的态度，我们只知道空发议论，只知道埋怨乏味的生活，要不就是狂饮伏特加酒。要知道这是很清楚的，如果想要生活在今天，就需要补偿过去，和它来个了结，而要补偿过去，就需要感受痛苦，就

特罗菲莫夫　需要不知疲倦地劳作。安尼雅，您要知道这一点。

安尼雅　我们居住的这所房子早就不属于我们所有了，我要离开这里，我向您保证。

特罗菲莫夫　如果您手里有家里的钥匙，就把它们扔进井里去，然后离家出走。您要做自由的人，像风一样自由。

安尼雅　（兴奋异常）您说得多美！

特罗菲莫夫　安尼雅，请您相信我！我还不到三十岁，我年轻，我还是个大学生，但我已经历过很多磨难！一到冷天，饥饿和疾病就向我袭来，我就苦恼万分，穷得像个乞丐。命运驱使我不停奔波，浪迹天涯！但尽管这样，无论是白天还是黑夜，我的心里永远充满着无法言喻的预感。我预感到幸福的临近，安尼雅，我已经能看到它……

安尼雅　（沉思地）月亮升起来了。

［听到叶彼霍多夫还在演奏那首忧伤的歌。月亮升起来了。在杨树的近旁，瓦丽雅在寻找安尼雅，叫喊着："安尼雅！你在哪？"

特罗菲莫夫　是的，月亮升起来了。（停顿）啾，幸福来了，它在走过来，走得越来越近，我已经能够听到它的脚步声。而如果我们看不见它，抓不住它，那又有什么关系？别人能看到它的！

［瓦丽雅的声音："安尼雅！你在哪？"

又是这个瓦丽雅！（生气地）真讨厌。

安尼雅　怎么的？咱们到河边去。那边真好。

特罗菲莫夫　咱们走。（他们走去）

［瓦丽雅的声音："安尼雅！安尼雅！"

［幕落。

第三幕

[一间客厅，由拱门与大厅隔开。枝形烛台上的蜡烛燃烧着。听到第二幕提及的犹太人乐团从前厅传来的演奏声。晚上，众人在大厅里跳舞。西苗诺夫—彼什克的声音：“一对一对地走！”舞者一对一对地走进客厅：第一对是彼什克和夏尔洛塔·伊凡诺芙娜，第二对是特罗菲莫夫和柳苞芙·安德列耶芙娜，第三对是安尼雅和邮局职员，第四对是瓦丽雅和火车站站长，等等。瓦丽雅轻声地哭泣着，她一边跳舞一边擦眼泪。杜尼雅莎在最后一对。众人在舞厅里走着，彼什克叫道：“转大圈，身体摆动！……男士跪下向女士道谢！”费尔斯穿着燕尾服上，用托盘托着矿泉水。彼什克和特罗菲莫夫走进客厅。

彼什克　我血压高，我已经中风过两次，跳不动舞了，但常言道，一旦落进狗窝，不叫也得把尾巴摇。我身体本来像马一样健壮。我已去世的父亲——愿他在天堂里安息——是个爱说笑话的人。他说起我们这个家族的起源，好像我们西苗诺夫–彼什克家族的祖先就是被罗马君主卡里古拉牵进元老院的那匹骏马……（坐下）到霉的是缺钱花！饿狗只惦记着肉……（打鼾，随即又醒来）我……现在想的就是钱……

特罗菲莫夫　您身上真有点马的精气神。

彼什克　这有什么……马是个好东西，马能卖钱……

[听到有人在隔壁房间打台球。大厅的拱门旁出现瓦丽雅。

特罗菲莫夫　（故意逗她）罗伯兴夫人！罗伯兴夫人！

瓦丽雅　（生气地）秃头先生！

特罗菲莫夫　是的，我是秃头先生，而且以此自豪！

瓦丽雅　（痛苦地思索）把乐队请来了，用什么付他们劳务费？（离去）

特罗菲莫夫　（向彼什克）如果把您一生中耗费在讨钱付利息上的精力用到其他什么方面，大概您可以把这地球翻个个儿。

彼什克　尼采……哲学家……伟人、名人……智者，他当年在自己的著作中说过，好像造假币是允许的。

特罗菲莫夫　你读过尼采的著作？

彼什克　这……这是女儿达申卡告诉我的，而我现在就穷到了想造假币的地步……后天要付三百一十卢布……现在已经有一百三十卢布……（摸口袋，恐慌地）钱丢了！钱丢了！（欲哭）钱在哪儿？（高兴地）原来是在夹层里……吓出了我一身冷汗……

[柳苞芙·安德列耶芙娜和夏尔洛塔·伊凡诺芙娜上。

柳苞芙　（哼着乐曲）列奥尼德怎么还不回来？他在城里干了些什么？（向杜尼雅莎）杜尼雅莎，去给乐师们沏壶茶去……

特罗菲莫夫　大概，拍卖会没有举行。

柳苞芙　乐师来得不是时候，舞会也开得不是时候……啾，没有什么……（坐下，轻声哼唱）

夏尔洛塔　（给彼什克一副纸牌）这是一副牌，您想好要哪一张牌。

彼什克　我想好了。

夏尔洛塔　　您洗一洗牌。很好。给我牌，我亲爱的彼什克先生。一、二、三！现在您找一找，那张牌在您口袋里……

彼什克　　（从口袋里摸出一张牌）黑桃八，完全正确！（惊奇）真有这样的事！

夏尔洛塔　　（把一叠纸牌放在手心里，向特罗菲莫夫）快说，上面头一张是什么牌？

特罗菲莫夫　什么呀？黑桃皇后呗。

夏尔洛塔　　正是！（向彼什克）哎，上面头一张是什么牌？

彼什克　　红桃爱司。

夏尔洛塔　　正是！（拍一下手掌，纸牌消失）今天天气多么好！

[有个神秘的女人声音像是从地板里发出来："噢，是的，天气真好，小姐。"

您是我心中的偶像……

[那个声音："小姐，我也非常欣赏您。"

火车站站长　（鼓掌）夫人，您的口技真棒！

彼什克　　（惊奇地）真有这样的事！美妙的夏尔洛塔·伊凡诺芙娜……我都爱上了……

夏尔洛塔　　爱上了？（耸肩）难道您也能爱上什么人？是个好人，但不是好的音乐家。

特罗菲莫夫　（拍彼什克的肩膀）您像匹马……

夏尔洛塔　　请注意，还有一个魔术。（从桌上拿起一条围巾）这是一条很好的围巾，我想把它卖掉……（抖动围巾）有谁想买吗？

彼什克　　（惊奇地）有这样的事！

夏尔洛塔　　一、二、三！（很快地举起垂下的大围巾；在围巾后站着安尼雅，她施一屈膝礼，跑向母亲，拥抱了她，然后在众人的欢呼声中跑回大厅）

柳苞芙　（鼓掌）精彩，精彩……

夏尔洛塔　现在再来一次！一、二、三！（举起大围巾，围巾后站着瓦丽雅，她行屈膝礼）

彼什克　（惊奇地）有这样的事！

夏尔洛塔　表演结束！（把围巾扔向彼什克，行屈膝礼，跑向大厅）

彼什克　（追她）你这小女人……怎么样？怎么样？（跑下）

柳苞芙　列奥尼德还没回来。我不明白，他为什么要在城里待那么久！要么庄园已经卖掉，要么拍卖会没有举行，现在早已有了结果，为什么老让我悬着这颗心！

瓦丽雅　（努力安慰母亲）舅舅肯定把庄园买下了。

特罗菲莫夫　（嘲笑地）是的。

瓦丽雅　外婆给他拿来了委托书，让他用外婆的名义买下庄园，把押据也过户到她名下。她这样做是为了安尼雅。我相信，上帝会开恩的，舅舅会把庄园买下。

柳苞芙　雅罗斯拉夫的外婆寄来一万五千卢布，让用她的名义买庄园——她不相信我们——可是这点钱连付利息也不够。（用手掩脸）今天会决定我的命运，命运……

特罗菲莫夫　（故意逗瓦丽雅）罗伯兴夫人！

瓦丽雅　（生气地）你这个终身大学生！你已经被学校开除过两次了。

柳苞芙　你生什么气呀，瓦丽雅？他是拿罗伯兴来和你打趣，这又有什么？你要是愿意，就嫁给罗伯兴，他是个好人，是个很有情趣的人。要是不愿意，就别嫁，谁也不会勉强你……

瓦丽雅　妈妈，我对待这件事是很严肃的，应该直截了当地说，他的确是个好人，我喜欢他。

柳苞芙　那就嫁给他。还等什么，我真不明白！

瓦丽雅　　妈妈，总不能让我主动向他求婚吧。已经有两年了，大家总在向我提起他，都在说，但他或是沉默，或是开玩笑。我知道，他在赚钱，事情忙，顾不上我。要是我手头有钱，哪怕不多，只有一百卢布，我就会扔下这一切，走得远远的，到修道院去。

特罗菲莫夫　　好福气！

瓦丽雅　　（向特罗菲莫夫）大学生应该是个懂规矩的人！（声音变得柔和，含泪）彼嘉，您现在变得多难看，多么老气！（向柳苞芙·安德列耶芙娜，已经不哭）妈妈，我不能没有事待着。我每分钟都应该做点什么事。

[雅沙上。

雅沙　　（忍住笑）叶彼霍多夫把台球杆弄断了！……（下）

瓦丽雅　　叶彼霍多夫为什么在这里？谁让他玩台球的？我真不明白这些人……（下）

柳苞芙　　彼嘉，您别逗她，您也看到了，她很痛苦。

特罗菲莫夫　　她太爱管闲事了，整个夏天她都盯着我和安尼雅，生怕我们谈上恋爱。这关她什么事？而且我正大光明，我远离庸俗。我们高于爱情！

柳苞芙　　那么我呢，应该是低于爱情了。（非常不安）列奥尼德为什么还不回来？要是能知道庄园是卖掉了还是没有卖掉……这不幸真是不可思议呀，我简直不知该想些什么，我控制不住自己了……我现在想大声叫喊……想做件蠢事。彼嘉，救救我吧。跟我说，什么……

特罗菲莫夫　　庄园是卖掉了还是没有卖掉——难道不都是一样？庄园的事已经了结，没有回旋的余地。亲爱的，不要折磨自己了，需要在生活中哪怕有一次机会勇敢地面对真实，不要再自欺欺人。

柳苞芙　什么真实？您看到哪里是真实，哪里又不是真实，而我好像是瞎子，什么也看不见。您能勇敢地解决一切问题，但亲爱的，您倒说说，这是不是因为您还年轻，还没有来得及品尝任何一个生活难题给您带来的痛苦？您能勇敢地朝前看，这是不是因为您还没有看到和等到任何可怕的东西？因为生活的真相还没有暴露在您年轻的眼睛里。您比我们勇敢，比我们诚实，比我们深刻，但请您好好想想，请您拿出哪怕一丁点儿的同情心来，可怜可怜我吧。要知道我出生在这里，我与父亲和母亲在这里生活过，还有祖父，我爱这所房子，失去了樱桃园就会失去我的生活的意义，如果一定要卖掉，那么把我连同这个园子一起卖掉好了……（拥抱特罗菲莫夫，吻他的额头）要知道我的儿子是在这儿淹死的……（哭泣）可怜可怜我吧，我的善良的好人。

特罗菲莫夫　您知道的，我全身心地同情您。

柳苞芙　但您应该用另外一种口气来说……（掏手帕，一份电报掉落在地上）我今天心里很痛苦，您简直难以想像我多么痛苦。这里太喧闹，每一个声音都刺激我的心，我浑身发抖，但我又不能独自把自己关在房里，我害怕一个人守着这份寂寞。彼嘉，请不要责备我……我像亲人一样地爱您。我向您发誓，我愿意把安尼雅托付给您，但亲爱的，您应该念书，您应该完成学校的学业。您这样无所事事，任凭命运把您从一个地方摆布到另一个地方，这是很可怕的……难道不是这样？是不是？而且您也应该把胡子留起来了……（笑）您真可笑！

特罗菲莫夫　（捡起电报）我不想做个美男子。

柳苞芙　这是从巴黎发来的电报。每天我都收到电报。昨天和今天

柳苞芙　都有电报。这个野蛮人又生病了，他又遇到麻烦了……他求我宽恕他，求我回去，我真该去巴黎，回到他的身边去。彼嘉，您又板起面孔了，亲爱的，我有什么办法，他得病了，孤身一人，很可怜，有谁能照料他？有谁能防止他犯错误？有谁能让他按时服药？有什么好隐瞒的，我爱他，这是明摆着的。我爱，我爱……这是我脖子上的一块石头，我去和它一块儿沉入河底好了，我爱这块石头，没有它我无法生活。（握紧特罗菲莫夫的手）彼嘉，别把我想得很坏，别对我说什么，别说……

特罗菲莫夫　（含泪）请原谅我的直率；他可是把您抢光了！

柳苞芙　不，不，不，别这么说……（掩耳）

特罗菲莫夫　要知道他是个混蛋，只有您一个人看不透他，他是个渺小的混蛋，分文不值的小人……

柳苞芙　（生气了，但克制地）您已经是二十六七岁的人了，但您还像是个二年级的小学生！

特罗菲莫夫　就算是这样好了！

柳苞芙　应该当个男子汉，在您这个年龄，应该理解恋爱着的人有什么样的心情。自己也该谈谈恋爱……品尝品尝恋爱的滋味！（生气地）对了，对了！您这不叫纯洁，而是得了洁癖，是个可笑的怪人，畸形的人……

特罗菲莫夫　（惊恐地）她在说什么呀！

柳苞芙　“我高于爱情！”您不是高于爱情，而是像费尔斯说的，您是个不中用的东西。到了您这个年龄，居然还没有一个情人！

特罗菲莫夫　（惊恐地）这太可怕了！……我受不住了，我走……（离去，又立即回来）我以后再也不与您有什么来往了！（走进前厅）

柳苞芙　（追着他喊）彼嘉，等一等！你真可笑，我是说着玩儿的！彼嘉！

[听到有人在前厅快步上楼梯，突然，传来摔倒的声音。安尼雅和瓦丽雅惊叫，但立即又听到笑声。

怎么回事？

[安尼雅跑上。

安尼雅　（笑）彼嘉从楼梯上摔下来了！（跑下）

柳苞芙　这个彼嘉真是个怪人……

[火车站站长站在大厅中央，朗读阿·托尔斯泰的《女罪人》。人们倾听着他的朗诵，但他刚刚读过几行，从前厅就传来了华尔兹舞曲声，朗诵就此中断。大家跳舞。从前厅走进特罗菲莫夫，安尼雅，瓦丽雅和柳苞芙·安德列耶芙娜。

好了，彼嘉……纯洁的灵魂……我向您道歉……咱们跳舞吧……（与彼嘉共舞）

[安尼雅和瓦丽雅共舞。费尔斯上，把拐杖放在侧门旁。雅沙也从客厅进来，观看跳舞。

雅沙　怎么样，老爷子？

费尔斯　不大舒服，早年间，来我们这里跳舞的都是些将军啦，男爵啦，海军上将啦，而现在呢，去请邮局职员和火车站站长来跳舞，他们还摆好大的架子呢。我的身子骨不行了。已经过世的老爷，现在主人的祖父，当年用火漆给大伙儿治病。我每天服用火漆有二十年了，也许还不止二十年。多亏这火漆，我才活到了今天。

雅沙　老爷子，你让我讨厌。（打哈欠）你赶紧死了算了。

费尔斯　哎嘿，你呵……不中用的东西！（嘟囔着什么）

[特罗菲莫夫和柳苞芙·安德列耶芙娜在大厅里共舞，后来走进了客厅。

柳苞芙　谢谢。我得坐一会……（坐下）累了。

[安尼雅上。

安尼雅　（紧张地）我刚刚在厨房里听一个人说，樱桃园今天已经卖掉了。

柳苞芙　卖给谁了？

安尼雅　没有说卖给了谁。那个人已经走了。（和特罗菲莫夫共舞，跳进大厅）

雅沙　是个老头子在那里瞎说来着。是个陌生人。

费尔斯　而列奥尼德·安德列耶维奇还没有回来。他就穿了一件薄薄的夹大衣，不感冒了才怪呢。唉，年轻人！

柳苞芙　我要急死了。雅沙，赶紧去问问，卖给谁了。

雅沙　那老头儿早走了。（笑）

柳苞芙　（不悦）您笑个什么？有什么好笑的？

雅沙　叶彼霍多夫太可笑了。蠢货一个。二十二个不幸。

柳苞芙　费尔斯，如果这庄园卖掉了，你上哪儿去呢？

费尔斯　听您吩咐，您叫我上哪儿去，我就上哪儿去。

柳苞芙　你脸色怎么这么难看？你病了？你睡觉去吧……

费尔斯　是……（嘲笑地）我去睡觉，但我不在谁来伺候您？谁来安排家务事？这屋里可都由我一个人在张罗。

雅沙　（向柳苞芙·安德列耶芙娜）柳苞芙·安德列耶芙娜！请允许我向您提出一个请求！如果您还去巴黎，就行行好，一定把我也带上。我在这里实在待不下去了。（环视，小声地）您也看到了，这国家多不开化，这老百姓多不文明，这里多枯燥，饭菜多难吃，而且还有这个怪模怪样的费尔斯，尽说些没头没脑的话。您行行好，一定把我也带走。

[彼什克上。

彼什克　美丽的夫人，请允许我请您跳一回华尔兹舞……（柳苞芙·安

彼什克　德列耶芙娜和他一起走出）您太美了，反正我得向您借一百八十卢布……（跳舞）一百八十卢布……（两人跳舞跳进大厅）

雅沙　（轻声哼唱）“你理解我心中的苦闷吗……”

［在大厅里，一位戴灰色大礼帽、穿格子裤的人手舞足蹈；众人喊道：“夏尔洛塔·伊凡诺芙娜，好哇！”

杜尼雅莎　（停下来往脸上扑粉）小姐叫我来跳舞，说是男士多，女士少，而我一跳舞就头晕，心乱跳，费尔斯·尼古拉耶维奇，邮局里来的那位刚刚对我说了句话，叫我差点喘不过气来。

［音乐声静下来。

费尔斯　他对你说什么了？

杜尼雅莎　他说“您是一朵花”。

雅沙　（打哈欠）无知……（下）

杜尼雅莎　像一朵花……我是个心肠很软的姑娘，我非常爱听甜美的词儿。

费尔斯　你晕头转向了。

［叶彼霍多夫上。

叶彼霍多夫　阿芙道季雅·费德罗芙娜，您老躲着我……我好像是只讨人厌的虫子。（叹息）哎嘿，生活呵！

杜尼雅莎　您需要什么？

叶彼霍多夫　当然，也可能您是对的。（叹息）但如果从某一个角度来看，请允许我直言，您把我搅得神魂颠倒了。我知道自己的命，我每天都会碰上什么不幸的事，对此我早已习惯，我能带着微笑看待自己的命运，您答应过我，尽管我……

杜尼雅莎　求求您了，我们以后再说吧，现在别来打扰我。现在我有自己的心事。（挥动扇子）

叶彼霍多夫　我每天都能碰上不幸的事，请允许我这么说，我只能微笑，甚至大笑。

[瓦丽雅上。

瓦丽雅　谢苗，你还没有走？你多么不自重。（向杜尼雅莎）杜尼雅莎，走开。（向叶彼霍多夫）你要么打台球把球杆打坏，要么在客厅里转悠，好像是个请来的贵客。

叶彼霍多夫　请允许我这么对您说，您无权责问我。

瓦丽雅　我不是责问你，我是向你讲道理。你只知道蹓蹓跶跶，什么事情也不干。我们算白白请了个管家。

叶彼霍多夫　（生气了）我是否干事，是否蹓蹓跶跶，是否吃闲饭，是否打台球，得由那些长辈和明白人来评判。

瓦丽雅　你敢这么对我说话！（愤怒）你敢？这么说我什么也不懂？给我滚开！现在就滚！

叶彼霍多夫　（胆怯了）请您说话客气一点。

瓦丽雅　（怒不可遏）现在就给我滚！滚！（他走向门口，她跟着）二十二个不幸！给我滚得远远的！让我看不见你的人影！（叶彼霍多夫走出门去；门外传来他的声音："我要告您"）怎么，你还想往回走？（拾起费尔斯放在门旁的拐杖）来呀……来呀……来呀，看我怎么教训你……啊，你真来？你真来？瞧我怎么收拾你……（挥动拐杖）

[罗伯兴上。

罗伯兴　非常感谢。

瓦丽雅　（既好气又好笑）对不起！

罗伯兴　没有关系。非常感谢您的热情接待。

瓦丽雅　不值得谢。（退后一步，环视周围，然后轻声地）我没有碰伤您吧？

罗伯兴　没有，没有什么。不过，过后会鼓起一个大包来的。

[大厅里传来喊声："罗伯兴来了！叶尔马拉耶·阿列克谢耶维奇！"

彼什克　果然是您……（与罗伯兴亲吻）我亲爱的，你身上有一股酒气。我们在这里玩得也很痛快。

[柳苞芙·安德列耶芙娜上。

柳苞芙　是您，叶尔马拉耶·阿列克谢耶维奇？怎么这么晚才回来？列奥尼德在哪？

罗伯兴　列奥尼德·安德列耶维奇和我一起回来的，他马上就到……

柳苞芙　（激动地）啾，怎么样？拍卖会举行了吗？您倒说呀！

罗伯兴　（忸忸怩怩，生怕暴露心中的喜悦）拍卖会四点就结束了……我们误了一班车，只好等到九点半钟。（沉重地喘了口气）呜嘿！我的头都有点晕了……

[加耶夫上，他右手拎着买来的东西，左手擦拭眼泪。

柳苞芙　列尼亚，怎么啦？列尼亚，说呀？（焦急地，含泪）快说呀，看在上帝的分儿上……

加耶夫　（不回答她，只是摇动着手；带着哭腔对费尔斯说）把这拿去……鳗鱼，还有鲱鱼，是凯尔奇生产的……我什么也没有吃……我受了这么大的打击！（台球房的门开了；传来台球击打的声音和雅沙的叫声："七对十八！"加耶夫的表情发生了变化，他不再哭泣）我太累了。费尔斯，给我换衣服。（通过大厅走向自己的卧室，费尔斯跟在他后边）

彼什克　拍卖会开得怎么样？你倒是说呀！

柳苞芙　樱桃园卖掉了？

罗伯兴　卖掉了。

柳苞芙　谁买下了？

罗伯兴　我买下了。（停顿）

[柳苞芙·安德列耶芙娜非常沮丧，如果不是背靠桌椅站着，

她会跌倒在地上。瓦丽雅从腰间取下一串钥匙，扔到客厅中央的地板上，然后离去。

罗伯兴　我买下了！先生们，等一等，我头有点晕，一下子说不出话来……（笑）我们来到拍卖场的时候，杰里加诺夫早就在那里了。列奥尼德·安德列耶维奇手头就有一万五千卢布，而杰里加诺夫一下子就喊出比抵押款高出三万卢布的价码。我一看这情形，就和他干上了，我加到四万卢布。他叫四万五。我叫五万五。他一加就加五千，我一加加一万……最后，我以高出抵押款九万卢布的价码成交。樱桃园现在属于我了！我的樱桃园！（大笑）我的上帝，樱桃园是我的了！请告诉我，我是个醉汉，我神经不正常，所有这一切仅仅是我的幻想……（跺脚）别嘲笑我！要是我的父亲和祖父能够从坟墓里站起来，看到他们的叶尔马拉耶，他们的没有文化的、小时候常常挨打、冬天光着脚在外边乱跑的叶尔马拉耶，买到了一座世界上最漂亮的庄园，那该多好。我买到了这座庄园，我的祖父和父亲曾在这个庄园里当过奴隶，当年他们连这里的厨房都不许进去。我是在做梦，这仅仅是我的幻想……这是你们在迷迷糊糊中想像的结果……（捡起钥匙，甜美地微笑）她把钥匙扔掉了，她想告诉大家，她已经不是这里的主人……（钥匙叮当作响）呶，反正都一样。（传来乐队调音的声响）哎，乐师们，请奏乐，我要听你们演奏！都来看看，看我叶尔马拉耶·罗伯兴怎么举起斧头砍伐樱桃园，看樱桃树怎么一棵一棵倒在地上的！我们要建造别墅楼，我们的子子孙孙将在这里看到新的生活……音乐，奏起来呵！

[奏乐。柳苞芙·安德列耶芙娜瘫倒在椅子上，伤心地哭泣。

（责备地）您为什么当初不听我的话？我的可怜的好人，现在不可挽回了。（含泪）噢，让这一切快点儿过去吧，让我们的

罗伯兴　难过的、不幸的生活快点儿有所改变吧。

彼什克　（挽住他的手臂，轻声说）她在哭。咱们到大厅去，让她一个人在这里……咱们走……（挽住他的手臂往大厅走去）

罗伯兴　怎么啦？音乐，更欢快地奏起来吧！都按我的意思办！（嘲讽地）新的地主，樱桃园的主人走过来了！（无意中撞了一下桌子，差一点把桌上的枝形烛架撞倒）我全都能用钱买！（和彼什克一起离去）

[在大厅和客厅里只留下了柳苞芙·安德列耶芙娜一人。她一个人坐在那里，身体缩成一团，伤心地哭泣着。音乐轻轻地奏着。急速地走上安尼雅和特罗菲莫夫。安尼雅走近母亲，跪在她面前。特罗菲莫夫站在大厅门口。

安尼雅　妈妈！……妈妈，你在哭？我的亲爱的、善良的好妈妈，我美丽的妈妈，我爱你……我祝福你。樱桃园卖掉了，它不是我们的了，这是真的，但妈妈，你不要哭，你的生活还在前头，你还有美丽和纯洁的心灵……亲爱的妈妈，跟我一起走吧，让我们离开这里！……我们要去建造一座新的花园，它会比这座花园更加富丽，你会看到它的，你会感受到它的美丽，而欢乐，那宁静的、深沉的欢乐会降临到你的心上，像夕阳照亮着黄昏，你会露出笑容来的，妈妈！我们走吧，亲爱的妈妈！我们走吧！……

[幕落。

第四幕

[第一幕的布景。窗上没有了窗帘，墙上没有了画幅，所剩无几的家具堆放在一个角落里，像是等着出卖。空空如也的感觉。在门的出口处和舞台深处堆放着皮箱和旅行包等物件。左边的门开着，从里边传出瓦丽雅和安尼雅的说话声。罗伯兴站着，等着。雅沙手举托盘，上面放着斟满香槟酒的杯子。叶彼霍多夫在前厅捆箱子。舞台后边传来嘈杂声。这是农民们来这里送行。听到加耶夫的说话声："谢谢，兄弟们，谢谢你们。"

雅沙　老百姓来送行了。叶尔马拉耶·阿列克谢耶维奇，我有这样的看法：老百姓心善，但脑子笨。

[嘈杂声减弱。柳苞芙·安德列耶芙娜和加耶夫穿过前厅上；她不再哭泣，但脸色苍白，面孔有点抽搐，说不出话来。

加耶夫　柳苞芙，你把钱袋都给他们了。这样不行！这样不行！

柳苞芙　我没有法子！我没有法子！

[二人下。

罗伯兴　（在门口，朝他们身后）我诚心地邀请你们！喝一杯告别酒。没有从城里带回什么东西，在火车站我买到了一瓶酒。请赏光！（停顿）怎么啦，诸位先生！不想喝？（离开房门口）早

罗伯兴　　知道你们不喝，我就不买了。我也不想喝。（雅沙小心地把托盘放在椅子上）雅沙，你来喝吧。

雅沙　　祝离去的人一路平安！祝留下的人万事如意！（喝酒）我可以向您保证，这不是地道的香槟酒。

罗伯兴　　八个卢布一瓶呢。（停顿）这里真冷。

雅沙　　今天没有生炉子，我们反正今天要走。（笑）

罗伯兴　　你笑个什么？

雅沙　　心里舒坦。

罗伯兴　　已经是十月份了，太阳还是这样暖和，像夏天一样。这是动工盖房的好时光呀。（看了看表，在门口喊道）各位先生，还有四十六分钟火车就要开了！这么说，再过二十分钟就得到车站。抓紧时间。

[特罗菲莫夫穿夹大衣从院子里进来。

特罗菲莫夫　　我看该动身了。马车已经套好。见鬼，我的套鞋不见了！找不到了！

罗伯兴　　我要到哈尔科夫去。和你们坐一趟车。我打算在哈尔科夫过冬。和你们成天混在一起，不干正经事，这可把我整苦了。我不能没有事干，我不知道该怎么安顿我这两只手；它们悠闲地来回晃动，倒像是别人的手似的。

特罗菲莫夫　　我们这一走，您又能干您的正常事了。

罗伯兴　　喝一杯酒吧。

特罗菲莫夫　　不喝。

罗伯兴　　这么说，要去莫斯科？

特罗菲莫夫　　是的，先把他们送进城，明天就去莫斯科。

罗伯兴　　是这样……教授们都还没有开讲，他们都在恭候你哩！

特罗菲莫夫　　这不关你什么事。

罗伯兴　　你在大学里待了几年了？

特罗菲莫夫　想点新的话题吧。这样的玩笑既不新鲜也不有趣。（寻找套鞋）我们大概以后没有见面的机会了，临别之时，让我送你一句忠告：不要浮燥！丢掉这浮燥的恶习。而这建造别墅楼啦，指望这些别墅客日后也成为实干家啦，这些也是浮燥……但不管怎样，我到底还是喜欢你的。你的手指像演员的手指一样纤细和柔软，你的心灵也是柔和的……

罗伯兴　（拥抱他）再会了，亲爱的。谢谢你的一切。如果需要，从我这里拿点钱路上用。

特罗菲莫夫　我干吗要你的钱？不需要。

罗伯兴　可您没有钱呀！

特罗菲莫夫　我有。谢谢您。我收到了一笔翻译的稿费。钱就在我口袋里。（不安地）可我没有套鞋！

瓦丽雅　（从另一个房间）拾起你的破烂！（把一双橡胶套鞋扔到舞台上）

特罗菲莫夫　瓦丽雅，您发什么火？嗯……但这不是我的套鞋！

罗伯兴　春天我种了一千亩罂粟，现在净赚四万卢布。当我的罂粟开花的时候，那是一幅多么美丽的图画！我就这样赚了四万卢布，我要借钱给你，是因为我有这个经济实力。你为什么这样骄傲？说穿了，我是个庄稼汉……

特罗菲莫夫　你的父亲是庄稼汉，我的父亲是药剂师，这不能说明任何问题。（罗伯兴掏出钱包）别的，别的……你就是给我二十万，我也不要。我是个自由的人。你们——无论是富人还是穷人——看得很重的东西，对我来说轻得像天空飞舞的柳絮，对我产生不了什么影响。没有你们我也能生活，我可以不理会你们，我有力量，也很自豪。人类在走向最崇高的真理，在向地球上可能存在的最崇高的幸福前进，而我置身在这个队伍的最前列！

罗伯兴　你能达到吗？

特罗菲莫夫　我能达到。（停顿）我自己能达到，或是向别人指明达到目标的道路。

[远处传来斧头砍树的声音。

罗伯兴　啾，亲爱的，再见了。该走了。我们两人彼此瞧不起，但生活照样在前进。当我长久地、不知疲倦地工作着的时候，我的头脑反倒很清醒，我好像能够知道，我是为了什么而活着。而兄弟，在俄罗斯，有多少人不知道自己为什么活着。但反正都一样，事情的关键不在这里。听人说，列奥尼德·安德列耶维奇，在银行里找到了一份差使，年薪六千……但他在银行里待不长，他太懒惰……

安尼雅　（在门口）妈妈对您有个请求：在她离开之前，先别砍伐花园里的树。

特罗菲莫夫　也真是的，太过分了……（由前厅下）

罗伯兴　我现在就去关照……哎，这些人呀。（跟下）

安尼雅　送费尔斯到医院去了吗？

雅沙　我早上吩咐过了，应该是送去了。

安尼雅　（向在大厅穿行的叶彼霍多夫）谢苗·潘捷列耶维奇，劳驾去问问，把费尔斯送进医院了没有。

雅沙　（生气）早上我吩咐过叶戈尔了。难道需要问上十次！

叶彼霍多夫　依我之见，老寿星费尔斯没有必要再去看病，他该去见他的老祖宗了。而我只能羡慕他。（把箱子放在帽匣上，把它压扁）你瞧，当然是这样。我早就料到。（下）

雅沙　（讥诮）二十二个不幸……

瓦丽雅　（在门外）送费尔斯去医院了吗？

安尼雅　送去了。

瓦丽雅　怎么给医生的信没有拿走？

安尼雅　这得马上赶着送去……（下）

瓦丽雅　（从隔壁房间）雅沙在哪儿？告诉他一声，他母亲来了，要和他告别呢。

雅沙　（挥手）真叫人受不了。

[杜尼雅莎一直在行李旁忙活；现在就剩雅沙一人留下，她走近他。

杜尼雅莎　雅沙，您哪怕再看我一眼呢。您要走了……要离开我了……（哭着，双手搂住他脖子）

雅沙　你哭什么？（喝香槟酒）再过六天我就又到巴黎啦。明天坐上特快列车，一溜烟地飞走了。简直不敢相信。维夫·拉·弗朗西[①]。这里不是我待的地方，没法生活……没有办法。我看够了这里的愚昧，看够了。（喝香槟酒）你哭什么？你要是懂点礼貌，就不会哭了。

杜尼雅莎　（对着镜子往脸上抹粉）到了巴黎给我写信。雅沙，您知道我多么爱您！雅沙，我心肠特别软。

雅沙　有人来了。（在箱子旁东摸摸西摸摸，轻声哼唱着）

[柳苞芙·安德列耶芙娜，加耶夫，安尼雅和夏尔洛塔·伊凡诺芙娜同上。

加耶夫　咱们得走了。时间不早了。（看着雅沙）谁身上有一股鱼腥味？

柳苞芙　再过十分钟就上马车了……（环顾房子四周）再见了，亲爱的房子，年老的爷爷。冬去春来，你就不复存在，他们会把你拆散了架子。这些墙壁见到过多少人世沧桑呵！（热烈地吻女儿）我的宝贝，你的眼睛在闪闪发光，活像两颗宝石。你很满意吗？很满意？

---

① 法文，Vive la France——“法兰西万岁”。

安尼雅　很满意！妈妈，新的生活开始了。

加耶夫　（欣喜）说真的，现在很好。在樱桃园出卖之前，我们又紧张，又痛苦，而后来，一当问题彻底解决，大家也把悬着的心放下来，甚至觉得挺快活……我现在是银行职员，也算个金融家了……黄球打进了中间的兜，而你，柳苞芙，脸上的气色也好看了，这毫无疑问。

柳苞芙　是的。我的神经不紧张了，这是真的。（有人给她送上帽子和夹大衣）我睡眠很好。雅沙，把我的东西带上。该走了。（向安尼雅）我的女儿，我们很快就能再见面的……我这回去巴黎，就花你雅罗斯拉夫那位祖母寄来买庄园的那一笔钱——祖母万岁！——不过那笔钱支持不了多久。

安尼雅　妈妈，你很快就会回来的……是吗？我留下来好好读书，把中学毕业考试考完，然后我出去工作，在经济上帮助你。妈妈，我们以后要一道读各种各样的书……是这样吧？（吻妈妈的手）我们将要在秋天的晚上读书，读好多好多书，我们的眼前会浮现出一个新的美妙的世界……（幻想地）妈妈，你要回来……

柳苞芙　我会回来的，我的宝贝儿。（拥抱女儿）

[罗伯兴上；夏尔洛塔轻声唱歌。

加耶夫　幸福的夏尔洛塔在唱歌哩！

夏尔洛塔　（拿出状似孩子襁褓的包袱）我的孩子，睡吧，睡吧……（听到婴儿的哭声：呜哇！呜哇！）别哭，我的漂亮的、可爱的孩子，（呜哇！呜哇！）我真可怜你！（把包袱扔到地上）您给我找份工作吧，我不能这样闲着。

罗伯兴　夏尔洛塔·伊凡诺芙娜，我们能给您找到工作的，您放心好了。

加耶夫　全把我们抛弃了，瓦丽雅也要离开……我们突然间成了谁也不需要的人。

夏尔洛塔　城里没有我可以落脚的地方。我得走……（哼唱歌儿）反正都一样。

[彼什克上。

罗伯兴　大自然的奇迹！……

彼什克　（喘着粗气）嘿嘿，让我喘口气吧……好难受呵……尊敬的朋友们……给点水喝……

加耶夫　是来借钱的吧？忠实的奴仆失陪了……（下）

彼什克　好久没有上你们这儿来了……美丽的太太……（向罗伯兴）你也在……见到你很高兴……你是个绝顶聪明的人……这钱你拿着……收下……（把钱递给罗伯兴）四百卢布……还欠你八百四十卢布……

罗伯兴　（困惑地耸耸肩膀）像是在做梦……你哪来的钱？

彼什克　等一等……好热……发生了一件了不起的事。几个英国人在我的地里找到了一种白颜色的胶泥……（向柳苞芙·安德列耶芙娜）还给你四百卢布……美丽的、出色的太太……（给钱）余下的以后再还。（喝水）有个年轻人刚才在火车上说，好像有个……伟大的哲学家建议大家从屋顶上往下跳……“跳下去！”……他说，这就是我们要做的一切。（惊奇地）还有这样的事！给点水喝！

罗伯兴　这些英国人都是什么样的？

彼什克　我把那块胶泥地租给他们二十四年……而现在，请原谅，我忙得很……得继续赶路……得去找兹诺依科夫……找卡马达莫夫……我欠了很多人的钱……（喝水）祝你们健康……星期四我再来……

柳苞芙　我们现在就进城，明天我出国……

彼什克　什么？（吃惊）为什么进城？我说呢，这些家具……这些皮箱……啾，这没有什么……（含泪）这没有什么……这些英

彼什克　国人……聪明绝顶……没有什么……你们会幸福的……上帝会帮助你们的……没有什么……在这个世界上没有不能了结的事情……（吻柳苞芙·安德列耶芙娜的手）什么时候听到我归天的消息，就请您记住这匹老马，再说一句：“在这个世界上，曾经有个西苗诺夫－彼什克……愿他灵魂安息”……今天天气太好了……真的……（慌慌张张地离去，又折回，在门口说）达申卡向您问好！（下）

柳苞芙　现在可以走了。我走的时候还有两件事放心不下。一是生病的费尔斯。（看表）还有五分钟……

安尼雅　妈妈，费尔斯送进医院去了。是雅沙早上把他送去的。

柳苞芙　我的第二桩心事是瓦丽雅。她起得早早地操持家务惯了，现在没有事情干，就像鱼儿离开了水。她也瘦了，脸色苍白，常常哭泣，怪可怜的……（停顿）叶尔马拉耶·阿列克谢耶维奇，这您知道得很清楚，我一直想……把她许配给您，而且看得出来，您也想成家。（向安尼雅耳语，安尼雅向夏尔洛塔使个眼色，两人离去）她喜欢您，您也对她有好感，我就是不知道，你们两人为什么老是互相躲着。我真不明白！

罗伯兴　坦率地说，连我自己也不明白。这挺奇怪的……如果有时间的话，我现在就准备把这一下子解决了，但没有您的支持，我想我是不会主动求婚的。

柳苞芙　这太好了。这是一分钟就能解决的事。我现在就去叫她……

罗伯兴　有香槟酒。（凝视酒杯）空杯子，酒有人喝了。（雅沙咳嗽）这叫喝个痛快……

柳苞芙　（兴奋）这很好。咱们走……雅沙，走！我去叫她……（在门口）瓦丽雅，别干活了，过来一下。过来！（与雅沙下）

罗伯兴　是啊……（停顿）

[从门外传来忍不住的笑声，窃窃私语声；然后，瓦丽雅上。

瓦丽雅　（久久地凝望着行李）奇怪，怎么总也找不到……

罗伯兴　您找什么？

瓦丽雅　我自己打包放进去的，又记不起来了。（停顿）

罗伯兴　瓦尔瓦拉·米哈依诺芙娜，您准备上哪儿去？

瓦丽雅　我？上罗古林家去……说好了去给他们料理家务……当个女管家什么的。

罗伯兴　那是在雅什涅沃村吧？离这有七十里地。（停顿）这个房子里的生活就算完结了……

瓦丽雅　（查看行李）这东西搁哪儿去了呢……或许，我把它放在大箱子里了……是的，这个房子里的生活完结了……什么也没有了……

罗伯兴　我现在去哈尔科夫……就坐这趟车。事儿很多。我把叶彼霍多夫留在了这里……我雇了他。

瓦丽雅　是这样！

罗伯兴　去年这个时候已经下了雪，如果您还记得的话，而现在呢，太阳静静地照着，只是有点冷……零下3摄氏度。

瓦丽雅　我没有看寒暑表。（停顿）我们的寒暑表摔坏了……（停顿）

[从院子里传来的喊声："叶尔马拉耶·阿列克谢耶维奇！……"

罗伯兴　（像是早就在等这一声呼喊）我这就来！（迅速离去）

[瓦丽雅坐在地上，把头枕在包衣服的包袱上，轻声哭泣。门开了，柳苞芙·安德列耶芙娜轻手轻脚地进来。

柳苞芙　怎么样？（停顿）该走了。

瓦丽雅　（已经不哭，擦拭眼泪）是的，该走了，妈妈。我今天要赶到罗古林家去，可别误了车……

柳苞芙　（在门口）安尼雅，穿衣服！

[安尼雅上，然后是加耶夫、夏尔洛塔·伊凡诺芙娜，加

耶夫穿着带风帽的厚大衣。仆人们、车夫们上。叶彼霍多夫在行李旁忙碌着。

柳苞芙　现在可以上路了。

安尼雅　（兴奋地）上路了！

加耶夫　我亲爱的朋友们，亲爱的朋友们！在永远地离开这所房子的时候，我能够保持沉默吗？我能够在告别的时候，把此刻充溢在我心中的感情压制着不倾诉出来吗……

安尼雅　（央求地）舅舅！

瓦丽雅　舅舅，别这样！

加耶夫　（沮丧地）黄球进中间的网兜……我不说了……

[特罗菲莫夫上，然后罗伯兴上。

特罗菲莫夫　诸位，该动身了！

罗伯兴　叶彼霍多夫，拿上我的大衣！

柳苞芙　我再坐一分钟。这间屋里的墙壁、天花板，好像以前从来没有看见过似的，而现在我要带着一份温情如饥似渴地看看它们……

加耶夫　我记得，我六岁那年，在圣灵节那天，我就坐在这个窗台上，看着我父亲出门向教堂走去……

柳苞芙　所有行李都收拾好了吗？

罗伯兴　好像都收拾好了。（一边穿大衣，一边对叶彼霍多夫说）叶彼霍多夫，你多加小心，办什么事都得井井有条。

叶彼霍多夫　（声音沙哑）叶尔马拉耶·阿列克谢耶维奇，您尽管放心！

罗伯兴　你这嗓子怎么的啦？

叶彼霍多夫　刚才喝了点水，不知把什么东西吞下去了。

雅沙　（轻蔑地）愚蠢……

柳苞芙　咱们走——这里一个人影也不会再有……

罗伯兴　直到明年春天。

瓦丽雅　　（从包袱里取出一把伞，像是要挥舞起来，罗伯兴做出惊恐状）您这是怎么啦……我想都没有想。

特罗菲莫夫　诸位，上马车吧……是时候了！火车快要进站了！

瓦丽雅　　彼嘉，您的套鞋就在箱子旁边。（含泪）您的套鞋又旧又脏……

特罗菲莫夫　（穿上套鞋）诸位，咱们上路！

加耶夫　　（非常羞愧，几乎要哭）火车……火车站……红球进中间的网兜，白球进边角的网兜……

柳苞芙　　咱们走！

罗伯兴　　人都在这里？里屋没有人了？（锁上左边的侧门）里边堆了许多东西，得把门锁起来。咱们走！

安尼雅　　永别了，旧的房子！永别了，旧的生活！

特罗菲莫夫　新生活，你好！……（与安尼雅一起离去）

[瓦丽雅扫视了一下房间，不慌不忙地离去。雅沙和牵着小狗的夏尔洛塔也离去。

罗伯兴　　这么说，到明年春天再见。诸位，出去吧……再见！（下）

[柳苞芙·安德列耶芙娜和加耶夫还没有离去。他们像是在等这个时机，互相扑进对方的怀里，搂着对方的脖子，轻声哭泣着，唯恐让别人听见。

加耶夫　　（绝望地）我的妹妹，我的妹妹……

柳苞芙　　噢，我可爱的、温柔的、美丽的花园！……别了，我的生活，我的青春，我的幸福！……别了！

[安尼雅兴奋的、鼓舞人心的声音：“妈妈！”

[特罗菲莫夫兴奋的、激动人心的声音：“啊呜！”

最后一次看看这些墙壁，这些窗户……母亲生前喜欢在这个房间里走来走去……

加耶夫　我的妹妹，我的妹妹！

[安尼雅的声音："妈妈！"

[特罗菲莫夫的声音："啊呜！"

柳苞芙　我们走！……（离去）

[空荡荡的舞台。听得见有人把所有的房门一一锁上的声响，听得见马车一辆一辆离去的声响。寂静来临。冲破这片寂静的是斧头砍伐树木的声响，这声响既单调又忧伤。听到脚步声。从右边的房门走出费尔斯。他照例穿着西装上衣和白色背心，脚上趿双拖鞋。他病了。

费尔斯　（走近房门，推了推门把手）锁上了……都走了……（坐在沙发上）全都把我忘了……我在这里坐一会……列奥尼德·安德列耶维奇没有穿皮大衣，就穿着夹大衣走了……（担心地叹息）我没有看管好他……嘴上没毛的年轻人！（嘟囔了一些听不清楚的话）生命就要过去了，可我好像还没有生活过……（躺下）我躺一会儿……精疲力尽啦……哎嘿，你……这个不中用的东西！……（一动不动地躺着）

[传来一个遥远的、像是来自天边的声音，像是琴弦绷断的声音，这忧伤的声音慢慢地消失了。出现片刻宁静，然后听到斧头砍伐树木的声音从远处的花园里传来。

[幕落。

——剧　终

（童道明　译）